15 jongens
4 kikkers
& ik

E. LOCKHART

15 jongens
4 kikkers & ik

(15 jongens,
11 psychiaterbezoeken,
4 keramische kikkers
en ik,
Ruby Oliver)

De Fontein

STICHTING NEDERLANDSE
KINDERJURY
2006

Oorspronkelijke titel: *The Boyfriend List*
Verschenen bij Delacorte Press, een imprint van
Random House Children's Books
© 2005 E. Lockhart
Voor deze uitgave:
© 2005 Uitgeverij De Fontein, Baarn
Vertaling: Aimée Warmerdam
Omslagafbeelding: Krister Engstrom
Omslagontwerp en grafische verzorging: Hans Gordijn

www.uitgeverijdefontein.nl
www.theboyfriendlist.com

ISBN 90 261 3128 3
NUR 284, 285

Voor mijn oude schoolvrienden die geweldig waren
(en zijn) en die nooit zulke slechte dingen hebben
gedaan als de mensen in dit boek.

Hier is hij, de vriendjeslijst. In chronologische volgorde.

1. Adam (maar hij telt niet mee)
2. Finn (maar dat dacht men alleen)
3. Hutch (maar daar denk ik liever niet aan)
4. Gideon (maar dat was van een afstandje)
5. Ben (maar dat wist hij niet)
6. Tommy (maar dat was onmogelijk)
7. Frank (maar dat speelde alleen in zijn hoofd)
8. Sky (maar hij had iemand anders)
9. Michael (maar dat wilde ik helemaal niet)
10. Angelo (maar dat was slechts één afspraakje)
11. Shiv (maar dat was slechts één kus)
12. Billy (maar hij belde niet)
13. Jackson (ja, oké, hij was mijn vriendje,
    maar vraag alsjeblieft niet door)
14. Noel (maar dat was maar een gerucht)
15. Cabbie (maar over hem twijfel ik nog)

Voordat íemand denkt dat ik mannen verslind of dat ik ongelooflijk populair ben – laat ik eerst uitleggen dat op deze lijst echt iedere jongen staat met wie ik ook maar iets van wat dan ook heb gehad. Er staan jongens op met wie ik nooit heb gezoend. Er staan jongens op met wie ik nooit heb gepraat. Dokter Z zei me dat ik niemand moest overslaan. Zelfs niet als ik denk dat hij onbelangrijk is. Of eigenlijk, juist niet als ik denk dat hij onbelangrijk is. Dokter Z is mijn psych en zij zegt dat voor het doel van de lijst de vriendjes niet officieel hoeven te zijn. Officieel, onofficieel – ze zegt dat het niets uitmaakt zolang ik me de jongen maar herinner en iets van wat er is gebeurd.[1]

---

1 Ik denk dat dokter Z het hier mis heeft. 'Officieel' maakt wél uit, want een officieel vriendje verandert alles: hoe mensen op school met je omgaan, hoe je reageert als de telefoon gaat, wat voor kauwgom je neemt (mint als je een vriendje hebt, omdat hij je elk moment kan zoenen, en anders aardbeien). En dat brengt me op het volgende probleem: hoe weet je wanneer het officieel is? Moet je hem je vriendje noemen en kijken hoe hij reageert? Of moet hij het zeggen, zoiets als: 'Dit is mijn vriendin, Ruby'? Moet hij je ouders ontmoeten? Of op straat je hand vasthouden?
Meghan zegt dat het vier weken na de eerste zoen officieel is. Maar wat als het in een van die vier weken uitgaat? Dat gebeurde met mijn vriendin Cricket toen zij met Tommy Parrish ging.
Ik had gehoopt dat we een soort handleiding zouden krijgen bij seksuele voorlichting, maar seksuele voorlichting bleek – toen ik die lessen eindelijk ging volgen – alleen maar over biologie en geboortebeperking te gaan en het had niks te maken met wat er echt tussen mensen gebeurde. Wat wil het bijvoorbeeld zeggen als iemand vergeet je te bellen terwijl hij gezegd heeft dat hij dat zou doen? Of wat moet je doen als iemand in de bioscoop aan je tiet zit? Volgens mij zouden die lessen dáárover moeten gaan.

De lijst was een huiswerkopdracht voor mijn psychische gezondheid. Ze zei tegen me dat ik alle vriendjes, soort van vriendjes, bijna-vriendjes, roddel-vriendjes, en ik-wilde-dat-het-zo-was-vriendjes moest opschrijven. Dat, plus ze raadde me aan te gaan breien.[2]

Ik twijfel nog steeds over dokter Z, alhoewel ik nu al bijna vier maanden naar haar toe ga. Ik bedoel, als ik iemand van vijftien zou kennen die de hele dag truien breit, dan zou ik zeker weten dat diegene psychische problemen heeft.

Ik weet dat het vreemd is om een psychiater te hebben als je vijftien bent. Tot ik er zelf een had, dacht ik dat alleen gekken, trieste gevallen en neuroten psychiaters hadden. *Gekken*: kandidaten voor het gesticht, mensen die hun haar uit hun hoofd trekken en heen en weer schietende ogen hebben en dat soort dingen. *Trieste gevallen*: mensen die hulp zoeken omdat ze iets heel ergs hebben meegemaakt, zoals kanker krijgen of misbruikt zijn. En *neuroten*: middelbare mannen die de hele tijd over de dood nadenken en niet tegen hun eigen moeders durven te zeggen dat die zich niet met hun leven moeten bemoeien.

Veel vrienden van mijn ouders zijn neuroten, maar het enige andere kind dat ik ken dat naar een psych gaat (en dat toegeeft) is Meghan Flack.[3] Ze heeft er eentje sinds ze twaalf is maar ze

---

[2] Oké, ze zei niet 'breien'. Ze zei 'iets creatiefs', een soort hobby waarbij ik dingen maakte. Dus bedoelde ze zoiets als breien.

[3] Meghan was nooit echt een vriendin van me, maar ze woont twee straten verderop en omdat ze sinds december haar rijbewijs heeft, rij ik elke ochtend met haar mee naar school. Eigenlijk is ze met niemand echt bevriend, behalve met Bick, haar vriendje. Hij zit in de eindexamenklas. Eerlijk gezegd is Meghan zo'n meisje dat niet leuk gevonden wordt door de andere meisjes. Toen Josh Ballard in de tweede klas met gym haar broek naar beneden trok (kinderachtig, ik weet het, maar goed), had ze een roze bikinibroekje aan. Ze schrok, maar maakte ondertussen wel drie rondjes zodat iedereen het goed kon zien. Toen pas trok ze haar broek weer omhoog. En toen we naar het Shakespeare-festival in Ashland gingen, verdwenen zij en Bick in de wc's van het busstation en kwamen er twintig minuten later pas weer uit, helemaal rood en bezweet. Bovendien straalt ze een en al seks uit terwijl ze meestal gewoon een oud T-shirt aanheeft en dat is irritant.

noemt hem liever 'counselor' – alsof het zo'n aardige student is die de leiding heeft over haar slaapzaal op zomerkamp in plaats van een freudiaanse psychoanalyticus aan wie haar moeder tweehonderd dollar per uur betaalt. Meghan heeft een psych omdat haar vader dood is, dus valt ze in mijn boek onder de categorie 'trieste gevallen'. Bij haar psych moet ze op een bank liggen en over haar dromen vertellen. Dan legt hij uit dat al die dromen eigenlijk over seks gaan en vervolgens dat dát weer allemaal te maken heeft met haar dode vader. Argh.

Ikzelf pas niet in een van mijn eigen categorieën. Ik ben geen gek en zelfs geen neuroot.

Ik ben naar dokter Z gegaan omdat ik angstaanvallen had: aanvallen waarbij mijn hart heel snel ging kloppen en het leek of ik niet genoeg lucht kreeg. Ik had er maar vijf en volgens dokter Z is dat niet genoeg om het een stoornis te noemen, maar ze kwamen allemaal binnen tien dagen – dezelfde tien dagen waarin ik

- mijn vriendje kwijtraakte (jongen #13)
- mijn beste vriendin kwijtraakte
- al mijn andere vrienden kwijtraakte
- gore details te horen kreeg over de seksuele avonturen van mijn nu ex-vriendje
- iets schokkends deed met jongen #15
- iets verdachts deed met jongen #10
- ruzie had met jongen #14
- mijn eerste biertje dronk
- betrapt werd door mijn moeder
- een hockeywedstrijd verloor
- een wiskundeproefwerk verpestte
- Meghan kwetste
- een leproos werd
- en een bekende slet werd.

Genoeg om iemand angstaanvallen te bezorgen, of niet?4

Ik was zo overdonderd door dat afschuwelijke debacle5 dat ik een dag niet naar school kon en detectives moest lezen, moest huilen en groene winegums moest eten. In eerste instantie zei ik niets tegen mijn ouders. Ik wil ze altijd blij maken, goede cijfers halen, op tijd thuiskomen en hen niet opzadelen met mijn problemen. Vooral omdat ze, als ik ze één klein dingetje vertel over wat me dwarszit, altijd doen alsof er een bom ontploft is. Ze kunnen er niet tegen als ik ongelukkig ben. Ze proberen het op te lossen en dingen te veranderen. Als ze konden, zouden ze de hele wereld voor me veranderen, alleen om mij een beter gevoel te geven, zelfs als het ze niets aangaat. Het is een van de vele gevaren waaraan een enig kind wordt blootgesteld.

Dus hield ik mijn mond over die hele verschrikking, oftewel: mijn leven. We zaten aan tafel voor het avondeten en mijn moeder stak weer eens een hele tirade af over de burgemeesterverkiezingen of de liefdadigheidsverkoop of iets anders saais waarvan zij over haar toeren raakt – en toen werd ik plotseling duizelig en mijn hart begon te bonzen. Ik moest mijn hoofd tussen mijn knieën houden omdat ik dacht dat ik flauw ging vallen.

'Ben je ziek?' vroeg mijn vader.

'Ik weet het niet.'

'Ga je braken? Als je moet braken breng ik je naar de badkamer.'

---

4 Voor het geval je het niet weet, angstaanvallen zijn momenten waarop iemand een zeer hevige angst voelt; hij denkt dat hij geen adem meer kan halen, zijn hartslag gaat omhoog, dat soort dingen. Als iemand altijd angstaanvallen heeft, heeft hij waarschijnlijk een stoornis. Belangrijk: Dokter Z zegt dat die ademhalingsmoeilijkheden en hartkloppingen ook symptomen kunnen zijn van echte lichamelijke problemen, dus ga hoe dan ook naar de dokter als je last hebt van dit soort dingen.

5 Dit is een van mijn favoriete woorden. Debacle: een plotselinge, rampzalige, totale ondergang.

Ik heb een hekel aan de manier waarop hij 'braken' zegt. Waarom kan hij niet zeggen: Ben je misselijk? Of: Heb je last van je maag? Of wat dan ook. Alles beter dan braken, braken, braken.

'Nee,' antwoordde ik.

'Ben je soms depressief?' wilde hij weten. 'Weet je wat de symptomen zijn?'

'Pap, alsjeblieft.'

'Lijkt de hele wereld grauw en zinloos?' vroeg mijn vader. 'Denk je weleens aan zelfmoord?'

'Laat me met rust!'

'Dat zijn belangrijke dingen om te weten. Heb je bijvoorbeeld veel behoefte aan slaap? Vorig weekend lag ze tot twaalf uur in bed, Elaine.'

'Ga je flauwvallen?' onderbrak mijn moeder hem. 'Ik denk dat ze flauwvalt.'

'Is flauwvallen een symptoom van depressiviteit? Ik kan het op internet opzoeken.'

'Heb je wel gegeten?' vroeg mijn moeder, alsof er plotseling een lampje bij haar was gaan branden. 'Vind je jezelf dik?'

'Ik weet het niet,' zei ik. 'Nee.'

'Tel je de hele tijd calorieën en denk je dat je dijen te dik zijn? Want ik zag je laatst cola-light drinken. Dat doe je anders nooit.'

'Dat was het enige wat er nog in de automaat zat.' Het leek of ik geen lucht meer kreeg. Alsof er een rugbyspeler op mijn borst heen en weer zat te wippen.[6]

'Eetproblemen komen heel vaak voor op jouw leeftijd.'

'Dat is het niet. Mijn hart klopt echt heel snel.' Ik had mijn hoofd nog steeds onder tafel, tussen mijn knieën.

'Je kunt het ons gerust vertellen,' zei mijn moeder, die haar

---

[6] Argh! Als je eenmaal naar een psych gaat, klinkt alles wat je zegt smerig.

hoofd ook onder tafel stak zodat ze mijn gezicht kon zien. 'We houden van je. Je hoeft niet mager te zijn om mooi te zijn.'

'Hoe bedoel je, je hart?' vroeg mijn vader, met zijn hoofd inmiddels ook onder tafel.

'Dik zijn is een feministisch onderwerp,' zei mijn moeder.

'Het kan haar hart niet zijn,' zei mijn vader. 'Ze is pas vijftien.'

'Hou je mond, alle twee!' schreeuwde ik.

'Niemand vertelt mij dat ik mijn mond moet houden!' schreeuwde mijn moeder terug.

'Je luistert niet!'

'Jij vertelt ons niets!'

Daar zat iets in. Ik vertelde haar wat er aan de hand was.

Mijn moeder ging weer rechtop zitten en sloeg met haar handen op tafel. 'Ik weet het. Ze heeft hetzelfde als Greg. Een angstaanval.'

'Greg komt zijn huis nooit uit,' zei mijn vader, met zijn hoofd nog onder tafel om wat kruimels op te rapen.

'Greg heeft een angststoornis. Hij gaat niet naar buiten omdat hij een angstaanval krijgt als hij dat wél doet.'

'Ik heb niet hetzelfde als Greg!' zei ik. Ik kwam langzaam overeind en probeerde diep adem te halen. Greg is een vriend van mijn vader die vanuit zijn huis een website over tuinieren runt. Hij komt helemaal nooit ergens. Als je hem wilt zien moet je naar hem toe gaan en een kant-en-klaarmaaltijd meenemen. Het hele huis puilt uit van de boeken en er staan zeker vier computers en er komt geen licht naar binnen omdat er minstens negenhonderd planten voor de ramen staan. Hij is aardig maar ongetwijfeld gek.

'Bij Greg begon het ook zo, Roo,' zei mijn moeder. 'Een aanvalletje hier, een aanvalletje daar. Heb je er al meer gehad?'

'Al vier,' gaf ik toe, bang maar ook opgelucht dat wat me overkwam een naam had.

'Ik ga een paar telefoontjes plegen,' zei mijn moeder, en ze stond op en liep met haar bord naar de telefoon. 'Hier moet je hulp voor hebben.'

Het had geen enkele zin om tegen haar in te gaan. Als die vrouw iets in haar kop heeft, is ze net een wervelwind. Ze vroeg Meghans moeder (Sally Flack, die dokter is en vlakbij woont) naar ons toe te komen om mijn hart en longen te controleren. Dokter Flack zat juist te eten, maar ze kwam toch. Mijn moeder heeft een overtuigende persoonlijkheid.

Meghans moeder onderzocht me in de badkamer en zei dat ik in orde was,[7] en vervolgens zat mijn moeder twee uur aan de telefoon om aan iedereen die we kennen mijn symptomen te beschrijven en aan al haar neurotische vrienden te vragen of ze misschien een goede psychiater kenden.

Mijn moeders vriendin Juana raadde dokter Z aan. Ik denk dat mijn ouders haar kozen omdat ze het goedkoopst was. Dokter Z werkt met variabele tarieven, wat betekent dat ze rekening houdt met wat iemand kan betalen. Ik twijfelde aan iedereen die werd aangeraden door Juana: een Cubaans-Amerikaanse toneelschrijfster met dertien honden en vier ex-mannen. Volgens mij is ze gestoord, maar mijn moeder zegt dat ze een kunstenares is. Ze zegt dat Juana zich niets aantrekt van wat andere mensen denken en dat ze dus oké is.

Als je het mij vraagt is dertien honden te veel voor iemand met een gezond verstand. Vijf is wel zo'n beetje het maximum. Meer dan vijf en je verspeelt het recht om jezelf normaal te noemen.

---

[7] Godzijdank vroeg ze niet of ik mijn bh uit wilde doen. Je denkt toch niet dat ik mijn borsten laat zien aan de moeder van mijn carpooler.

Zelfs als het kleine honden zijn.

Mijn moeder bracht me op donderdag met de auto naar de praktijk van dokter Z. We waren vroeg en ze liet mij op de parkeerplaats rondjes rijden omdat ik sinds kort mijn voorlopig rijbewijs heb, maar dat kun je beter niet doen als je op het punt staat voor de allereerste keer naar een psych te gaan en als je hele leven overhoop ligt en je het daar niet eens met je beste vriendin over kunt hebben omdat zij een deel van het probleem is.

Waarom kun je op zo'n moment beter niet autorijden? Omdat je moeder je helemaal gek zal maken. Zo gek dat de psych zodra ze je ziet een gedwongen opname voor je zal regelen in een psychiatrisch ziekenhuis.

We reden een rondje over de parkeerplaats en gingen misschien tien kilometer per uur, maar mam hapte steeds naar lucht alsof ze naar een horrorfilm zat te kijken.

'Roo! Die vent gaat weg!'

'Hm-hm.'

'Zie je hem? Daar, hij komt naar achteren.'

'Ja.'

'Stop dan!'

Ik stopte.

'Niet zo hard op die rem trappen, Roo.'

'Dat deed ik niet.'

'Dat deed je wel. Ik schoot bijna van mijn stoel. Maar het geeft niet, je bent het aan het leren. We zijn aan het oefenen. O!' gilde ze, toen ik aan een nieuw rondje begon. 'Voorzichtig! Daar gaat een eekhoorn!'

'Ik vraag me af van wie ik al die angsten heb,' zei ik.

'Wat? Bedoel je mij?' lachte mijn moeder. 'Dat heb je niet van mij. Je vader is veel banger aangelegd dan ik. Hij dacht dat je suïcidaal was, weet je nog? Let op die bocht, niet zo scherp.'

De praktijk van dokter Z is in een heel kleurloos gebouw

naast een winkelcentrum, en er zitten allemaal orthodontisten en internisten en nog allerlei -isten waarvan ik nog nooit had gehoord. Maar als je haar praktijk binnenkomt, blijkt die alles behalve kleurloos te zijn. Het hangt er vol Afrikaanse kunst en de beige muur is van links naar rechts bedekt met een dieprood wandkleed. Dokter Z zelf droeg een poncho. Ik hou je niet voor de gek: een groot, gehaakt, patchworkachtig ding met een lange rok eronder en Birkenstocks. Dat staat je in Seattle te wachten: psychiaters met bruine, knerpende sandalen. Ze was Afro-Amerikaans, wat me verraste. Dat zou niet moeten, maar onze familie is blank, voor zover ik het aan de stamboom kan zien, en ik denk dat mijn beeld van mensen blank blank blank is, totdat iemand me vertelt dat het niet zo is. Dokter Z had zo'n bril met een rood montuur en glazen die te groot waren voor haar gezicht en ze gaf je de indruk dat ze haar ponchoklederdracht zeer serieus nam.

Mijn moeder zei: 'Hoi, ik ben Elaine Oliver, we hebben elkaar aan de telefoon gesproken, bla, bla, Juana, bla, bla, bla,' en dokter Z zei: 'Ja, wat leuk om elkaar te ontmoeten, en hallo, Ruby, bla, bla,' en mijn moeder glipte ertussenuit om naar het winkelcentrum te gaan en liet me alleen met de psych.

Dokter Z bood me een stoel aan en vroeg naar de angstaanvallen.

Ik vertelde haar dat ik een slechte week had gehad.

'Hoezo een slechte week?' zei ze, en stak een Nicorettekauwgompje in haar mond.

'Gewoon tienersangst. Ik ben niet in de war of zo.'

'Angst voor wat?'

'Het is uit met mijn vriendje.'

'O.'

'Ik wil er niet over praten.'

'Oké.'

'Ik ken je nog maar net.'

'Oké. Waar wil je het wel over hebben?'

'Ik weet het niet,' zei ik. 'Nergens over. Er is niks aan de hand.'

Ze zei niets.

Er stond een doos tissues op de lage tafel, waar ik me aan ergerde. Alsof ze erop rekende dat ik zou gaan huilen. 'Ga je me niet vragen waar ik over droom?' vroeg ik na een tijdje. 'Dat doen psychiaters toch?'

Dokter Z lachte. 'Tuurlijk. Dat kan ik doen. Heb je interessante dromen?'

'Nee.'

'Oké dan.' Het was weer even stil. 'Vertel me eens iets over je familie.'

Dat was makkelijk. Ik heb een mooi verhaal over mijn familie. Dat draai ik altijd af als er iemand naar vraagt omdat mijn ouders anders zijn dan de meeste mensen op Tate, de school waar ik al vanaf groep 1 naartoe ga. Tate is voor rijke kinderen. Kinderen die van hun ouders een BMW krijgen als ze zestien worden. Hun vaders zijn plastisch chirurg of advocaat of directeur van een winkelketen of van een groot bedrijf. Of ze werken voor Microsoft. Hun moeders zijn ook advocaat of ze doen vrijwilligerswerk en ze hebben allemaal 'big hair'. Iedereen woont in een groot huis met een weids uitzicht en een terras met bubbelbad (mensen in Seattle zijn dol op bubbelbaden), en ze gaan op vakantie naar Europa.

Vergeleken bij hen zijn mijn ouders halvegaren. Ze stuurden me met een studiebeurs naar Tate omdat volgens hen 'alles begint bij onderwijs'. Wij wonen in een woonboot, wat Kim en Cricket en Nora leuk lijkt maar wat in werkelijkheid afschuwelijk is omdat ik geen privacy heb (absoluut geen, want het is piepklein en er zijn weinig tussenmuren dus als ik alleen wil zijn moet ik in mijn miniatuurslaapkamer gaan zitten en de deur dichtdoen en zelfs dan kan mijn moeder als ik aan de telefoon zit elk woord verstaan), en omdat het deel van Seattle waar de woonboten liggen ver weg is van alles waar je heen zou willen en de bus maar één keer in het uur gaat. Het andere nadeel van een woonboot zijn de bijen. Mijn vader runt vanuit huis een vaag nieuwsblaadje met tuintips en een zaaigoedcatalogus: *Terrastuinieren voor de liefhebber van zeldzame bloemen.* De woonboot heeft een halfrond dek en op elke vierkante centimeter staan bijzondere soorten pioenen, miniatuurrozen, lelies en wat je maar kunt bedenken. Als het maar bloemen heeft en het kan in een pot met modder in het noordwesten van de Verenigde Staten groeien, dan hebben we het. En dat betekent dat we ook bijen hebben, de hele zomer lang. Ze zoemen bij de voordeur en proberen altijd door de ramen naar binnen te glippen.

Mijn moeder weigert een elektrische insectenverdelger neer te zetten. Ze zegt dat we in harmonie met de natuur moeten leven. En om eerlijk te zijn is niemand van ons ooit gestoken. Mam is een 'performance artist' (en parttime-thuis-tekstredacteur om de rekeningen te betalen). Dat houdt in dat ze van die lange monologen houdt over zichzelf en haar leven en haar opvattingen over politiek en insectenverdelgers. Als ze op toneel staat wordt ze hysterisch. Ze schreeuwt in de microfoon en doet van alles met geluidseffecten.

Ze mag niet meer over mij praten in haar shows. Niet sinds 'Ruby's eerste ongesteldheid' een vast onderdeel was van haar monoloog *Elaine Oliver: Schreeuw het uit!* Pas toen ik met Kim en Nora tijdens de première in de zaal zat (we waren twaalf), kwam ik erachter dat mijn eigen lichaamssappen onderwerp waren van haar show. Ik stierf ter plekke, stopte met ademhalen, liep blauw aan en bleef stijf als een lijk op de tweede rij van het Empty Space Theater zitten.

Pap had daarna een gesprek met haar en ze beloofde dat ze het op toneel nooit meer over mij zou hebben.

Dit verhaal heb ik al miljoenen keren verteld. Het is een goed verhaal om het gesprek op gang te brengen en het is een goed verhaal om iemand te laten weten dat hij of zij bij mij thuis geen BMW of flatscreen hoeft te verwachten. Maar in de praktijk van de psychiater klonk het anders. Terwijl ik praatte, bleef dokter Z maar 'Hm-hm' zeggen en 'O, aha,' alsof ze van plan was allemaal psychiaterachtige dingen op te schrijven zodra de vijftig minuten om waren. Dingen als: 'Ruby Oliver, obsessie met ongesteldheid, begint er tijdens de eerste sessie al over.' Of: 'Ruby Oliver, fixatie voor bijen.'

'Maakt zich duidelijk zorgen over het feit dat haar vrienden meer geld hebben dan zij.'

'Heeft de hulp van haar vader nodig om ervoor te zorgen dat haar moeder haar niet belachelijk maakt.'

'Eerste menstruatie, ongetwijfeld een traumatische gebeurtenis.'

'Denkt aan bubbelbaden en privacy. Dus denkt aan seks.'

Plotseling was mijn hele verhaal me overduidelijk.

Ik hield mijn mond.

Dokter Z en ik bleven twaalf minuten zitten zonder iets te zeggen. Dat weet ik omdat ik op de klok keek. Ondertussen vroeg ik me af of iemand die poncho voor haar had gemaakt, of dat ze hem zelf had gemaakt of dat ze hem had gekocht op een markt voor oude ambachten. Toen keek ik naar mijn eigen heupbroek en naar de rafels aan het jaren-vijftig-bowlingshirt dat ik aanhad, en ik vroeg me af of zij ook gemene dingen zat te bedenken over mijn kleding.

Uiteindelijk sloeg dokter Z haar benen over elkaar en zei: 'Waarom denk je dat je hier bent, Ruby?'

'Mijn ouders zijn paranoïde.'

'Paranoïde? In welke zin?'

'Ze zijn bang dat ik doordraai en anorexia krijg of depressief word. Ze denken dat therapie dat kan voorkomen.'

'Denk jíj dat je anorexia krijgt of depressief wordt?'

'Nee.'

Een stilte.

'Waar denk jij dan dat die angstaanvallen mee te maken hebben?'

'Wat ik zei, ik had een slechte week.'

'En daar wil je het niet over hebben?'

'Ik zit er nog middenin,' zei ik. 'Wie weet is het helemaal niet over tussen mij en Jackson, want hij kuste me toen die ene avond, of misschien kuste ik hem, en hij blijft maar naar me kijken, en hij kwam wel terug toen ik dat feestje had en hij was helemaal van slag door wat er gebeurd was.'

'Door wat?'

'O, gewoon, door iets. Het is moeilijk uit te leggen. En ik weet niet waarom Cricket en Nora niet meer met me praten, het lijkt wel of we plotseling geen vrienden meer zijn, en ik had ruzie met Noel, en ik weet niet waarom Cabbie me mee uit heeft gevraagd, of waarom ik ga. Ik denk dat hij iets wil. O, en die andere jongen, Angelo, die wil waarschijnlijk helemaal nooit meer met me praten, maar aan de andere kant... misschien ook wel. Het komt erop neer dat ik geen idee heb wat er op dit moment in mijn leven allemaal gebeurt. En daarom kan ik er niet over praten.'

Ik weigerde hoe dan ook een tissue te pakken uit die stomme doos. Ik haalde diep adem zodat ik niet hoefde te huilen. 'Misschien is het geen slechte week,' zei ik lachend. 'Misschien is het een slechte maand. Maar ik kan er niets zinnigs over zeggen, totdat ik er iets zinnigs over kan zeggen, en dat kan ik nu niet.'

'Is Jackson je vriend?' vroeg dokter Z.

'Was,' zei ik. 'Tot twee weken geleden. Misschien komt het wel weer goed.'

'En wie is Cabbie?'

'Gewoon een jongen. Shep Cabot. Morgenavond gaan we uit.'

'En Angelo?'

'Gewoon een andere jongen.'

'Noel?'

'Dat is gewoon een vriend.'

'Dat zijn wel heel veel gewoons,' zei dokter Z. 'En veel jongens.'

En voor ik het wist liet ze me beloven dat ik de vriendjeslijst zou maken. Ze zei dat we dan volgende week iets hadden om over te praten – en dat de tijd om was.

1. Adam
(maar hij telt niet mee)

A DAM WAS DE JONGEN naar wie ik op de peuterspeelzaal altijd staarde. Ik denk omdat zijn haar te lang was. Het kwam achter zijn oren vandaan en liep door tot in zijn nek, terwijl alle andere vijfjarige jongens bloempotkapsels hadden. Ik had zelf niet al te veel haar – het groeide niet snel en mijn moeder trimde het altijd met haar nagelschaartje – dus was ik een beetje gefascineerd door haar.

Adams achternaam was Dick en nadat ik een paar maanden naar hem had gekeken, vernoemde ik mijn knuffelkonijn naar hem. Alle volwassenen lachten me uit als ik zei dat mijn konijn Dick heette, en ik begreep niet waarom.[1]

Al snel speelden Adam en ik samen. Onze ouders namen ons mee naar de dierentuin en na school gingen we naar de speelplaats waar we met stoepkrijt tekenden en op de glijbaan klommen. Ik herinner me dat we een paar keer gingen zwemmen in het zwembad en dat we in een plastic badje zaten in zijn achtertuin. Zijn poes had jongen en omdat ik op de ochtend dat ze geboren werden bij hem was, hielp ik hem namen te bedenken.

Dat was alles.

We waren pas vijf.

---

[1] Nog een leuk gegeven over mijn seksmanie, voor het dossier van dokter Z. 'Ruby Oliver: noemt haar knuffelkonijn naar de mannelijke voortplantingsorganen. Kan kennelijk nergens anders aan denken?'

Toen ik oud genoeg was om naar groep 1 te gaan, ging ik naar Tate en hij ging ergens anders heen.

Dokter Z keek naar de vriendjeslijst. Ze leek niet erg onder de indruk te zijn van mijn verhaal over Adam Dick. Of misschien was ze niet erg onder de indruk van de lijst zelf, alhoewel ik er veel tijd in gestoken had. Ik begon er de avond na onze eerste afspraak mee. Ik zat in mijn pyjama in bed en gebruikte het dikke, crèmekleurige briefpapier dat ik van mijn oma Suzette had gekregen. Boven aan het papier staat in sierlijke krulletters RUBY DENISE OLIVER maar ik had het nog nooit gebruikt omdat iedereen aan wie ik zou willen schrijven e-mail heeft.

Op mijn eerste kladje schreef ik alleen Jackson en Cabbie. Toen schreef ik helemaal bovenaan Gideon, met een vraagteken achter zijn naam. Toen voegde ik Michael toe, tussen Gideon en Jackson. Michael is de jongen die me mijn eerste zoen gaf.

Toen deed ik het licht uit en probeerde te slapen.

Geen succes.

Ik sliep de laatste tijd toch slecht, maar nu lag ik daar met het gevoel dat de lijst niet klaar was. Ik bedacht dat ik dokter Z al over Angelo had verteld, dus deed ik het licht weer aan en krabbelde zijn naam tussen die van Jackson en Cabbie.

O, en ik had het met haar ook al over Noel gehad, al waren we gewoon vrienden. Ik voegde hem dus toe, direct achter Jackson omdat ik hem toch ergens moest zetten. Toen schreef ik de lijst over, in een mooi handschrift, en uiteindelijk lukte het om in slaap te vallen. Maar midden in de nacht werd ik wakker en schreef nog twee jongens op en de naam van mijn geschiedenisleraar.

Toen streepte ik iedereen door.

De volgende ochtend bij het ontbijt sprong ik achter mijn bord cornflakes vandaan en zette ik er weer iemand op.

Op school leek de gang naar de schoolkastjes wel een hindernisbaan vol oude liefdes en teleurstellingen. Shiv Neel. Finn Murphy. Hutch (argh...). Alle drie stonden ze nog voordat de eerste les was begonnen voor mijn neus. Ik haalde de lijst te voorschijn en schreef ze erbij.

De hele dag dacht ik aan jongens. (Nou goed, nog meer dan anders dus.) En hoe langer ik erover nadacht, hoe meer namen ik me herinnerde.

Adam, de zeemeermin.

Sky, de eikel.

Ben, de hippe jongen.

Frank, die me een kettinkje wilde geven.

Billy, die in mijn borst kneep.

In geen miljoen jaar had ik verwacht dat de lijst zo lang zou zijn, maar aan het eind van de dag stonden er vijftien namen op. Hij zag er uit als een kladje met allerlei doorhalingen en pijlen om aan te geven in welke volgorde de jongens precies moesten komen te staan.

Het was een rotzooitje en dus schreef ik hem onder meetkunde in het net over en gooide de oude weg.[2] Toen vouwde ik de lijst op en deed hem in een bijpassende envelop.

'Waarom speelde je niet meer met Adam?' wilde dokter Z weten.

'Wat ik al zei, ik ging naar een andere school.'

---

[2] Wat denk je? Geen goed idee? Om zo'n lijst op school in de prullenbak te gooien? Het enige wat ik kan zeggen is... je bent slimmer dan ik. Wat niet zoveel zegt, want ik ben zonder twijfel een idioot.

'Is er nog iets?' vroeg ze, en ze keek me aan, over dat rode brilmontuur heen.

'Nee.'

Ik had het leuk gevonden om de lijst te maken. Het was grappig. Maar argh... Wat had het voor zin over iets te praten van tien jaar geleden wat niet eens belangrijk was? Dierentuinbezoekjes met Adam Dick en zijn moeder waren niet echt van invloed op mijn psychische ontwikkeling.

Niet dat er ook maar íéts anders was waarover ik wilde praten.

Ik wilde alleen dat de angstaanvallen ophielden.

En dat dat lege, verdrietige gevoel wegging.

En dat ik de pauze doorkwam zonder tranen weg te hoeven slikken.

En Jackson. Ik wilde Jackson terug.

En mijn vriendinnen.

'Heb je hem ooit nog weleens gezien?'

'Wie?' Ik was vergeten waarover we het hadden.

'Adam,' zei dokter Z.

Ik had Adam inderdaad nog een keer gezien. Toen ik in de tweede klas zat, twee jaar geleden, op een interscolaire ontmoetingsavond. Op Tate zitten maar heel weinig leerlingen, net als op sommige andere particuliere scholen in Seattle. De schooldecaan, of iemand anders die is belast met onze ontwikkeling, besloot de taak op zich te nemen iets te organiseren met, wat ze noemden: 'bredere sociale mogelijkheden voor de leerlingen, buiten de competitieve sfeer van de sportevenementen om'. Met andere woorden: er zou een feest komen. Alleen noemden ze het geen feest maar een interscolaire ontmoetingsavond.

De avond waarop ik Adam weer zag, begon bij Cricket thuis. We maakten ons op en aten kaaskoekjes. Dit is Cricket: cool en blond en ze draagt altijd zachte, rustige kleuren, wat misleidend is, want ze is het drukste meisje dat ik ken en dat zo fel uit de hoek kan komen. Dit is Nora: met een rood shirt dat haar een dramatische uitstraling geeft. Ze lacht om haar borsten, steekt ze naar voren en laat ze bewegen. Grappig dat ze zo vroeg grote borsten heeft gekregen. Dit is Kim: steil, zwart, Japans haar tot bijna aan haar middel, een hippieachtige, geborduurde blouse, geen make-up. Dit ben ik, Ruby: heeft onlangs tweedehandskledingzaakjes ontdekt, spijkerbroek, bril met zebramontuur en een trui met kraaltjes waarvoor ik 7,89 dollar betaalde in een winkel die Zelda's Closet heet.

Ik ga je niet precies vertellen hoe ik er verder uit zie. Ik haat die eindeloze beschrijvingen van heldinnen in boeken: 'Ze had doordringende blauwe ogen en een op en neer gaande melkwitte boezem, bla, bla.' Of: 'Ze had een hekel aan haar krullende haar en haar dikke enkels bla-bla, bla-bla.' Ten eerste is het saai. Je zou een beeld van me moeten krijgen zonder al die stomme details over mijn haar of de omvang van mijn heupen. En ten tweede heb ik er moeite mee dat er in boeken maar twee mogelijkheden lijken te zijn: personages zijn óf volmaakt óf afschuwelijk. Alsof lezers alleen geïnteresseerd zijn in mensen die ideaal zijn of die compleet aan diggelen liggen. Alsjeblieft zeg. Mensen móéten toch slimmer zijn.[3]

[3] O, oké. Ik weet dat sommigen van jullie zitten te springen om een beschrijving van mijn uiterlijk, en laat ik niet horen dat iemand zegt dat ik mijn lezers teleurstel. Hierbij geef ik Ruby Olivers vijf beste kenmerken en vijf die ik – geheel terecht – haat.
1. Geen billen die meer heen en weer wiegen dan leuk is maar die gedoemd zijn te gaan hangen.
2. Goede spierontwikkeling door zwemtraining en hockey maar snel last van vieze oren.
3. Lange, donkere wimpers maar slechte ogen die bovendien ongeschikt zijn voor contactlenzen dus een bril die de oogwimpers verbergt en hun effect tenietdoet.
4. Redelijk onbehaard lichaam maar een buik die nooit helemaal plat zal zijn en waarvan je zelfs kunt zeggen dat hij na een maaltijd schaamteloos uitpuilt.
5. Schattig spleetje tussen voortanden maar neiging om snel te gaan zweten in benarde situaties.
Nu zie je me voor je, of niet?

Hoe dan ook, dit zijn wij: Kim, Roo, Cricket en Nora. We waren – en zijn – nooit echt de populairsten van de klas. Dat zijn Katarina, Ariel en Heidi. Meisjes die mijn geschiedenisleraar[4] de heersende klasse[5] van het Tate-universum zou noemen.[6] Maar we stonden ook weer niet helemaal onder aan de sociale ladder. Er is nog een hele groep kinderen die niet eens opvalt, kinderen die nooit naar verjaardagen en feestjes gaan, die nooit aan toneelstukken meedoen of op het schoolplein zitten als de zon schijnt. Ze doen kennelijk alleen wat ze moeten doen en misschien sporten ze of zitten ze in een of andere organisatiecommissie. Niemand heeft het ooit over ze.

Wij vieren waren dus redelijk populair. Niet echt héél populair, maar populair genoeg.

Aan het begin van de tweede klas werden we een groepje, alhoewel Kim en ik al sinds groep 2 vrienden zijn. Zij werd gepest om wat er in haar lunchtrommeltje zat (rode-bonencake en tofoe) en ik ruilde mijn boterhammen met haar omdat ik toch niet van pindakaas hield en mijn moeder deed er altijd pindakaas op. Sindsdien zijn we beste vriendinnen en omdat ik Roo was, werd zij Kanga. Een paar jaar later kwam Nora erbij. Nora: onhandig, giechelend, lang en een beetje gebogen met haar enorme kelder vol verkleedkleren en haar Instamatic-ca-

---

4 Meneer James Wallace. Ik heb een zwak voor hem. Hij komt uit Zuid-Afrika en heeft zo'n apart accent en hij raakt helemaal opgewonden als hij praat. Hij is echt véél te oud voor mij.
5 Hij ziet er trouwens erg goed uit in zijn zwembroek. Hij is ook onze zwemcoach.
6 Je vraagt je nu zeker af waarom hij niet op de vriendjeslijst staat. Ik weet het. Iedereen voor wie ik iets voel moet erop staan. Maar ik heb hem niet zomaar weggelaten. Het is gewoon te stom om iets voor je geschiedenisleraar te voelen. Zo absoluut, totaal onmogelijk ook. Bovendien weet ik zeker dat dokter Z, als ik het aan haar zou vertellen, zou denken dat ik zo'n sletterig lievelingetje van de leraar ben zoals in dat liedje van The Police: 'Don't stand so close to me'. Maar dat ben ik niet. Ik weet dat meneer Wallace nooit verliefd op me zou worden – en zelfs als hij dat werd, dan zou dat behoorlijk fout zijn van hem. Hij is iets van negenentwintig. En getrouwd.

mera altijd bij de hand. In de tweede klas kwam de luidruchtige Cricket op school en op een dag, aan het begin van dat jaar, zaten we met z'n vieren op de achterbank van de bus toen we met school naar het historisch museum gingen. We waren aan het keten en lachen en zaten met onze voeten op de stoelen voor ons en vouwden van die kubusjes waarmee je iemands toekomst kunt voorspellen en schreven er de schunnigste spreuken in, totdat er eindelijk een leraar naar achteren kwam die tegen ons schreeuwde dat we moesten ophouden, waardoor wij nog harder moesten lachen.

Vanaf dat moment was Cricket onze aanvoerder. Kim en ik waren nog steeds elkaars beste vriendinnen – we sliepen bij elkaar thuis en zaten elke avond uren aan de telefoon – maar we waren ook heel vaak in Crickets huis, dat ongelooflijk luxe is en zelfs nog groter dan dat van Kim en dat nog meer technische snufjes heeft dan dat van Nora. Het heeft zes slaapkamers en een zwembad en een sauna en een bubbelbad en twee koelkasten. Cricket heeft op haar kamer een eigen stereo en een televisie. Haar moeder werkt hele dagen en haar oudere zus, Starling, had toen al een auto. Vanaf de tweede klas reden we met haar van school naar huis en keken televisie en spartelden in Crickets bubbelbad totdat onze ouders ons kwamen ophalen voor het avondeten.

Bij Cricket thuis deden we een heleboel dingen die je alleen kunt doen zonder toezicht van ouders. Nora bakte een hele lading chocoladekoekjes en we aten ze allemaal op; we zaten topless in de sauna; we schreven elkaars huiswerk over; we keken 16+-films uit haar moeders dvd-collectie; we stuurden anonieme chats naar jongens die we leuk vonden.

Eigenlijk doen we dat soort dingen nu we ouder zijn nog steeds.

Tenminste, dat deden we, tot ze geen van drieën meer met me wilde praten.

Die avond dat ik Adam Dick weer zag, had ik het best naar mijn zin. We hadden het allemaal best naar ons zin, maar hoe jammer ook, waar ik achtergekomen ben is dat de uren voordat je naar een feest gaat, als je je samen gaat aankleden en opmaken en zo, eigenlijk veel leuker zijn dan het feest zelf. De 'ontmoetingsavond' was in een donkere gymzaal. Er was muziek en er liepen allerlei mensen rond die ik niet kende. Dat was het dan. Nora en Cricket gingen ervandoor en dansten samen en er waren nog veel meer groepjes meisjes die dansten, maar de jongens stonden aan de kant en gooiden punch naar elkaar totdat er een leraar kwam die zei dat ze daarmee moesten stoppen.

Ondertussen probeerden Kim en ik te bedenken met welke Tate-jongen we wilden dansen. Shiv Neel. Billy Krespin. Noel DuBoise. Kyle Greco. 'Zie je die jongen in dat blauwe shirt?' vroeg Kim. We stonden al een tijdje langs de kant en we hadden nog niet gedanst.

'Ja...'

'Hij keek net naar je.'

'Niet waar.'

'Nee, echt.'

'Die daar?' Ik keek naar de jongen die ze had aangewezen. Hij zat niet bij ons op school. Hij had donkere wenkbrauwen en warrig haar. 'Wacht! Ik ken hem!'

Kim keek me met grote ogen aan. 'Je liegt.'

'Echt waar. Van vroeger.'

'Hij is zó leuk.'

We praatten nog zeker tien minuten over hem. Over wat er precies leuk aan hem was, over hoeveel leuker hij was dan anderen, wiens type hij was, wat we van zijn kleding vonden, hoe oud hij moest zijn, op welke filmster hij leek. Dingen waarover je met je beste vriendin niet uitgepraat raakt en die ongelooflijk saai zijn als je ze opschrijft en leest. Het resultaat was dat Kim hem wilde ontmoeten en ook al stond het zweet in mijn handen en voelden mijn kleren plotseling helemaal verkeerd, met Kim in mijn voetspoor liep ik naar de hoek waar Adam en zijn vrienden stonden.

'Ben jij Adam Dick?' vroeg ik.

'Misschien,' zei hij. 'Dat hangt ervan af.'

'Van wat?'

'Van de reden waarom je dat wilt weten.'

'Ik ben Ruby Oliver. We speelden vroeger samen.'

'Speelden jullie samen?' zei een van zijn vrienden, alsof het een soort seksgrapje was. 'Ze zegt dat Adam vroeger met haar speelde! Hé, Adam, heb je je vermaakt?'

'Weet je dat niet meer?' vroeg ik.

'Ik denk het niet,' antwoordde hij en hij haalde zijn schouders op.

'En het zeemeerminnenspel?' zei ik. (We speelden altijd zeemeerminnetje.)

'Ik heb geen idee waar je het over hebt.'

'In het spetterbadje,' zei ik, om hem te helpen.

'Al sla je me dood.'

'Weet je nog dat jullie poes jongen kreeg en dat ik je hielp met namen bedenken?'

'Ja, tuurlijk.' Hij klonk sarcastisch. 'Miauw.'

Zijn vrienden lachten. 'Wie is dat meisje?' riep een van hen.

'Deden jullie alsof jullie poesjes waren?'

'Dit is mijn vriendin Kim. We zitten op Tate.'

Adam draaide zijn rug naar ons toe. 'Ik heb geen idee wat ze van me wil,' zei hij tegen zijn vrienden. 'Schele.'

Mijn gezicht gloeide. 'Kom op, Kim,' zei ik, en ik pakte haar hand. 'We gaan.'

Kim kan heel boos worden, wat geweldig is totdat ze boos op jou is. Normaal gesproken is ze heel rustig en maakt ze niet snel stennis. Maar áls ze kwaad wordt, dan gaat ze ook echt door het lint. Het lijkt wel of ze altijd haar best doet om goed en aardig te zijn, ze legt de lat hoog, haalt goede cijfers en doet aardig en dan, als iemand anders niet aan die eisen voldoet, ontploft ze. En dat gebeurde, op de interscolaire ontmoetings-avond, met Adam Dick. Ze liep op hem af en prikte met haar kin in zijn borst (hij was een stuk langer dan zij). Ze keek om-hoog en noemde hem een slappe, mislukte zeemeermin met veel te grote wenkbrauwen.

'Laat me met rust!' Adam keek naar zijn vrienden alsof hij hulp zocht, maar ze waren kennelijk te verbaasd om iets te doen.

Kim noemde hem een oppervlakkige barbiepop die helemaal niets voorstelde, en zijn vrienden begonnen te lachen.

Ze wilde nog verdergaan en begon te zeggen dat hij helemaal niet schattig was, dat hij een sukkel was, en Adam keek alsof hij haar echt wilde gaan slaan, maar op dat moment legde een lange leraar met een dikke, bruine baard een beschermende hand op Kims schouder.

'Laat het gaan, jongens,' zei de leraar. 'Laat het gewoon gaan.'

Adam deed een stap naar achteren maar stompte toen vlak naast Kims hoofd in de lucht.

'Ik zei: laat het gaan,' herhaalde de leraar. 'Jij gaat op mijn school niet met meisjes vechten. Dat gaat niet gebeuren. Einde verhaal.'

Adam draaide zich om maar toen de leraar even de andere kant op keek, stak hij zijn middelvinger op naar Kim.

Kim en ik kregen een heel betoog over gedrag, en dat wij, als we wilden dat de jongens zich als heren gedroegen, ons als dames moesten gedragen, wat helemaal nergens op sloeg omdat we helemaal niet wilden dat de jongens zich als heren gedroegen. We wilden dat ze ons knap vonden en dat ze vroe-gen of we zin hadden om te dansen en dat ze onze hand vast-pakten en ons in een hoekje zouden zoenen en daarna leuke berichtjes zouden sturen.

Ja, dat wilden we, zelfs van jongens die zo stom en gemeen waren als Adam Dick en zijn vrienden. Ik weet dat ik Kim dankbaar moest zijn omdat ze me had verdedigd, maar ik schaamde me. Ik wilde dat wij van die meisjes waren tegen wie jongens gewoon leuk doen. Ik weet niet eens zeker wat voor meisjes dat zijn of waarom sommige meisjes aantrekkelijk zijn voor jongens en andere niet. Wij waren net zo leuk als Heidi en Katarina – die die avond allebei met derdeklassers van Sullivan dansten. Onze kleren waren oké. Mijn bril was niet veel erger dan de zwarte koppen op Heidi's neus of Katarina's beugel. Maar om de een of andere reden behoorden wij niet tot die groep. En het zag er niet naar uit dat dat ooit zou veranderen. En toch gebeurde dat.

Er was één ding dat het hele Adam-debacle een beetje goedmaakte. Kim en ik begonnen daarna samen aan ons officiële aantekeningenboek waarin we de belangrijkste dingen schreven die we over het jongens-meisjesgebeuren wisten. We versierden het aantekeningenboek met zilver cadeaupapier en besloten dat de inhoud bestemd was voor iedere vrouwelijke lezer van wie wij vonden dat ze het waard was (Cricket en Nora dus) met als doel de andere sekse aan te trekken en niet direct af te stoten en om te begrijpen waar het in godsnaam allemaal om draaide. We noemden het: *Het jongensboek: een studie naar gewoonten en gedrag. Inclusief een handleiding om ze te temmen. Een Kanga-Roo uitgave.* Alsof het een biologieboek was over hagedissen of zo.

Wat het in feite ook was.

Het eerste wat we erin schreven was: 'Als je met een jongen wilt praten waar zijn vrienden bij zijn, begin dan niet over iets wat te meisjesachtig is. Zoals zeemeerminnen. Of jonge poesjes. Als je dat doet, zal hij reageren als een ongelooflijke eikel en ernstige schade toebrengen aan je zelfbeeld. Wees voorzichtig.'

Later, toen onze kennis van de mannelijke psyche toenam (het is nog steeds niet wat het moet zijn maar nu we ouder zijn, hebben we in elk geval meer boeken gelezen en films gezien) konden we er na elke blunder steeds iets aan toevoegen: 'In aanvulling op zeemeerminnen en jonge poesjes: de gemiddelde jongen voelt zich ook ongemakkelijk als je begint over: Poëzie. Zonsondergangen. Romantische films. Briefjes die hij aan jou heeft geschreven. Briefjes die jij aan hem hebt geschreven. Geldt ook voor chats. En e-mails. Iets wat gebeurd is dat te maken heeft met gevoel, zoals huilen of zeggen dat hij je leuk vindt. Koosnaampjes zoals "snoekje" of "perzikje" die jullie gebruiken als jullie bij elkaar zijn (als jullie met elkaar gaan). Zijn moeder. Boeken die je leuk vond toen je jonger was. Poppen. Koken (als hij dat doet). Zingen (als hij dat doet). Blunders.'

Bij dit onderwerp op de eerste pagina hadden we na twee jaar zoveel geschreven en tussen de regels gekrabbeld dat we er een pagina bij moesten plakken om nog meer waardevolle info kwijt te kunnen. Op de nieuwe pagina werd aan het begin van de derde klas het volgende toegevoegd: 'Buikkramp. Waarom hij niet gebeld heeft. Wat hij zaterdagavond gaat doen. Gevoel, in welke vorm dan ook.' En daaronder, in Crickets beverige handschrift, een van haar weinige bijdragen aan dit literaire meesterwerk: 'Zoals uit ons uitgebreide onderzoek blijkt, is de jongen wanneer hij zich in een groep bevindt een van de zwijgzaamste soorten die het menselijk ras kent. Er valt helemaal nergens over te praten. Het zijn echt eikels als ze met hun vrienden zijn. Het is zo vreemd. Wetenschappers staan voor een raadsel.'

Toen ik terugkwam, vertelde ik het verhaal over Adam aan mijn ouders. Toen vertelde ik ze nog weleens wat. Mijn vaders eerste reactie was hoe ik dacht dat Adam zich had gevoeld.

'Goed,' zei ik. 'Hij voelde zich goed.'

'Je denkt niet dat hij verlegen was, en dat hij daarom zo deed?'

'Nee.'

'Soms zijn mensen onaardig omdat ze onzeker zijn.'

'Hij vond ons gewoon niet leuk.'

Mijn moeder kwam ertussen. 'Jij vond hém niet leuk!' schreeuwde ze. 'Hij is een eikel. Roo. Zit er verder maar niet over in.'

'Hij is geen eikel,' zei mijn vader. 'Hij is Roo's vriend.'

'Hij is mijn vriend niet,' zei ik.

'Dat wás hij wel,' zei mijn vader. 'Ik weet zeker dat hij niet zomaar zo vreemd deed. Dat arme joch heeft vast problemen.'

'Kevin, dat joch is fout. Hij liep Roo op de peuterspeelzaal al te commanderen en hij is uitgegroeid tot een monster. Laat haar toch eens kwaad zijn.'

'Ik ben niet kwaad,' zei ik.

'Ik denk dat het belangrijk is dat je het een goed plekje weet te geven als mensen gemeen doen,' zei mijn vader. 'Ik wil dat Roo inziet dat mensen zo doen omdat ze ergens mee zitten.'

'Ik wil zijn moeder opbellen,' raasde mijn moeder. 'Het kan gewoon niet dat kinderen zo doen. Mensen mogen Roo niet zo behandelen.'

'Nee, niet doen!' schreeuwde ik, en ik greep haar arm vast. 'Alsjeblieft!'

'Waarom niet? Hij is een rotjong en Susan Marrowby-Dick mag dat best weten.'

'Elaine, veroordeel mensen toch niet gelijk. We willen niet dat Roo al deze woede met zich meedraagt. We moeten haar leren wat vergiffenis is.'

'Hallo, pap. Ik ben er nog hoor,' zei ik.

'Als ik al die woede niet in me had, zou ik geen carrière hebben. Mensen betalen geld om mij woedend te zien. Het is pro-

ductief. Het is een catharsis. *Elaine Oliver: Schreeuw het uit!'*
'Kom op, Elaine,' zei mijn vader. 'Je weet best dat je problemen hebt met vergiffenis. Die moet je niet aan Roo doorgeven.'
'Laten we het niet over mijn problemen hebben. Dat is niet waar het hier om gaat.'
'Dat is precies waar het hier om gaat.'
'Ik denk dat het hier eerder om jouw problemen gaat,' zei mijn moeder.
'Mijn wát?' schreeuwde mijn vader – en zo ging het verder. Ze bleven de hele avond ruziemaken terwijl ik op mijn kamer zat met mijn koptelefoon op om hun geschreeuw door de bordkartonnen muren niet te hoeven horen.

Ik wilde dokter Z eigenlijk niet vertellen dat ik Adam Dick had gezien maar ze wist het uit me te trekken door helemaal niets te zeggen en uiteindelijk verveelde ik me en vertelde ik het verhaal. Waar ik later spijt van had.
Want het verhaal over Adam was eigenlijk een verhaal over Kim. Over hoe we met elkaar omgingen. En hoe boos ze kan worden. En hoe boos ze nu is, op mij.
Ik wilde ook niet over jongen 2 van mijn lijst vertellen omdat ik het, als ik het over Finn Murphy heb, ook over Kim moet hebben.
Godver. Het lijkt wel of ik niet om haar heen kan.

2. Finn
(maar dat dacht men alleen)

'GOED DAN,' ZEI DOKTER Z. 'Nummer twee.'
Ik deed alsof ik niet meer wist wie nummer twee was en keek op de lijst. 'O, Finn.' Ik probeerde het nog even te rekken. 'Waarom doen we dit?'

Dokter Z haalde haar schouders op. 'Het is een manier om over je verleden te praten. En kennelijk houdt het onderwerp je nogal bezig. Wat kun je me over Finn vertellen?'

'Hoor je me niet te vragen wat ik voel?' wierp ik terug. 'In plaats van me uit te horen over mijn vriendjes?'

'Oké.' Ze haalde haar benen van elkaar en leunde naar voren. 'Hoe voel je je?'

'Het is niet eens zo dat het allemaal echte vriendjes zijn,' ging ik verder, 'tot aan het eind van de lijst. Daar staan de 'bijna's'. Mensen op wie ik verliefd was of bijna mee uitgegaan ben of die me bijna leuk vonden of met wie ik één keer gezoend heb.'

'Uh-huh.'

'Het enige echte vriendje dat ik heb gehad is Jackson.'

'Jackson.'

'Ja. Maar over hem wil ik niet praten.'

Ik ging haar dus echt niet over Jackson vertellen. Hij was een halfjaar mijn grappige, relaxte, ketchup-etende, altijd-leuk-om-mee-te-zijn, goed zoenende, hees pratende Jackson geweest. Hij was met zijn hoofd op mijn schouder in slaap gevallen. We hadden uren door de stad gereden in zijn gedeukte, oude auto en we hadden altijd wel iets om over te praten. Hij had tegen me gezegd dat hij nog nooit zoiets voor iemand had gevoeld.

Hij was pas zestien dagen mijn ex. We hebben zelfs nog gezoend nadat hij het had uitgemaakt. Als ik dokter Z vertelde hoe dat zat met die kus, en met Kim, en met dat Lentefeest-debacle, en die stomme, stomme vriendjeslijst die ik van haar had moeten maken, waardoor het allemaal nóg erger was geworden dan het al was – dan zou ze het zeker afkeuren als Jackson bij me terug zou komen en weer van me zou houden.

'Goed dan,' zei dokter Z. 'Je wilde dat ik vroeg hoe je je voelde.'

'Dat zou meer zin hebben dan over een stel jongens praten die ik niet eens goed ken,' snauwde ik.

'Dus: Hoe vóél je je?' Dokter Z keek alsof ze elk moment kon gaan lachen.

'Ik verveel me.'

Dokter Z zei niets.

'Op dit moment verveel ik me. Ik heb het gevoel dat ik mijn tijd zit te verdoen,' zei ik.

Ze hield nog steeds haar mond. Ik zou niets zeggen zolang zij dat niet deed. Ik keek naar mijn handen, naar mijn nagels. Ik trok aan een draadje van mijn spijkerbroek.

'En doe je dat?' vroeg dokter Z uiteindelijk.

'Doe ik wat?'

'Zit je je tijd te verdoen?'

'Het is zonde van de tijd dat ik hier zit, bedoel ik.'

'Maar je zit hier nu eenmaal, Ruby. Je hebt geen keuze. Zit jíj je tijd te verdoen?'

We waren stil. Vier minuten gingen voorbij. Ik zag de secondewijzer rondgaan.

Het was waar.

Ik zat mijn tijd te verdoen. Omdat ik haar niets vertelde.

Greg, de vriend van mijn vader, die met de angstaanvallen, blijft altijd binnen en eet alleen kant-en-klaarmaaltijden. De angstaanvallen waren doodeng. Ik voelde me ziek en slap als ik er eentje kreeg. Dokter Z zag er lief uit in haar stomme geborduurde trui en haar rode bril. Niet als iemand die zich heeft gespecialiseerd in psychische aandoeningen.

Ik had niemand anders om mee te praten. Mijn vrienden wilden sowieso niet meer met me praten. Cricket niet. Kim niet. Nora niet. Zelfs Meghan en Noel niet.

'Finn is de jongen met wie deze hele ellende begonnen is,' zei ik ten slotte.

In groep 4 was Finn nog niet de blonde voetballer die hij nu is. Hij was een garnaal met witte haren die zijn tong uit zijn mond stak als hij zich concentreerde. Hij was me nooit echt opgevallen. Hij viel niemand echt op. Tot op een dag. Hij was in de schoolbibliotheek toen ik er ook was, en hij keek in een boek over katachtigen dat ik ook gelezen had.

'Wist je dat een panter eigenlijk een zwart luipaard is?' zei ik.

Hij keek verbaasd en hield het boek krampachtig tegen zijn borst gedrukt.

'En dat een poema en een bergleeuw eigenlijk hetzelfde zijn?' ging ik verder. 'Staat daar allemaal in.'

'Waar?'

'Ik laat het wel zien.'

We keken samen in het boek, naar de grote, glimmende foto's van de leeuwen en de ocelotten en de lynxen in de wildernis. Het bleek dat Finn heel veel wist over hoe ze leeuwen trainen in het circus en hij vertelde een grappig verhaal over een kat die hij kende die allemaal trucjes kon.

Ongeveer een halfuur later kwamen Katarina en Ariel de bibliotheek binnen en ze zagen ons zitten, met onze hoofden over het boek gebogen. 'Een, twee, drie, vier, vijf, zes, zeven, Ruby wil Finn een kusje geven!' riepen ze.

'Sssst,' fluisterde de bibliothecaris.

Maar het kwaad was al geschied.

De rest van het jaar pestte iedereen ons als we ook maar iets te dicht bij elkaar in de buurt kwamen.

Op het speelplein: 'Ruby heeft een vriendje, Ruby heeft een vriendje!'

Met tikkertje: 'Ruby, hier is Finn! Kom dan, dan kun je hem een zoentje geven!'

In de pauze: 'Finn! Er is nog een stoel vrij naast Ruby. Wil je niet naast je vriendinnetje zitten?'

Het hield nooit meer op, vooral omdat Finn inderdaad soms naar me toe kwam en naast me kwam zitten, of langzamer ging lopen als hij me zag staan wachten, wat het alleen maar erger maakte. Hij ontkende het ook nooit, al deed ik dat wel. Als mensen hem met mij plaagden dan keek hij me in de ogen met die lieve, garnaalachtige blik die ik leuk was gaan vinden. Na een tijdje was het alsof we zo'n speciale, geheime band hadden zonder dat we zelfs maar met elkaar praatten.

Na de zomervakantie leek iedereen de hele zaak te zijn vergeten. Er waren nieuwe roddels om door te vertellen; de oude grapjes waren niet grappig meer.

Maar Finn en ik waren het niet vergeten. Als het niet hoefde, sprak ik niet met hem. Ik zat hem nooit achterna met tikkertje, zorgde ervoor dat we met uitstapjes nooit een duo vormden, ging nooit naast hem zitten, niets. Ik wilde niet dat iemand ons weer ging plagen en ik weet zeker dat hij dat ook niet wilde, maar heel af en toe gaf hij me weer die lieve, garnaalachtige blik vanaf de andere kant van de speelplaats.

Aan het begin van de vierde had hij de garnalenfase achter zich gelaten. Zijn haar was donkerder (alhoewel hij nog steeds blond was) en hij was een atleet geworden. Hij was rustig, goed met computers en in wiskunde, hij speelde viool in het orkest. Schattig, op een lieve, ietwat-te-grote-neus-achtige manier. Niet populair maar ook geen sul. Hij was er gewoon. We zeiden nog steeds niets tegen elkaar. Dat was toen al een gewoonte geworden. Als de stoel naast hem vrij was, ging ik daar natuurlijk niet zitten. Als ik hem in de gang tegenkwam, zei ik hem geen gedag en hij mij ook niet. Geen contact, behalve de blikken. Totdat...

'Weet je wat er gebeurd is?' zei Kim, een week nadat school was begonnen. Zij en Cricket en ik zaten na de pauze op het gras voor de mensa een blikje te drinken en mensen te bekijken.[1] Cricket maakte allemaal kleine vlechtjes in haar lange blonde haar.

'Wat is er gebeurd?' vroeg ik.

'Finn Murphy is een stud-muffin geworden.'

Ik opende mijn Engelse literatuurboek en bladerde er snel doorheen. Dit was een reflex geworden doordat ik jaren en jaren had gedaan alsof Finn niet bestond. Maar Cricket knikte. 'Ik denk dat je gelijk hebt,' zei ze en ze keek naar de overkant van het binnenhof, waar Finn met een paar andere jongens tegen een bal trapte. 'Hij is inderdaad een muffin geworden.[2] Geen twijfel mogelijk. Maar wel een stud-muffin. En dat is een belangrijk verschil.'

'Ik heb gisteren met hem gekletst,' zei Kim.

'Niet waar!' Cricket sloeg haar met een grassprietje.

'Wel waar. Ik ging naar de B&O om huiswerk te doen en hij

---

[1] 'Mensa' is op Tate een pretentieus woord voor kantine. Het is eigenlijk een heel gebouw. De school heeft wel acht van die gebouwen, allemaal rondom een vierkant plein dat 'het binnenhof' wordt genoemd. Allemaal behoorlijk bekakt dus.

[2] Muffin: leuk, aardig, maar gewoon. Een heel goed gebakken cakeje maar niet echt iets om opgewonden van te raken. Niet zo feestelijk als cake, niet zo chic als een croissant, niet zo lekker als een koekje.

stond achter de bar.[3] Het was er doodstil en zijn baas was weg, dus kwam hij naar me toe en ging naast me zitten.'

'Was er iets tussen jullie?' vroeg ik.

'Hm... ja,' zei ze. 'Ik denk dat er iets was.'

'Wat voor iets?' wilde Cricket weten.

'Nou, iets-iets.'

'Iets-iets? Bedoel je echt iets?'

'Misschien.'

'Was het nou iets of niet?'

'Oké, het was iets. En het was een echt iets-iets.'

'Wacht even,' zei ik. 'Bedoel je dat er werd gezoend?'

Kim keek naar de lucht. 'Ik zeg niet dat er niet werd gezoend.'

'Heb jij met Finn Murphy gezoend?' gilde Cricket.

'Cricket!'

'Kanga had gistermiddag een zoen-iets met Finn Murphy en wij horen dat nu pas?' Cricket klonk verontwaardigd.

'Ik had heel veel huiswerk,' zei Kim.

'Dat is geen excuus. Je had ons op z'n minst kunnen e-mailen,' zei Cricket. 'Je bent echt te ver gegaan, jongedame. Een zoen-iets met een stud-muffin zonder dat iemand er iets van weet! Waar moet het heen met deze wereld?'

'Wacht!' Ik stak mijn hand in de lucht. 'Het is pas een echt zoen-iets als het zoenen goed was.'

'O, dat klopt,' zei Cricket. 'Kon hij goed zoenen?'

'Was er een tong?' vroeg ik.

'En was het een kleine tong of een heel grote, slijmerige tong?' vroeg Cricket.

---

[3] De B&O is een espressobar, zoiets als de Coffee Company maar dan met bijzondere cake-jes en oude Indiase batikkleden op de tafels. Het is op loopafstand van de wijk met grote, mooie huizen waar Kim woont. Je kunt er zo lang zitten als je wilt, huiswerk maken of wat dan ook. Als we niet naar Crickets huis gaan, zitten we vaak hier, maar de anderen gaan er vaker heen dan ik omdat Kim en Cricket en Nora ernaartoe kunnen lopen terwijl ik de bus moet pakken en twee keer moet overstappen.

'En waar gebeurde het?' vroeg ik. 'Heeft hij je gewoon daar in het midden van de B&O gezoend?'

'Of is hij met je mee naar huis gelopen?'

'Zeg dan!'

'Ik heb niet gezegd dat ik hem heb gezoend,' zei Kim, die zichzelf kennelijk nogal grappig vond. 'Ik zei alleen dat hij een stud-muffin is geworden.'

'Dus hij kan goed zoenen,' zei Cricket, en ze stond op om naar haar volgende les te gaan. 'Kijk dan hoe ze zit te glunderen. Dat is een blije Kanga.'

Binnen een week was het algemeen bekend dat Kim en Finn de stud-muffin iets met elkaar hadden. Ik had juist iets met Jackson (#13 op de lijst, nu mijn ex-vriendje en de oorzaak van bijna alle debacles in het vierde jaar). Cricket had van toneelkamp een vriendje dat Kaleb heette, en Nora had – tja... Nora weet alles van jongens en ik weet dat ze in de tweede klas in één maand drie verschillende jongens heeft gezoend – maar ze gaat met niemand uit. Niet op een vriendjes-vriendinnetjes-manier in elk geval. Ik denk wel dat ze het wil, maar het gebeurt gewoon niet. Ze fotografeert en roeit en basketbalt.

Hoe dan ook, de plotselinge verzameling nieuwe vriendjes had tot gevolg dat we veel nieuwe, fascinerende feiten aan *Het jongensboek* konden toevoegen. Het belangrijkste was een lijst met regels voor vriendjes op een kleine school. Dit is hem:

1 Niet zoenen in de mensa of een andere ruimte. Het irriteert iedereen. (Hallo, Meghan en Bick!)

2 Sta op school ook niet toe dat je vriendje zijn hand op je bil legt. Het is misschien nog wel irritanter dan zoenen. (Weer Meghan.)

3 Als je vriendin nog geen afspraakje heeft voor het Lentefeest (dat is zo'n dansfeest waar je met een jongen heen gaat en waarbij hij een corsage voor je meeneemt en zo) en

jij hebt wel al een afspraakje, ga dan op verkenning uit om erachter te komen wie jouw vriendin zou kunnen meevragen.[4]

4 Zoen nooit, maar dan ook nooit, het officiële vriendje van iemand anders. Als de status onduidelijk is, zoek dan uit hoe het zit. Vertrouw in deze kwestie nooit de desbetreffende jongen. Voer een dubbele controle uit.

5 Als je vriendin je vertelt dat ze een jongen leuk vindt, ga hem dan niet óók leuk vinden. Zij maakt als eerste aanspraak.

6 Tenminste... Tenzij je er zeker van bent dat het 'zo moet zijn'. Want als het zo moet zijn, dan moet het zo zijn en wie zijn wij dan om ware liefde in de weg te staan, alleen omdat we op een kleine school zitten.

7 Verwaarloos je vriendinnen niet als je een vriendje hebt. Deze school is te klein en je afwezigheid wordt altijd opgemerkt.

8 Vertel je vriendinnen alles! We beloven dat we het niet zullen doorvertellen!

Ik was blij voor Kim. Ze had nog nooit een officieel vriendje gehad en Finn deed alles wat hij moest doen. Hij belde haar, kwam met de bus naar haar huis om samen films te kijken, stopte briefjes in haar schoolkastje – waar normaal gesproken alleen maar brieven in zitten over ouderavonden en sportwedstrijden. Hij zat ook bij ons op het binnenhof en vaak aan onze tafel in de mensa – wat betekende dat ik opeens veel optrok met een jongen met wie ik eigenlijk niet praatte.

---

[4] Nora en ik werden in de derde klas niet gevraagd voor het Lentefeest – Cricket ging met Tommy Parrish en Kim met een oudere jongen die Steve Buchannon heette – later kwamen we erachter dat er prima jongens waren die ook niet waren gegaan. We hebben deze regel gemaakt om dit soort debacles in de toekomst te voorkomen.

Ik had een gesprek kunnen beginnen, natuurlijk. Dat zou normaal geweest zijn. Ik had kunnen proberen vrienden met hem te worden, zoals Nora en Cricket deden. Niet echt goede vrienden maar gewoon. Cricket noemde hem bosbes en wilde niemand vertellen waarom, en Nora ging met Kim naar een voetbalwedstrijd en nam actiefoto's met haar Instamatic. Maar een deel van mij was nog steeds bang om te veel met Finn te praten of samen met hem gezien te worden. Ik kon Katarina's zeurderige stemmetje nog steeds horen: 'Een, twee, drie, vier, vijf, zes, zeven, Ruby wil Finn een kusje geven!' en het was moeilijk om plotseling niet meer snel door te lopen als er een stoel naast hem vrij was.

Ook wilde ik niet dat Kim dacht dat ik haar vriendje probeerde af te pakken, als de geruchten weer de kop op staken.

Dus was ik beleefd. Ik zei gedag en zo, maar als het niet hoefde praatte ik verder niet met hem – en hij niet met mij. Op die manier was het makkelijker.

Eind oktober, toen Kim en Finn ongeveer zes weken met elkaar gingen, sprak Kim me erop aan. 'Vind je Finn niet aardig?' vroeg ze me. We zaten op ons dek en aten ijs. Het was waarschijnlijk een van de laatste warme dagen voordat de zware regenbuien begonnen.

'Jawel, hij is geweldig,' zei ik.

'Omdat je bijna nooit met hem praat.'

'Echt? Ik heb er nooit bij nagedacht.'

'Je negeert hem.'

'Niet met opzet, Kim, ik heb gewoon veel aan mijn hoofd.' (Dat was niet zo. Het was een smoes.)

Kim keek bezorgd. 'Zoals wat?'

'Zoals het feit dat meneer Wallace nooit mijn man zal worden,' grapte ik. 'Ik kwijn helemaal weg, maar hij is zo'n marxist, hij zal nooit met me trouwen.'

'Roo.'

'Het enige wat ik wil is mevrouw Wallace worden en lieve ba-by's krijgen met een Zuid-Afrikaans accent...'

'Roo!'

'... en elke ochtend voordat ik naar mijn werk ga naar hem kijken in zijn Speedo-zwembroek en dat hij dan thuisblijft met de kinderen. Maar hij zal er nooit voor gaan.'

'Hij is al getrouwd.'

'O, ja. Dat is nog een ander probleem. Mijn liefde zal altijd onbeantwoord blijven. Moet je me dat nou zo nodig inwrijven?'

'Roo, even serieus...'

'Meneer Wallace houdt niet van me. Ik moet nog meer ijs hebben.'

'... Wat is er tussen jou en Finn?'

Een intelligent meisje zou nu haar mond hebben gehouden. Een intelligent meisje zou hebben gezegd: Niets, ik zweer het je op mijn moeders graf, en ze zou vanaf dat moment gewoon met Finn praten, zoals ze met iedereen praat.

Maar ik niet.

Ik besloot alles te vertellen over dat stomme gedoe in groep 4 dat niemand zich kennelijk herinnerde behalve Finn en ik. Ik vertelde Kim het hele verhaal. Hoe we samen in het boek over wilde katten hadden gekeken, hoe Katarina en Ariel ons gepest hadden, hoe hij langzamer was gaan lopen en me met die lieve, garnaalachtige blik had aangekeken, zelfs afgelopen semester nog.

Kim was mijn beste vriendin. Ik wilde dat ze begreep waarom ik zo vreemd had gedaan tegen Finn. Ik dacht dat ik haar alles kon vertellen.

Maar nu zou ik willen dat ik dat nooit had gedaan.

3. Hutch
(maar daar denk ik liever niet aan)

DOKTER Z ZEI NIETS terwijl ik het verhaal over Finn vertelde. Ze knikte alleen maar en keek naar me. Thuis stelt mijn vader me altijd vragen over van alles en nog wat en hij wil altijd elk detail horen over mijn vrienden en hun levens. En wat ik ook aan het vertellen ben, mijn moeder valt me altijd in de rede om me verhalen te vertellen over hoe het was toen zij jong was en dat zij zich precies hetzelfde voelde – alleen erger. Het was vreemd om een halfuur met iemand te praten die gewoon luisterde. Toen ik uitgesproken was, keek dokter Z naar de klok en zei dat het bijna tijd was om te gaan. 'Kom donderdag terug,' zei ze, 'dan doen we nummer drie.'

Nummer drie op de lijst is Hutch.

Ik had hem er bijna helemaal niet op gezet. Het liefst zou ik alles gewoon vergeten. Niet dat er iets dramatisch is gebeurd. Alleen is Hutch op Tate een leproos geworden,[1] en al weet ik dat ik een beter mens zou zijn als ik met iedereen zou praten en als ik iedereen gelijk zou behandelen – dat ben ik niet en dat doe ik niet. Het is jammer dat hij een leproos is. Hij eet in zijn eentje. Hij zit achter in de hoek van de klas. Ik weet zeker dat hij in de kleedkamers de vreselijkste dingen naar zijn hoofd krijgt geslingerd. En ik voel me echt slecht als mensen hem uit-

---

[1] 'Leproos': Lepra is een superbesméttelijke ziekte waardoor je lichaam zo gaat rotten dat er gewoon stukken van afvallen. In het Tate-universum is een leproos iemand zonder vrienden.

schelden. Maar ik krijg ook de creeps van hem. Het is alsof hij in zijn eigen, bizarre Hutch-wereld leeft met zijn eigen heavy metal-gedachten die niemand anders begrijpt en volgens mij heeft hij er bewust voor gekozen om zijn piekende heavy metalhaar nooit meer te wassen[2] en zijn grauwe heavy metal-tanden nooit meer te poetsen. Als je weleens met hem praat, zegt hij vreemde dingen. Alsof hij grapjes maakt over dingen die alleen híj kan begrijpen.

Zoals dit: Nora zat naast hem bij Engels. Op een dag kwam ze binnen met een zwarte capuchontrui aan. Ze zat op dat moment in een zwarte periode. En Hutch begon: 'Nora van Deusen. *Back in black! I hit the sack.*'

'Wat?'

'Back in black! I hit the sack.'

'Waar heb je het over?'

'Laat maar.' Hutch schudde zijn hoofd, alsof Nora de dorpsgek was.

'Zei je "hit the sack"?'

'Ja.'

'Dat betekent toch "naar bed gaan"?'

'Dat bedoelde ik niet,' mompelde Hutch. 'Laat maar. Je zou het toch niet begrijpen.'

'Hou dan gewoon je mond,' zei Nora.

'Laat maar,' zei hij. 'Ik maakte alleen een grap.'

'Het is geen grap als niemand het verder snapt,' snauwde Nora, en ze sloeg haar boek open.[3]

---

[2] Ik weet dat er mensen zijn die geen beschikking hebben over schoon water en tandpasta en dat het een voorrecht is om dat wel te hebben. Meneer Wallace vertelt vaak over armoede en dat het een vicieuze cirkel is omdat mensen zonder goed betaald werk zich niet kunnen wassen en geen schone kleren kunnen aantrekken en als mensen zich niet kunnen wassen en geen schone kleren kunnen aantrekken, krijgen ze ook geen goed betaald werk. Dat soort dingen.

[3] Voor je algemene ontwikkeling: ik vertelde het Nora-Hutch-verhaal aan mijn vader en hij

Dat soort dingen dus. Hij zei altijd iets vreemds, maar je wist nooit hoe hij het precies bedoelde, dus als je kwaad werd was jij degene die voor gek stond. Hij leek altijd iets te citeren of ergens aan te refereren maar hij wist tegelijkertijd dat niemand ook maar een flauw idee had van wat hij bedoelde, dus waarom zei hij het dan, als hij niet eens de bedoeling had om met je te communiceren? In feite praatte hij tegen zichzelf.[4]

In groep 6 was hij nog een vrolijke, populaire jongen. Ik wist niet of er iets gebeurd was waardoor hij zo was geworden. Ik kon me ook niet herinneren wanneer hij precies een leproos was geworden, maar in groep 6 was hij cool en stopte hij een grote zak snoepbeertjes in mijn kastje met een briefje. Ik herinner me dat ik blij was dat iemand die zo zelfverzekerd en populair was, mij had opgemerkt. Op het briefje stond niet veel. Eigenlijk stond er alleen: 'Van J.H.' (John Hutchinson) en even was ik bang dat hij het in het verkeerde kastje had gedaan en dat het eigenlijk bedoeld was voor Ariel Oliveri – die het kastje naast me had, heeft en waarschijnlijk altijd zal hebben. Maar toen ik opkeek stond Hutch aan de andere kant van de gang naar me te grijnzen, dus wist ik dat ze voor mij waren. Ik voelde me raar, want we hadden nooit veel met elkaar gesproken, maar ik liet een paar beertjes in mijn zak glijden en nam er die dag af en toe eentje terwijl ik dacht: Hutch vindt me leuk, ik heb een cadeautje van een jongen gekregen, Hutch vindt me leuk. In gedachten herhaalde ik dat keer op keer.

De rest van de beertjes nam ik mee naar huis en verstopte ik

---

legde uit dat Hutch een tekst citeerde van een liedje uit 1980 van een heavy metal-groep die AC/DC heet. Wat volgde – mijn vader die het liedje zong en de hele tekst uit zijn hoofd kende en luchtgitaar speelde – is te verschrikkelijk om hier te beschrijven dus dat laat ik aan je eigen fantasie over.

[4] Dat was typisch Hutch. Zijn heavy metal-citaat kwam niet eens van heavy metal-liedjes waar anderen naar luisteren. Hij houdt van 'retro-metal' dus er is echt helemaal niemand van zijn hele generatie die begrijpt waar hij het over heeft.

onder mijn kussen. Na een week waren ze op. Ik at ze 's nachts terwijl ik eraan dacht dat ik een soort vriendje had en hoe kwaad mijn vader zou worden als hij erachter kwam dat ik snoepte na het tandenpoetsen.

Maar alhoewel Hutch en ik één keer in de aula bij elkaar zaten en alhoewel ik hem met Valentijnsdag een kaart stuurde met twee snoephartjes erop geplakt en alhoewel we weken achtereen heel vaak naar elkaar lachten, waren we eigenlijk te jong om verder nog iets te doen.

En op een dag zag ik dat Ariel een grote zak snoepbeertjes uit haar schoolkastje haalde.

'Zijn die voor mij?' vroeg ik haar.

'Nee. Kijk maar.' Ze liet me het kaartje zien dat aan de zak zat. Haar naam stond erop. Hutch stond vanaf de andere kant van de gang te grijnzen.

'Dus hij had het uitgemaakt?' vroeg dokter Z. Het was twee dagen later, onze derde afspraak.

'Ik denk het.'

'Was het zo onduidelijk?'

'Ik denk dat hij me "verving".'

'O. Was je boos?'

'Nee. Waarom denk je dat?'

'Ik dacht dat je misschien boos was, door de manier waarop je Hutch beschreef: als leproos met grauwe heavy metal-tanden.'

'Ik wilde het alleen een beetje leuk omschrijven. Ik ben niet boos.'

'Ik wil je de woorden niet in de mond leggen.'

'Ik denk dat ik opgelucht was. Ik vond het wel leuk dat hij me leuk vond, maar ik wist niet hoe ik me moest gedragen of hoe ik met hem moest praten, dus was ik altijd zenuwachtig als ik naar school ging. Toen hij Ariel leuk vond, was die angst verdwenen.'

'Met een jongen praten die jou leuk vond, maakte je angstig?'
'Dat heeft toch iedereen?' vroeg ik. 'Is dat geen algemeen bekend verschijnsel? Zweethanden, maagkrampen, de symptomen van verliefdheid?'
'Misschien. Maar we hebben het over jou. Iemand die last heeft van angstaanvallen.'

Geen van mijn vrienden had sinds het Lentefeest nog met me gesproken. En ik wist niet eens waarom niet.

Niet precies tenminste. Niet echt.

Ik bedoel, het was duidelijk dat het met het hele Jackson-debacle te maken had, maar waarom Cricket en Nora Kims kant kozen wist ik niet.

De donderdag na mijn eerste afspraak met de psych had er wel iemand met me gesproken maar dat was nog erger dan de doodzwijgtactiek. Ik stond in de rij voor een blikje en een broodje die ik mee kon nemen naar het bankje buiten bij de bibliotheek, toen Nora achter me kwam staan.

Ik denk dat ze weggegaan zou zijn als ze had gezien dat ik het was, maar haar dienblad lag al op de toonbank en ze had al een flesje sap gepakt toen het tot haar doordrong dat ik het was – ze kon dus eigenlijk geen kant meer op.

'Ben je ergens boos om?' vroeg ik haar toen ik de stilte niet langer kon verdragen.

Ze keek me aan en zuchtte. 'Dat is toch wel duidelijk?'

'Gaat het om dat kopietje?'[5] vroeg ik.

'Kom op. Je kent me toch beter.'

'Vertel het me dan.'

Nora's stem klonk venijnig. 'Je kunt niet iets beginnen met

---

[5] Daarover later meer. Nu wil ik alleen nog een keer zeggen: gooi nóóit iets wat geheim moet blijven in welke schoolprullenbak dan ook. Nooit.

het vriendje van iemand anders, Roo,' zei ze. 'Dat is zó ontzettend tegen de regels.'

'Wat?'

'Regels voor vriendjes op een kleine school? Je hebt ze zelf geschreven.'

'We hebben niets met elkaar. Het was alleen een kus.' (Dit ging over het Jackson-debacle. Het is een lang verhaal. Nu is het voldoende dat je weet dat er een zoen met een ex-vriendje was, en dat Jackson op dat moment wat met Kim had, wat hem in theorie onaantastbaar maakte.)

'Komt op hetzelfde neer,' zei Nora, en ze haalde haar schouders op. 'Hij hoort bij iemand anders.'

'Wat had ik dan moeten doen?' zei ik. 'Het was Jackson.'

'Dat maakt niet uit.'

'Hij hoort eerder bij mij dan bij Kim.'

'Niet waar.'

'We zijn een halfjaar met elkaar gegaan.'

'Maar nu niet meer.'

'Hij kuste me terug.'

'Jij bent begonnen, Roo, mensen hebben het gezien.'

'Maar dit was iets anders!' schreeuwde ik. 'Hoe denk je dat ík me voelde?'

'Ik had nooit gedacht dat jij een van ons zo zou belazeren. Dat doe je gewoon niet.' Nora betaalde met haar lunchpas en liep snel weg. Ze wilde duidelijk niet verder praten.

Ik ging haar achterna. 'Wil je niet eens mijn kant van het verhaal horen?'

'Wat zou jij in hemelsnaam te vertellen hebben?' Ze sloeg haar haar over haar schouder en draaide zich om.

'Dus je laat een vriendin gewoon vallen? Zonder erover te praten?'

Ze draaide zich weer naar me toe.

'Ik weet niet eens meer of jij wel een vriendin bent,' zei ze.

Ik kon niet geloven dat ze dat zei. Na wat Kim míj had aangedaan.

'En dat geldt ook voor Cricket,' voegde Nora er nog aan toe.

'Wát?'

'Jij bent degene die het altijd over officieel en niet-officieel heeft,' ging Nora verder. 'Maar je bent de eerste die het vergeet als het jou niet uitkomt. Het lijkt wel of je niet eens beseft dat er ook nog andere mensen op deze wereld zijn en dat die mensen ook gevoelens hebben.'

'En Kim dan?' schreeuwde ik bijna. 'En míjn gevoelens?'

'Kim is niet te ver gegaan. Zij heeft zich helemaal aan de regels gehouden.'

'Dat zegt zij.'

'En dat is waar.'

'Hoe weet jij dat?'

'Zij zou nooit doen wat jij hebt gedaan. Iedereen zag dat je hem zoende. Kun je je voorstellen hoe gênant dat voor haar is?'

'Voor háár?' Ik kreeg bijna geen lucht meer en het werd zwart voor mijn ogen. Ik voelde weer een angstaanval opkomen. 'Ik moet gaan,' zei ik. Ik vluchtte de mensa uit naar buiten, waar ik deed wat dokter Z me had gezegd. Ik haalde langzaam adem en probeerde aan leuke dingen te denken, ook al dacht ik dat ik daar, ter plekke, leunend tegen de koude stenen muur, dood zou gaan.

Die afspraak met dokter Z hielp wel wat. Ik vertelde haar het Hutch-verhaal, en een beetje over het feit dat niemand met me wilde praten, en plotseling drong het tot me door: ik was Hutch geworden. Nou ja, dat klinkt wel erg dramatisch (en absurd). Maar het ene moment was ik nog redelijk populair geweest en nog geen twee weken later was ik een echte leproos en als ik iets zei, kon ik het net zo goed tegen mezelf hebben, want niemand scheen te begrijpen waar ik het over had.

Ik had me voorgenomen om de volgende dag weer naar de mensa te gaan. Ik was er een week niet geweest maar zelfs leprozen hebben calorieën nodig en andere leprozen kunnen het ook: in je eentje in een donker hoekje zitten en met je boek op tafel je brood eten terwijl de rest lol maakt en lacht. Ik kon toch niet de rest van mijn schooltijd op het bankje bij de bibliotheek blijven zitten?

Bij de 'salad bar' deed ik er heel lang over om te beslissen dat ik zou nemen wat ik altijd nam: sla, rozijnen, Chinese noodles, babymaïskolfjes, kaas, zwarte olijven en een duizend-eilandendressing. Ik lummelde een beetje rond en pakte hier en daar wat, totdat ik Cricket, Kim, Jackson en Nora aan 'onze' tafel zag zitten.

Finn, die normaal gesproken altijd bij ons zat, at samen met een groep jongens van het voetbalteam.

Hutch zat met zijn iPod op in een hoekje en keek heel geïnteresseerd naar zijn hamburger.

Vlak voor me was een tafel met allemaal jongens: Shiv (#11 van mijn lijst), Cabbie (#15), Matt (Jacksons beste vriend), Kyle (nog een vriend van Jackson), Pete (Crickets nieuwe vriendje) en Josh (die afschuwelijk was). Ik kon niet eens hun kant op kijken.

Katarina en haar groepje zouden me waarschijnlijk wel tolereren – ik bedoel, ze zouden me niet van mijn stoel afduwen of zoiets – maar ik wist dat ze allemaal Kims verhaal hadden gehoord en dat ze allemaal hadden gehoord dat Kim me in het lokaal van meneer Wallace een slet had genoemd, en dat ik aan hun tafel niet bepaald welkom was. Bovendien zat Heidi er ook bij en zij is Jacksons oude vriendinnetje, en het laatste wat ik wilde was met haar praten, want zij leek een soort verbond met me te willen sluiten (omdat we waren verlaten door dezelfde man zouden we onze treurige ervaringen met elkaar moeten delen) terwijl ze twee weken geleden nog zo jaloers als wat was en altijd kattig tegen me deed omdat ik het vriendinnetje was van de jongen die zij leuk vond.

Achter de tafels van de vierde- en vijfdeklassers, bij de ramen, zaten de bovenbouwers.

Ik liet mijn blik door de ruimte gaan, op zoek naar mensen die ik kende van het hockeyteam, maar ik zag niemand.[6]

Al zat Kim met haar rug naar me toe, ik kon duidelijk voelen dat ze me negeerde. Jackson duwde haar zachtjes opzij met zijn schouder en ze lachte. Ik voelde me koud en leeg vanbinnen.

Ik stond daar maar met mijn dienblad met rozijnensalade en staarde naar ze alsof ik naar een trein keek die langzaam in het water zakte. Het was onmogelijk om niet te kijken. Ik had het idee dat iedereen op school mijn hart kon zien breken, dat het bloed uit mijn borst gutste, langs mijn benen droop en over mijn schoenen stroomde.

En het kon niemand iets schelen omdat ze vonden dat het mijn verdiende loon was.

Twee weken geleden, toen ik nog een leven had, en vrienden en een vriendje, had ik zonder het te willen met Meghan geluncht. Ze stond plotseling achter me bij de salad bar en zag er afschuwelijk leuk uit in een T-shirt dat waarschijnlijk Bicks oude voet-

---

6 Wat betreft de hockeymeisjes: de meisjes van mijn team vormen een soort sportkliek waar ik nooit bij heb gehoord. Misschien omdat ik in de herfst zwem terwijl de meesten voetballen. Of misschien omdat ik keeper ben en dus niet samen met hen op het veld sta. Of misschien omdat ik (nu) bekendsta als leproos/slet. Hoe dan ook, ze zijn aardig maar ze zijn fanatiek: ze zitten in allerlei comités en willen altijd de beste cijfers halen. Ze zijn niet erg geïnteresseerd in de andere sekse. Ik kan niet met ze lachen, en zij niet met mij.

balshirt was, en een oude ribbroek.[7] 'Ruby Oliver, ben je doof? Ik heb je al duizend keer geroepen! We zitten daar.'

Met haar onderlip op zo'n pruilerige manier naar voren, waar alle andere meisjes zich zo aan ergeren,[8] wees ze naar een tafel met bovenbouwers.[9] Op toplocatie van de mensa: bij het raam. Meghan is de enige vierdeklasser die hier elke dag eet. Of eigenlijk is ze de enige vierdeklasser die hier ooit eet. Dat komt omdat ze in haar eigen klas geen vrienden heeft en omdat ze sinds afgelopen zomer Bicks vriendinnetje is.

'O,' zei ik. 'Ik had je niet gehoord.'.

'Kom bij ons zitten,' zei ze. Ze greep me bij mijn arm en trok me naar de tafel. Ik keek in het rond naar Jackson, Cricket, Kim en Nora en maakte een ik-kan-het-niet-helpen-dat-mens-is-gek-gebaar naar de andere kant van de zaal.

---

[7] Bick: Eigenlijk heet hij Travis Schumacher. Maar heb je ooit de film *Taxi Driver* met Robert De Niro gezien? Enger kan niet. De Niro speelt een verdrietige, innemende psychopaat die Travis Bickle heet. Als je mensen ooit hoort zeggen: *You talkin' to me?* dan imiteren ze De Niro. Hoe dan ook, Travis Schumacher... Travis Bickle... Bickle... Bick.

[8] Nog een aantal andere redenen om een hekel aan Meghan te hebben:
  1. Ze wrijft altijd met haar hand in haar nek en maakt constant haar lippen nat met haar tong, alsof ze in een pornofilm speelt (niet dat ik er ooit een gezien heb). Maar goed, het is vies en heel irritant en jongens blijken het leuk te vinden. In elk geval staren ze naar haar als ze het doet, zelfs als ze gewoon iets over het huiswerk vraagt.
  2. Als we in een bubbelbad zitten (het is in Seattle heel gewoon om op een feestje in het bubbelbad te gaan), draagt ze altijd een bikini terwijl wij allemaal een T-shirt en een boxershort aan hebben.
  3. Toen we met Engels *Othello* lazen en de leraar probeerde uit te leggen dat het in principe onmogelijk is om wat dan ook helemaal zeker te weten en hij vroeg of er iemand in de klas was die iets kon noemen waarvan hij zeker wist dat het waar was, was Meghan de enige die haar vinger opstak. Ze zei: 'Ik weet zeker dat mijn vriendje van me houdt.'

[9] Ik denk niet dat meisjes van de bovenbouw haar leuk vinden. Ze eten wel samen maar je ziet ze nooit samen ergens naartoe gaan of samen op het binnenhof zitten, tenzij Bick erbij is. Meghan blijft tenslotte een vierdeklasser die omgaat met de vrienden van Bick (die in het roeiteam zitten, stekeltjeshaar hebben en van punkmuziek houden) en dat brengt het aantal potentiële vriendjes – oud genoeg en knap genoeg – op zo'n kleine school als de onze hoe dan ook drastisch naar beneden.

'Bick, dit is mijn vriendin Ruby, met wie ik samen naar school rij,' zei Meghan, en ze ging op Bicks knie zitten zodat ik haar stoel kon nemen. 'Je weet wel, zij is degene over wie ik het altijd heb.'

Ik glimlachte en knikte, maar vanbinnen kromp ik ineen.

'Hoi,' zei Bick. Hij glimlachte even naar me en ging toen weer verder met een gesprek over een feest dat Billy Alexander volgende week gaf. Vanaf Bicks schoot fluisterde Meghan de namen van de bovenbouwers in mijn oor en ze wees ze aan alsof het trofeeën waren die ze had gewonnen. 'Debra, Billy, April, Molly, de Wipper, Steve.'

Natuurlijk wist ik allang wie zij allemaal waren.

Heel even had ik medelijden met Meghan. Dit waren geen vrienden van haar. Niet echt tenminste. Ik kon zien dat iedereen, behalve Bick, haar min of meer negeerde.

Ik was ook geen vriendin van haar. Meestal ergerde ik me aan haar, gewoon om wie ze was. En nu trok ze me mee omdat ze me wilde voorstellen aan haar vriend, alsof we hartsvriendinnen waren. Was ik echt 'degene over wie ze het altijd had'?

Dat ik met haar meereed betekende niets. Ik betaalde haar elke maand benzinegeld en zij kwam me elke ochtend op tijd halen. Het was een zakelijke overeenkomst. Soms zongen we mee met de radio en verzonnen zelf liedjes. Soms probeerden we elkaars lipgloss uit en we schreven elkaars huiswerk over. Ik nam van die haverkoekjes mee die mijn vader altijd maakte (totdat mijn moeder op de macrobiotische toer ging) en die aten we als ontbijt.

Ze had me over haar psych verteld en over haar vader, maar dat was omdat ze een flapuit was en waarschijnlijk had ze het aan iedereen verteld die ze kende. Ze begon er om acht uur 's ochtends al over als we met de radio aan bij de drive-in-Starbucks koffie haalden en ze praatte er op dezelfde manier over zoals ze over haar zanglessen praatte of over wat ze zaterdagavond met Bick ging doen. Ze was nog nooit bij mij thuis geweest of zoiets.[10]

Ik schrokte zo snel als ik kon mijn salade naar binnen. Meghan en Bick begonnen aan elkaar te plukken. Een paar meisjes keken elkaar aan en stonden op om weg te gaan. Ik volgde hun voorbeeld en maakte dat ik wegkwam.

Op het binnenhof ging ik snel naar Kim en Nora en ik vertelde ze alles over die rare lunch. We roddelden over Meghan en vroegen ons af of ze nog maagd was.

Twee weken later wilde zelfs Meghan niet meer met me praten. Ik ging met mijn rozijnensalade aan de tafel zitten waar Hutch zat. Hij had zijn koptelefoon op. We zeiden niets. Ik las mijn geschiedenishoofdstuk en at.

---

[10] Behalve één keer, toen haar Jeep ermee stopte toen ze mij had afgezet. Ze kwam binnen en belde de garage. Daarna ging ze naar de badkamer, deed wat ze moest doen, kwam weer naar buiten en vroeg: 'Waar is jullie bubbelbad?' Ze viel bijna flauw toen ik zei dat we geen bubbelbad hadden. Alleen een douche. Hallo? Dit is een woonboot hoor. Er is niet zoveel ruimte. Kim, Nora, Jackson en Cricket zijn duizend keer in mijn badkamer geweest en geen van hen heeft er ooit iets van gezegd. Meghan gaf me absoluut dat gevoel wat ik vaker heb op Tate: *ik ben niet hetzelfde als die rijke mensen.* Maar toen het ongemakkelijke van die opmerking uit de lucht was, was het eigenlijk wel oké.
We hingen een beetje voor de televisie totdat haar moeder haar kwam ophalen.

4. Gideon

(maar dat was van een afstandje)

GIDEON VAN DEUSEN IS Nora's oudere broer. Hij heeft al eindexamen gedaan en heeft een jaar vrijgenomen om rond te reizen en vreemde plaatsen te bezoeken, zoals het enige maïspaleis ter wereld en het museum van heelkunde. Daarna gaat hij naar de universiteit.

Ik vond hem vanaf groep 8 leuk, toen hij al in de derde klas zat. Hij keek je altijd heel indringend aan. Het begon toen ik bij Nora thuis videospelletjes speelde en kennelijk had Gideon niets beters te doen want hij hing een beetje bij ons rond. Hij vertelde een grappig verhaal over zijn groepsleider van de kerk die twee weken daarvoor twee bananenbroden had meegenomen. Het ene brood was lekker – luchtig en zoet – het andere brood was helemaal ingezakt en woog minstens een kilo. De groepsleider zei dat het tweede brood met precies dezelfde ingrediënten was gemaakt als het eerste, alleen waren ze bij het tweede brood in de verkeerde volgorde bij elkaar gedaan. Hij vertelde de kinderen dat het tweede brood mislukt was door 'de verkeerde volgorde' en dat dit bij seks precies hetzelfde werkte. Als je voor het huwelijk seks had, dan deed je het in de 'verkeerde volgorde'. En dan mislukte je. Maar als je alles in de 'juiste volgorde' deed, dus geen seks voor je huwelijksnacht, dan kwam daar iets prachtigs uit voort, luchtig en zoet. Het werk van engeltjes. En dus moesten alle jongens en meisjes zichzelf sparen voor het huwelijk.

Ik vond dit een exotisch verhaal omdat (1) mijn familie niet naar de kerk gaat en ik voordat Gideon dit verhaal vertelde niet wist dat Nora's familie dit wel deed, en (2) Gideon me, toen Nora naar de keuken was om frisdrank te halen, vertelde dat hij het zware bananenbrood lekkerder had gevonden.

'Waarom?' vroeg ik.

'Omdat je je eigen mening moet vormen,' zei hij. 'Je kunt niet alles geloven wat mensen je vertellen.'

'Maar smaakte het echt beter?' wilde ik weten.

'Niet echt,' zei hij. 'Theoretisch.'

'Oké, maar smaakte het wel een beetje lekker? Of deed je alsof?'

'Daar gaat het niet om, Roo. Dat weet je best.' Hij zei het op een bepaalde manier. Alsof hij vertrouwen in mijn intelligentie had.

'Ja...' zei ik. 'Dat weet ik wel.'

Op dat moment besloot ik dat Gideon fascinerend was en nog diezelfde avond schreef ik RUBY HOUDT VAN GVD op de onderkant van mijn sneaker. Als ik me onder de les verveelde, trok ik het over met een paarse Magic Marker. Binnen een week waren het van die mooie letters geworden, alsof ze gekalligrafeerd waren.

Toen, op een dag, legde ik mijn voeten op de stoel voor me.[1] Nora zag de zool van mijn schoen. 'Bedoel je GVD, Gideon, mijn broer?' schreeuwde ze.

Ik bloosde.

'Uh! Nee! Vind je hem echt leuk?'

Kim greep mijn voet en draaide de onderkant naar zich toe. 'Ze houdt van hem!' gilde ze. 'Dát heeft ze geschreven.'

'Wees niet bang, ik zweer je dat ik het niet vertel,' beloofde Nora.

---

[1] Ik ben een idioot, ik weet het.

'Ik ook niet,' vulde Kim aan.[2]

'Maar sinds wanneer vind jij hem leuk?'

'Nee, sinds wanneer hóúdt ze van hem?'

'Hij is aardig.' Ik rukte mijn voet los.

'Als je iemand aardig vindt, wil dat nog niet zeggen dat je van hem houdt,' zei Kim.

'Ugh,' zei Nora. 'Hij is afschuwelijk!'

'Hij is anders,' zei ik. 'Hij wil muzikant worden.'[3]

'Vind je hem knap?' vroeg Nora en ze trok haar neus op omdat ze me niet kon geloven.

Natuurlijk vond ik hem knap. Hij was – en is – ongelooflijk knap maar op een nonchalante, brutale manier. 'Niet echt,' zei ik. 'Zijn wenkbrauwen lopen in elkaar over.'

Ik vond zijn wenkbrauwen geweldig. Ik vind zijn wenkbrauwen nog steeds geweldig. 'Het gaat me om zijn innerlijk,' zei ik, en ik voelde me ontzettend stom.

'En hij ruimt nooit zijn kamer op. Volgens mij zit de hele boel onder de schimmel.'

Hij is anders, wilde ik zeggen. Hij heeft wel iets beters te doen dan zijn kamer opruimen. 'Alsjeblieft, je zegt niks, hè?' smeekte ik.

---

[2] Dokter Z zegt dat ik misschien expres mijn voet op de stoel legde, omdat ik wílde dat iemand erachter kwam. Ik zou zeggen dat ik, als ik dat expres deed, een elfjarige masochist was (iemand die pijn leuk vindt) want ik heb me nog nooit in mijn leven zo erg voor iets geschaamd; het was zo gênant dat het pijn deed. En als ik op mijn elfde al een masochist was, kun je nagaan wat een zielig geval ik nu moet zijn. Stop me dan maar in een gekkenhuis, achter slot en grendel.
Dokter Z zegt dat er misschien andere redenen waren waarom ik wilde dat iedereen het wist. Misschien dat het een manier was om eerlijk te zijn over mijn gevoelens.
Ik zeg, misschien niet. Misschien ben ik gewoon een idioot.
En zij zucht en zegt: Oké Ruby, het is duidelijk dat je hier nu niet over wilt praten. We komen er wel op terug als je er klaar voor bent.

[3] Oké, inmiddels weet ik dat alle jongens in Amerika muzikant willen worden. Iedere derdeklasser speelt luchtgitaar in zijn slaapkamer en doet alsof hij een popster is. Maar toen wist ik dat niet.

63

Nora schudde haar hoofd, alsof ik had opgebiecht dat ik geïnteresseerd was in het verzamelen van kevers in plaats van in haar broer. 'Ik zei toch dat ik mijn mond zou houden.'

Maar natuurlijk hield ze haar mond niet. Ze moet hem in elk geval een hint hebben gegeven, want diezelfde middag, toen ik het binnenhof overstak om naar de bibliotheek te gaan, haalde Gideon me in. 'Roo,' zei hij. 'Ik heb gehoord dat er iets onder je schoen staat wat ik moet weten.'

'Wat?'

'Onder je schoen.'

'Er staat niks.'

'Volgens mij wel.'

'Nee, er staat helemaal niks.'

'Kom op, laat zien.'

'Nee!'

'Alsjeblieft?'

'Er staat niks, laat me met rust!'

Hij liet me struikelen en lachte en ik viel op het gras en gilde. Ik schaamde me rot. O, het was zo afschuwelijk! Ik had nog nooit tegen een jongen gezegd dat ik hem leuk vond, ik kon zijn Coca Cola-adem ruiken en ik lachte en huilde bijna tegelijkertijd en ik was als de dood dat hij zou merken dat ik nog geen borsten had en dat mijn sneakers stonken.

Zodra hij echter zag wat er op de zool van mijn schoen stond, veranderde de uitdrukking op zijn gezicht. Ik denk dat hij geen idee had gehad wat eronder zou staan, alleen dat het iets met hem te maken moest hebben. En dit is de reden waarom ik Gideon van Deusen, met zijn prachtige, wilde wenkbrauwen, nog steeds leuk vind: hij lachte me niet uit, hij plaagde me niet en zei niet dat ik hem met rust moest laten. Hij ging rechtop zitten, keek heel serieus en zei: 'Dat is zó lief, Roo. Ik voel me gevleid.'

'Ik zat gewoon wat te krassen,' zei ik, naar het gras starend.

'Nee, het is aardig. En ik heb veel liever dat jij iets over mij op je schoen schrijft dan die stomme Katarina.'

'Echt?' (Zo'n beetje alle jongens op school waren verliefd op Katarina.)

'Tuurlijk,' zei hij. 'Voor mijn part schrijf je alles op je schoen wat je wilt. Schrijf een heel boek, dan word ik beroemd!'

Hij zwaaide zijn rugtas over zijn schouder en verdween.

Een week lang zei ik geen woord tegen Nora.[4] Toen bood ze haar excuses aan en legden we het bij.

Verder is er nooit iets tussen mij en Gideon gebeurd.

Ik zag hem weleens bij de Van Deusens thuis en dan bonkte mijn hart.

Soms zei hij 'Hoï' maar kennelijk had hij het te druk om verder nog iets te zeggen.

Toch denk ik nog steeds aan Gideon. Ik vraag me af of hij eenzaam was toen hij in zijn eentje door het land reed. Ik zie voor me hoe hij bij het kampvuur op de prairie gitaar speelt of leert surfen bij de Big Sur aan de kust van Californië. Ik vroeg dokter Z of het psychologisch gezien wel in orde was om een jongen leuk te vinden die drie jaar ouder is en die jou nooit, ooit van zijn leven ook leuk zal vinden.[5] En of het normaal is om nog steeds aan een jongen te denken die je nooit heeft aangeraakt, behalve dan die ene tackle op het gras.

---

[4] Als ik een beetje hersens had gehad had ik hiervan geleerd en nooit meer iets over jongens geschreven wat anderen niet mochten weten. Het is veel te gevaarlijk. Maar kennelijk heb ik er toen niets van opgestoken en nu nog niet. Zelfs na wat er met de vriendjeslijst is gebeurd, kan ik het niet laten. Je leest het nu zelf. Onomstotelijk bewijs van mijn gekte.

[5] Meneer Wallace is veertien jaar ouder dan ik. Op z'n minst. Maar ik heb dokter Z niet nodig om te weten dat het echt waanzin is om hem leuk te vinden.

'Het is normaal dat je fantaseert, als je dat bedoelt,' zei dokter Z.

'Het voelt niet normaal,' zei ik. 'Ik dacht zelfs aan hem toen ik met Jackson was.'

'Als jij en Jackson samen waren?'

'Nee, als ik alleen was.'

'Waar dacht je dan aan?'

'Gewoon, hoe het zou zijn als hij me leuk zou vinden.'

'Hoe zou dat zijn?'

'Alles zou makkelijker zijn,' zei ik na een tijdje. 'Alles zou eenvoudiger zijn.'

'Het leven is niet eenvoudig, Ruby.'

'Maar dat kan het wel zijn,' zei ik, 'als ik...' en toen wist ik niet meer waar ik eigenlijk heen wilde.

'Was het eenvoudig met Jackson? Toen jullie elkaar net leuk vonden?'

'De eerste maand wel,' zei ik. 'Daarna werd het ingewikkelder.'

'Een maand is niet erg lang.'

'Dat weet ik,' zei ik. 'Maar het was wel een goede maand.'

Aan het eind van de tweede klas stopte Jackson een heel klein dood kikkertje in mijn schoolkastje. Ik wist dat hij het was geweest omdat Cricket hem had zien weglopen met een klein, druipend boterhamzakje. We kwamen er niet achter of het gemeen bedoeld was (en als dat zo was, waarom hij mij dan had uitgekozen) of dat hij me leuk vond en dat het dus als cadeautje bedoeld was (misschien hield hij van kikkertjes?).

Hij zat een klas hoger dan wij, dus tot die dag had ik nooit zo op hem gelet. We hadden geen gezamenlijke lessen. Hij had een rechthoekig gezicht en sproeten op zijn handen, donkerbruin haar dat krulde als het langer werd. Zijn ogen gingen aan de buitenkant een beetje omhoog als hij lachte. Hij was lang en hij had een hese stem. En hij was duidelijk een eikel. Mijn schoolkastje stonk drie dagen naar dode kikker. Ik vroeg me af of hij het had gedaan om me uit te dagen.

Ik vond het zielig voor de kikker en begroef het beestje onder een struik vlak bij het hoofdgebouw. Eigenlijk had die hele toestand me behoorlijk in de war gebracht omdat ik niet begreep waarom Jackson het had gedaan. In de gangen keek ik of ik hem zag en of ik aan zijn gezicht kon zien of hij een hekel aan me had, me leuk vond of misschien helemaal niet eens aan me dacht. Maar hij keek nooit mijn kant op.

Het werd zomer en weer herfst – maar Jackson was niet op school. We hoorden dat zijn vader een baan in Tokio had gekregen en dat hij een jaar weg zou blijven. Ik dacht niet vaak aan hem – totdat hij er een jaar later, op de eerste schooldag, opeens weer was.

Ik vind het begin van een nieuw schooljaar altijd heerlijk. Ik bedenk van tevoren wat ik aan zal trekken. Ik gebruik een mooie zwarte Magic Marker om in mijn nieuwe, witte schriften te schrijven. Ik breek de ruggen van mijn boeken. Iedereen ziet er anders uit maar is toch hetzelfde. Jackson was nog langer geworden dan hij al was en hij droeg een spijkerbroek en een T-shirt met een Japanse tekst erop. Ik zag hem met een stelletje bovenbouwers staan lachen en plotseling wist ik dat ik hem leuk vond. De zon scheen door het raam naar binnen en deed zijn haar oplichten. Hij had een band om zijn pols alsof hij hem verstuikt had. Zijn rugtas stond bij zijn voeten, nieuw en stijf.

Ik denk dat ik hem eigenlijk dat hele jaar dat hij weg was, leuk had gevonden.

In films zijn er, voordat de held en de heldin elkaar in de armen vallen, altijd misverstanden. Hij doet alsof hij een hekel aan haar heeft, zij denkt dat zij een hekel aan hem heeft, hij flirt misschien een beetje met haar, er lijkt iets moois te ontstaan maar dan begrijpt zij iets verkeerd en ondanks dat hij een aantal aardige dingen doet om haar voor zich te winnen, haat ze hem weer voor het grootste deel van de film. Of het is juist andersom: hij denkt dat hij een hekel aan haar heeft omdat hij iets wat zíj heeft gedaan verkeerd begrijpt.

Ten slotte blijkt dat ze het allebei bij het verkeerde eind hadden. Ze houden waanzinnig veel van elkaar. En dan is de film afgelopen.[6]

Oké, ik weet dat ik te veel films kijk. Ik zou met mijn vader in zijn kas moeten werken of de armen helpen en ik zou wat vaker naar buiten moeten gaan. Maar goed, ik ging er dus vanuit dat als de liefde ooit op mijn pad zou komen, dat er dan eerst van alles aan vooraf zou gaan: hints, misverstanden, suggesties, omtrekkende bewegingen of zelfs een periode van volledige walging die plotseling zou omslaan in ware liefde op het moment dat geen van de partijen daar nog op rekent. Begrijp me niet verkeerd. Ik verwachtte geen violen en zonsondergangen en rozen, niet in groten getale tenminste. Maar ik rekende wel op een klein drama.

Maar nee. Met Jackson en mij ging het begin heel makkelijk. Zo makkelijk zelfs 'dat ik me afvroeg of het wel liefde was.

Het was het middelste deel dat moeilijk ging.

En het einde was nog erger.

Nog iets wat altijd in films gebeurt: ze maken altijd een dramatische crisis door waarbij alles hopeloos lijkt en je denkt dat ze nooit, ooit meer bij elkaar komen. Maar dan realiseren ze

---

[6] Films waarin man en vrouw een hele tijd een hekel aan elkaar hebben: *Ten things I hate about you, One fine day, When Harry met Sally, You've got mail, Intolerable cruelty, The African Queen, Addicted to love, Bringing up Baby, The goodbye girl, How to lose a guy in 10 days, As good as it gets, French kiss, Groundhog day, A life less ordinary.*

zich dat ze niet zonder elkaar kunnen en aan het eind leven ze nog lang en gelukkig.[7]

Het is één grote leugen. Als je iemand haat van wie je eerst hield en je denkt dat hij iets walgelijks heeft gedaan, dan is dat waarschijnlijk ook zo.

Je gaat niet opnieuw van hem houden.

Hij zal zijn excuses niet aanbieden en bij je terugkomen.

Waarschijnlijk denkt hij helemaal niet meer aan je omdat hij aan dat andere meisje denkt.

Face it. Er komt geen happy end... in elk geval niet met deze held. Dus ga niet in een hoekje zitten huilen en denken dat dit de crisis is voordat de mooie romantische scène begint, want ik kan je vertellen dat die er helemaal niet komt. Als je gedumpt wordt, word je gedumpt en de jongen verandert echt niet van gedachten nu hij eenmaal vrij is, en hij realiseert zich echt niet plotseling dat hij van jou houdt in plaats van van dat meisje met wie hij zit te flirten in de mensa.[8]

Die eerste schooldag lachte Jackson naar me.

De dag erna zei hij: 'Hoi.'

'Hoi,' zei ik.

De dag daarna zei hij: 'Hé Ruby, alles oké?' en ik zei: 'Alles oké.'

Maar de dag daarna, en dat was nog voordat Kim Finn en zijn

---

[7] Films waarin man en vrouw uit elkaar gaan, waarna de man beseft dat hij waanzinnig veel van haar houdt en niet zonder haar kan: *Pretty woman, An officer and a gentleman, Bridget Jones's Diary, The truth about cats and dogs, Reality bites, Jerry Maguire, Persuasion, High Fidelity, Say anything* en *Notting Hill, Grease, Four weddings and a funeral* en *Runaway bride* – alleen gaat de vrouw daarin terug naar de man.

[8] Dokter Z zegt dat ik mijn woede meer moet uiten als ik geen angstaanvallen meer wil hebben. Dus in het belang van de therapie, uit ik mijn woede. Niet slecht, toch?

stud-muffin-kwaliteiten had opgemerkt, vond ik een briefje in mijn schoolkastje. Ik kreeg wel vaker briefjes van Kim en Nora en Cricket, maar dit briefje was opgevouwen en er was een grappige kikker op getekend. Zonder het te openen wist ik van wie het was. Binnenin stond: 'Die kikker was voor die Afschuwelijke Ariel Oliveri (AAO). Niet voor jou. Sorry.' En daaronder: 'PS Ik heb net mijn rijbewijs gehaald. Heb je een lift naar huis nodig? – Jackson.'

Mijn vader zou me na school komen ophalen. Hij stond drie kwartier bij het hoofdgebouw te wachten. Ik was allang weg.

We gingen naar Bicks, een drive-in snackbar waarover ik vijfde- en zesdeklassers altijd hoorde praten maar waar ik nog nooit was geweest omdat geen van mijn vrienden op dat moment oud genoeg was om een rijbewijs te hebben.

Ik ben vegetariër dus nam ik een patatje en een milkshake. Jackson nam een hamburger en een smoothie met ijs. We zaten op de motorkap van zijn oude, gare auto, een Dodge Dart Swinger die ooit van zijn oom was geweest.

Hij vertelde wat over Japan. Hij zei wat in het Japans omdat ik niet geloofde dat hij dat kon.

Ik draaide mijn eeuwige familieverhaal af.

Hij zei dat hij dit voorjaar bij het roeiteam wilde maar dat hij niet wist of dat ging lukken omdat hij sinds hij naar Japan was gegaan niet meer in een boot had gezeten. Hij had het over het Japanse eten en zei dat hij rauwe vis had gegeten. Ik zei dat Franse frietjes lekkerder waren met Dijon-mosterd.

Hij zei dat hij altijd al een ketchupman was geweest.

Ik zei, Als je mosterd probeert, val je wel van je geloof.

Hij zei, Ik heb weleens mosterd geprobeerd.

Ik zei, Was het Dijon?

Hij zei, Nee, gewone.

Ik zei, Dan heb je het niet geprobeerd.

O, zei hij, heb jij mayonaise geprobeerd?

Ik zei, Mayonaise is afschuwelijk.

Hij leunde voorover en zei, Vond je het echt niet lekker?

Bluh, zei ik.

En hij kuste me en fluisterde: 'Ik ben dol op mayonaise.'

Hij kuste me nog een keer –

– en ik voelde me geen loser

– en ik vroeg me niet af of ik wel kon zoenen

– en mijn bril zat niet in de weg

– en ik vroeg me niet af of hij het tegen zijn vrienden zou zeggen

– en ik vroeg me niet af of het alleen voor de lol was.

Dit is Jackson Clarke, dacht ik, degene die de kikker in mijn kastje deed. Dit is Jackson Clarke, die vroeger een beugel had. Dit is Jackson Clarke, die in Japan is geweest. Dit is Jackson Clarke en zijn tong smaakt naar smoothie. Dit is Jackson Clarke, die vroeger heel gewoon leek. Dit is Jackson Clarke.

Ik kuste hem terug.

Hij bracht me met zijn auto naar huis.

En ja, er was zelfs een zonsondergang.

5. Ben
(maar dat wist hij niet)

BEN MOI ZAT NA groep 6 bij mij op zomerkamp. Hij wist niet dat ik bestond.

'Er valt niets over hem te zeggen,' zei ik tegen dokter Z. 'Ik vond hem leuk. Net als iedereen. Hij was nummer één.'

'Wat vond je zo leuk aan hem?'

Daar had ik geen antwoord op. 'Hij had iets... Hij had altijd een vriendinnetje. Hij had minstens drie verschillende vriendinnetjes in één zomer.'

'Maar daar zat jij niet bij?'

'Eén keer zat ik met kampvuurliedjes-zingen naast hem en ik duwde mijn been tegen zijn been om hem uit te dagen. Maar hij schoof steeds een beetje op. Hij had toen trouwens toch iets met dat ene meisje, Sharone.'

'Waarom heb je hem dan op de lijst gezet?' Dokter Z kauwde weer op een Nicorette-kauwgompje. Ik kan me niet voorstellen dat ze rookt maar zodra haar werkdag erop zit, moet ze er als een gek eentje opsteken; ze zit altijd als een junk op haar kauwgom te kauwen.

'Ik dacht de hele tijd aan hem,' vertelde ik haar.

'Zoals wat?'

'Huh?'

'Wat dacht je dan?'

'Ik weet het niet. Normale dingen waar je aan denkt als je een jongen leuk vindt.'

Dokter Z was even stil.

'Geef me eens een voorbeeld, Ruby,' zei ze. 'Kom op.'

'Ik wilde gewoon verkering met hem hebben. En als ik me 's ochtends aankleedde, vroeg ik me af wat hij leuker zou vinden: mijn jeans of mijn korte broek en ik vroeg me af of hij had gezien dat ik mosterd op mijn Franse frietjes deed en of het tot hem doordrong dat ik anders was dan anderen.'

'Dacht je er weleens aan hoe het zou zijn als hij je zou zoenen?'

'Niet echt.'[1]

'Vond je het leuk om met hem te praten?'

'We hebben nooit wat tegen elkaar gezegd. Op één keer na, hij zei dat mijn veter loszat.'

'Moest je om hem lachen?'

'Nee.'

'Was hij interessant? Of goed in iets?'

'Ehm. Niet speciaal, dat denk ik niet.'

'Gaf hij je het gevoel dat je bijzonder was?'

'Hij maakte me zenuwachtig. Ik voelde me altijd onhandig en lelijk als hij in de buurt was.'

'Echt?' Dokter Z leunde naar voren. 'Waarom vind je iemand leuk bij wie je je onhandig en lelijk voelt?'

'Hij had alles,' legde ik uit. 'Je wilde gewoon dat Ben Moi je vriendje was.'

'Maar waarom?'

'Kun je niet gewoon iemand willen?' vroeg ik. 'Waarom moet er altijd overal een reden voor zijn?'

'Dit is therapie, Ruby.' Dokter Z klonk geïrriteerd. 'Het zou zinvol kunnen zijn, voor jezelf, als je eens "iets" over "iets" onder woorden probeert te brengen.'

---

[1] Eerlijk waar, daar dacht ik echt niet aan. Omdat ik nog nooit met iemand gezoend had tot ik dertien en driekwart was. Dat is de trieste waarheid en het is nog triester omdat de jongen met wie ik voor het eerst zoende afschuwelijk was en ik daarna met niemand meer heb gezoend tot aan het eind van de derde klas.

Dus vertelde ik haar de waarheid: dat ik me afvroeg hoe het zou zijn om zo'n ontzettend populaire jongen als vriendje te hebben. Dat ik zou weten dat ik oké was als ik met zo iemand als Ben Moi ging. Ik zou weten dat ik knap was. Ik zou weten dat mijn kleren goed waren. Ik zou weten dat iemand mij zou willen.

'Bevestiging,' zei ze.

'Ik denk het.' Het klonk niet best zoals ze dat formuleerde, maar er zat wat in.

'En toen je een vriendje had, toen met Jackson, voelde je je toen knap en leuk en al die dingen?'

'Ja...' antwoordde ik. 'Zeker.'

Het was vreemd hoe makkelijk het ging, hoe Jackson en ik het ene moment nog vreemden voor elkaar waren en het volgende moment alles samen deden. Hij ontmoette mijn ouders. Ik ontmoette zijn ouders. We maakten samen huiswerk. Zijn hond vond mij leuk.

Ik had nooit gedacht dat je iemand had om dingen mee te doen als je een vriendje had. Iemand die op woensdagavond naar mijn huis kwam rijden om bij ons te eten en die bleef om Scrabble te spelen, die daarna op de bank kwam zitten en zijn geschiedenishuiswerk ging doen terwijl ik mijn wiskundeopgaven maakte. Eigenlijk was het met Jackson totaal anders dan wat ik had verwacht.

Ik had altijd gedacht dat een vriendje me mee uit zou vragen en me dan op zaterdagavond zou komen ophalen. Ik en dit imaginaire vriendje zouden vriend-vriendindingen doen die je niet met gewone vrienden doet: een strandwandeling maken, een heel stuk de stad uit rijden, naar een Spaanse film gaan, samen dansen. We zouden plannen hebben. Ik had nooit bedacht dat hij ook op zaterdagochtend langs kon komen zonder dat we iets hadden afgesproken en dat hij zou vragen of ik zin had om met hem boodschappen te doen en dat we daarna bij de sigarenman vijftien lolly's zouden kopen en ze allemaal zouden openmaken om met onze ogen dicht een smaaktest te doen.

Ik had altijd gedacht dat ik mijn leukste kleren aan zou doen als ik met mijn vriendje uitging. Ik zou lipgloss opdoen en oogschaduw, en mijn netpanty aantrekken. Maar als Jackson me na het zwemmen stond op te wachten, sprong ik in mijn joggingbroek en T-shirt in zijn auto en begonnen we direct te zoenen en hij raakte mijn borsten aan door het natte zwempak heen dat ik nog aanhad, en het kon me niets schelen dat ik geen make-up op had of dat mijn borsten werden platgedrukt of dat ik naar chloor rook of dat ik hetzelfde T-shirt aanhad als de dag ervoor. Ik was alleen maar blij om hem te zien.

Bijna elke dag deed hij een briefje in mijn schoolkastje. 'Hier heb je een muntje,' schreef hij. 'Wie weet brengt het geluk. Of je kunt een kus van me kopen. Of het in je neus stoppen, in de lucht gooien en opvangen, er een pennywafel van kopen, aan iemand geven wiens geluk vervlogen is, als fooi achterlaten voor een slechte ober, onder je shirt laten glijden als je het koud hebt, doorslikken en kans maken op een gratis ritje naar het ziekenhuis, het op de wijzerplaat van iemands horloge plakken zodat diegene te laat op school komt, aan een cowboy geven en vragen of hij er van vijftig meter afstand een gaatje in wil schieten, in je schoen doen om jezelf voor de gek te houden. En dan ik ben nog maar net begonnen met brainstormen! Je grote, slechte schietgrage man, Jackson.' Of: 'Ik ben om twee uur al naar huis gegaan omdat we eerder klaar waren met scheikunde. Waarom? Er was brand en een wervelstorm en een blikseminslag in het scheikundelokaal. O, sorry, heb ik je laten schrikken? In werkelijkheid kwam het door meneer Dimwor-

thy die zei: "Clarke, je bent zo verdomde slim, ik heb je alles geleerd wat ik over de geheimen van het universum weet. Maak dat je wegkomt en ga een spelletje pool spelen." Vandaar dat ik maar ben weggegaan. Ik zie je morgen. Jackson.'
Ik vond die briefjes geweldig. Ik heb ze allemaal bewaard. De dingen waarover ik fantaseerde als ik aan Ben Moi dacht – dat ik mooi was en gewild – die dingen kwamen uit toen ik verkering kreeg met Jackson. En ik maakte me nergens zorgen om.
Nu – na alles wat er is gebeurd – ben ik geneigd te zeggen dat het te mooi was om waar te zijn. Maar het wás waar, tenminste voor één maand. En als ik bedenk wat ik van een vriendje wil of van een geliefde of op een dag van een echtgenoot, dan is het dat wat Jackson en ik die maand hadden. Dat is wat ik wil.

Ook in een ander opzicht leek Jackson op Ben Moi: hij had heel veel vriendinnetjes gehad. Voordat hij naar Japan ging was hij met Beth, Anne en Courtney – allemaal meisjes uit zijn jaar – en toen ik verkering met hem kreeg, ontwikkelde ik een Beth-Anne-Courtney-radar. Ik kon het voelen als een van hen in de buurt was, wat ze aanhad en hoe leuk ze eruitzag. Het was zo raar dat die Beth-Anne-Courtney-lippen Jacksons lippen hadden aangeraakt, dat ze zijn grote handen met sproeten hadden vastgehouden, dat hij in ze geïnteresseerd was geweest. Voordat Jackson mijn vriendje was, vond ik deze meisjes heel aardig. Daarna vond ik ze oppervlakkig en overdreven flirterig. Ze irriteerden me omdat ze lachten, charmant waren, mooie benen hadden en geen bril. Ik wilde dat ze alle drie in het niets oplosten.
Jackson en ik hadden zes weken verkering toen er iets ge-

beurde wat aanleiding was voor een heel nieuw hoofdstuk in *Het jongensboek*: 'Traumatische telefoongesprekken, e-mails en chatberichten. Gedocumenteerde pijnlijke gebeurtenissen aangaande communicatietechnologie'.[2]

Dit gebeurde er: ik was op een zondag bij Jackson thuis. Het was ongeveer zes uur en we zaten op zijn kamer huiswerk te maken en videospelletjes te doen. De telefoon ging en Jackson, die net op weg naar beneden was om iets te halen, vroeg of ik wilde opnemen.

'Clarke *residence*,' zei ik.

'Ehm, is Jackson daar?' Het was de stem van een meisje.

'Hij is beneden,' zei ik, en ik vroeg me af wie het was. 'Wil je even wachten?'

'Ehm, ja,' antwoordde ze.

Ik gaf de hoorn aan Jackson, die terug was. Hij ging zitten,

---

[2] Drie voorbeelden uit dit hoofdstuk van *Het jongensboek*:

1. Kim stuurde Finn een e-mail over de ruzie die ze hadden gehad omdat zij niet naar zijn voetbalwedstrijd was gekomen. Kim keek het hele weekend om de tien minuten in haar mailbox maar hij beantwoordde haar e-mail niet. Zij nam haar telefoon niet op omdat ze hem niet wilde spreken voordat hij haar bericht had gelezen. Toen, op maandag, zei hij dat hij haar e-mail helemaal nooit had gekregen en dat hij ergens moest zijn blijven hangen. Maar later zei hij dat hij zijn e-mails helemaal niet had gecheckt. Dus wat was het nou? Als je liegt, moet je het wel goed doen.

2. Crickets vriendje van toneelkamp, Kaleb, (na zes weken was het trouwens over, wat een opluchting!) deed altijd heel geheimzinnig over zijn antwoordapparaat. Hij luisterde het nooit af als zij er was – alsof er een uiterst geheim bericht op kon staan van een ander meisje. Cricket zei dat ze vrij zeker wist dat er alleen berichten op stonden van zijn vriend Mike, of van een andere Neanderthaler en dat hij haar met opzet nieuwsgierig probeerde te maken door heel nadrukkelijk niet naar zijn antwoordapparaat te luisteren – en dat moet hem moeite hebben gekost, want hij was een dwangmatige berichten-checker. Hij keek de hele tijd op zijn mobieltje.

3. In de periode tussen Kaleb en Pete, kreeg Cricket na een basketbalwedstrijd een lift van Billy Alexander en ze was ontzettend zenuwachtig toen ze samen in zijn auto zaten op de parkeerplaats voor haar huis, omdat alles erop wees dat hij haar ging zoenen of in elk geval zou vragen of ze met hem uit wilde. Maar op dat moment ging zijn mobieltje en hij beantwoordde de oproep en zei heel vaak 'Dude!' en zwaaide naar Cricket alsof hij wilde zeggen: ik zie je nog wel een keer. Zij stapte uit en ging naar binnen, en dat was het dan.

met zijn rug naar me toe. 'Hoi, is er iets?' zei hij in de hoorn.

Er viel een stilte.

'Ik kan nu niet praten. Ik heb iemand op bezoek.'

Waarom kon hij niet zeggen: Ruby is op bezoek? Of: Ruby, mijn vriendin is op bezoek.

'Alsjeblieft, zeg dat niet.' Jackson fluisterde bijna. 'Nee, nee, dat was het niet.'

Wat was zo niet?

'Het ligt niet aan jou, dat heb ik je toch gezegd,' ging hij verder. 'Luister, het komt nu even heel slecht uit. Kan ik je later terugbellen...? Ja, ik heb je nummer nog.'

Toen hing hij op, pakte de Xbox-joystick en vermoordde een heleboel aliens.

Ik keek naar mijn wiskundeboek op mijn schoot maar ik kon me niet concentreren. Wie was dat aan de telefoon?

Waar hadden ze het over gehad?

Waarom vertelde hij me niets?

Het ging me natuurlijk niets aan. Hij mocht door ieder meisje gebeld worden, als hij dat wilde.

Of misschien ging het me wel iets aan; ik was tenslotte zijn vriendin en had ik er dan geen recht op te weten met wie hij zo'n intiem gesprek voerde, over kennelijk belangrijke gevoelens?

Ik deed mijn best nonchalant te klinken en vroeg: 'Wie was dat, aan de telefoon?'

'Eh, nu net...? Heidi Sussman,' zei hij. Heidi van Katarina's clubje.

'Wat wilde ze?'

'Ze is van slag door het een of ander. Ik heb gezegd dat ik haar later terugbel.'

'Van slag door wat?' Ik hoopte dat ik bezorgd om haar klonk en niet al te nieuwsgierig.

'O, ze is altijd van slag door iets. Wie weet wat het deze keer weer is,' zei Jackson terwijl hij doorging met het vermoorden van aliens.

Wat wilde dat zeggen, altijd van slag door iets? Wat was er aan de hand met Jackson en Heidi? Was hij echt te druk bezig met zijn videospelletje of hield hij informatie achter? Ik probeerde me te interesseren voor de stervende aliens. Ik probeerde me te interesseren voor mijn wiskundeopgaven. Ik probeerde een ander onderwerp te bedenken waarover we het zouden kunnen hebben.

'Waarom belt ze jou dan?' vroeg ik uiteindelijk.

'We hebben een tijdje iets gehad. Dat wist je toch,' zei hij, nog altijd op aliens schietend.

'Nee,' zei ik. 'Dat wist ik niet.' Ik kon niet geloven dat ik de afgelopen weken naast Heidi had gezeten, een scène met haar had gespeeld voor toneelles, haar gedag had gezegd in de gang, terwijl ik al die tijd niet wist dat zij Jacksons vriendinnetje was geweest.

Jackson draaide zich om en keek naar me. Ik ben er absoluut zeker van dat hij wist dat ik het niet wist en dat hij helemaal niet van plan was geweest om het me te vertellen zolang dat niet nodig was. 'Afgelopen zomer. We zaten samen op tenniskamp,' zei hij. 'Voordat we weer naar school moesten, was het over.'

'Hoelang voordat we weer naar school moesten?' vroeg ik.

'Ik weet het niet. Een paar dagen,' zei hij. 'De dag ervoor, denk ik.'

'In dezelfde week dat wij iets kregen?'

'Ja... dat denk ik. En ze wil er maar steeds over praten.'

'Wat zegt ze dan?'

'Weet ik niet.' Jackson grinnikte en sloeg zijn arm om me heen. 'Ik wou dat ze me met rust liet. Ik heb wel iets beters te doen.' Hij duwde zijn neus in mijn hals. 'Ik ga haar niet terugbellen, als je dat soms denkt.'

Ik kon het Heidi niet kwalijk nemen dat ze met hem wilde praten. Ik bedoel, Jackson was nauwelijks op adem gekomen voordat hij haar al had vervangen door een ander. Plotseling had ik een heel naar gevoel, alsof ik zonder het te weten bij iets lelijks en gemeens betrokken was geraakt. 'Je zou wel met haar moeten praten,' zei ik. 'Daar heeft ze recht op.'

'Vind je?'

'Ja... Er moet geen wrok blijven bestaan.'

'Oké,' zei hij. 'Ik bel haar later wel.'

Ik meende wat ik zei. Als ik Heidi was, wilde ik ook dat de jongen met me praatte. Ik zou gek worden als hij bleef zeggen dat hij me zou bellen en dat niet deed. Dat is zo gemeen. Maar ik was totaal van slag toen Jackson me zei dat hij vrijdag met Heidi koffie ging drinken in de B&O en dat hij me niet zou komen ophalen na het zwemmen. Hij had een afspraakje met zijn ex-vriendin! Het meisje dat hij nog maar zes weken geleden had gezoend en dat daardoor dacht dat ze knap was en bijzonder en geweldig. De hele training had ik de zenuwen en ik zwom belabberd. Mijn vader kwam me ophalen en ik vroeg of hij met me naar de film van vijf uur wilde gaan zodat ik niet de hele tijd aan Jackson en Heidi hoefde te denken – en ik niet in de verleiding kon komen om hem op zijn mobiel te bellen terwijl hun belangrijke koffiegesprek nog gaande was. Maar ik had het kunnen weten; als mijn vader en ik een dag samen waren dan wilde hij met me praten en dus niet naar de film gaan.

'Waarom gaan we niet naar dat B&O-café dat jij zo leuk vindt?' stelde hij voor. 'Ik wil nu weleens weten wat dat is.'

'Ik heb geen honger,' zei ik.

'Echt niet? Normaal sterf je toch altijd van de honger als je hebt gezwommen?'

'Ja maar bij B&O hebben ze alleen cake,' zei ik. 'Je kunt er verder alleen koffiedrinken.'

'Je kunt cake nemen,' zei mijn vader. 'Ik zal niets tegen mama zeggen. En bovendien, als ze daar weten hoe ze een goede cappuccino moeten maken, wil ik dat wel eens proberen.'

Hij gaf een draai aan zijn stuur en nam de afslag die je moet hebben om bij de B&O te komen. Ik wist niet wat ik moest zeggen. Ik had niet het idee dat ik hem de situatie kon uitleggen, maar als wij zouden opduiken op het moment dat Jackson koffiedronk met Heidi zou het lijken of ik hen bespioneerde. En al wilde ik hen eigenlijk bespioneren, ik wist dat dat niet hoorde. Ik hoorde Jackson te vertrouwen en niet jaloers te zijn op Heidi. Dat was cool. Bovendien was dat hele idee om met elkaar te praten in eerste instantie mijn idee geweest, het zou dus vreemd overkomen als ik nu jaloers zou zijn.

Mijn vader vond een parkeerplaats en terwijl we naar de B&O liepen, ratelde hij maar door over wat vroeger populaire plaatsen waren om heen te gaan, de eigenschappen van verschillende koffiebonen en hoe belangrijk het schuim op een cappuccino is.

Snel liet ik mijn blik door de ruimte gaan. Mijn hart klopte in mijn keel.

Maar Jackson was er niet.

En Heidi ook niet.

Aan een zespersoonstafel zaten wat artistieke figuren aan hun espresso te nippen. Kim zat met haar laptop aan de bar een opstel te schrijven. Finn zat met een zwart schort achter zijn kasboek en staarde met zijn grote, ronde ogen naar Kim.

Waar waren Jackson en Heidi? Hadden ze Kim zien zitten en besloten om ergens anders heen te gaan zodat ze meer privacy hadden?

Of waren ze uitgepraat geweest en waren ze ergens anders naartoegegaan?

Of waren ze alweer weggegaan omdat ze weer dolverliefd op

elkaar waren geworden en zaten ze nu in zijn Dodge Dart Swinger met beslagen ramen te vrijen?[3]

Mijn vader sloeg Kim bij wijze van groet op haar rug en begon Finn te ondervragen over professionele methoden voor het stomen van melk.

'Waar is Jackson?' fluisterde ik tegen Kim. 'Hoelang hebben ze hier gezeten?' Natuurlijk was Kim van de hele situatie op de hoogte.

'Hij is helemaal nooit gekomen,' fluisterde Kim terug. 'Finn is hier al vanaf drie uur.'

'Wát?' Zolang ik wist waar ze waren, kon ik het nog wel aan – maar nu leek het erop dat Jackson en Heidi ergens heen waren gegaan waar ze dingen konden doen die alleen hun twee aangingen, alsof ik helemaal niet bestond. Ik vroeg me af of hij zelfs tegen me had gelogen over wat ze zouden gaan doen.[4]

Mijn vader had de tijd van zijn leven en was blij dat hij eens in het stamcafé van zijn dochter was en haar vrienden in het echt kon meemaken. Hij bestelde cake. Hij las de advertenties van popconcerten alsof hij kaartjes wilde gaan kopen. Ik pro-

---

[3] Klink ik soms paranoïde? Toen ik dit verhaal aan dokter Z vertelde, probeerde ik er iets leuks van te maken en ik maakte een grapje over mezelf omdat ik me van die belachelijke dingen in mijn hoofd haalde over Jackson en Heidi. Ik zei zoiets als: 'O, ik weet het, ik lijk wel een gestoorde stalker, maar aan dat soort dingen dacht ik.'
Maar dokter Z zei: 'Het klinkt helemaal niet zo gek, Ruby. Het klinkt alsof Jackson je vertrouwen had geschonden door niet te vertellen dat hij iets met Heidi had gehad.' En door de manier waarop ze dat zei, was het behoorlijk pijnlijk en ik vond het irritant dat ze mijn gevoelens op die manier voor mij herhaalde. Aan de andere kant waardeerde ik het wel dat ze niet zei dat het waarschijnlijk niet waar was.
[4] Of deze gedachten zijn belachelijk en paranoïde (zie vorige voetnoot) en ik ben een superbezitterige, jaloerse vrouw óf het zijn heel gerechtvaardigde reacties op een gevoelige situatie waarbij bedrog redelijkerwijs binnen de mogelijkheden behoort.
En: of Jackson had recht op een eigen leven en ik had er niets mee te maken óf ik had het recht (als zijn vriendin) om te weten wat hij met andere meisjes deed. Welke van deze twee opvattingen is juist? Ik ben nu al een aantal maanden in therapie en ik heb geen idee.

beerde niet lullig te doen en deed alsof ik me vermaakte. Hij is een schat van een vader en hij bedoelde het allemaal goed en probeerde contact met me te maken en wie kan het hem kwalijk nemen dat het hem niet opviel dat ik bijna gek werd van ongerustheid?[5]

Toen mijn vader en ik thuiskwamen, belde Jackson. Hij wilde langskomen. Ondanks dat het koud was, zaten we op het dek zodat we een beetje privacy hadden.

Hij en Heidi hadden getennist, net als vroeger. Ze waren ongeveer even goed en het was iets wat ze altijd samen hadden gedaan. Daarna hadden ze in het restaurant van de club gegeten. Heidi begreep niet hoe het zo plotseling over kon zijn, vertelde Jackson. Ze wilde dat het weer goed kwam tussen hen. Maar dat wilde hij niet. Heidi was leuk en supermooi en zo maar ze boeide hem niet. 'Ik heb haar gezegd dat ik met jou ben,' zei hij en hij pakte mijn hand. 'Roo, maak je alsjeblieft

---

[5] Weet je wat dokter Z zei toen ik haar over mijn vader vertelde? 'Je kunt het hem wel degelijk kwalijk nemen, Ruby, word eens kwaad als je boos bent.'
'Ik was niet boos.'
'Het lijkt erop dat hij de signalen die jij uitzond niet opmerkte. Hoopte je dat hij zou reageren?'
'Misschien had hij het allang in de gaten maar wilde hij me alleen de ruimte geven en zich niet met mijn zaken bemoeien,' zei ik.
Dokter Z kauwde op haar Nicorette. 'Zeg je nu niet eigenlijk dat je hoe dan ook wilde dat hij erover begon?'
'Nee. Het is heus niet zo dat ik met mijn vader over dat soort dingen wil praten.'
'Wil je dat niet?'
Ik probeerde er echt goed over na te denken. 'Nee... ik bedoel, ja... ik bedoel, dat wilde ik wel. Denk ik.'
'Had je daar zelf iets aan kunnen doen?'
O, ze maakt me soms zo kwaad. 'Ja, juf,' zei ik sarcastisch. 'Ik had hem kunnen vertellen hoe ik me voelde. Dat is het goede antwoord, of niet? Dat moet ik van jou zeggen.'
Ze was stil.
'Therapeuten zijn allemaal hetzelfde,' ging ik door. 'Je moet zeggen wat je voelt, dat is de oplossing voor alles. Bla, bla bla.'
'Héb je al eens een andere therapeut gehad, Ruby?' vroeg ze me.
Tot de sessie voorbij was, zeiden we niets meer.

geen zorgen. Wat ik voor jou voel, heb ik nog nooit voor iemand gevoeld.'

'Ik ook niet,' zei ik.

'Gelukkig,' zei hij en kwam tegen me aan zitten. 'Dat hoopte
ik al.'

We zaten nog een hele tijd in de kou te zoenen.

Maar de waarheid was dat ik me sindsdien nooit meer hetzelfde heb gevoeld. Niet echt. Lees nog een keer wat Jackson
tegen me zei toen hij over die middag met Heidi vertelde. Oké,
hij zei dat hij mij wilde, dat hij nog nooit zoiets had gevoeld.
Maar hij zei ook dat Heidi supermooi en leuk was en dat ze
hadden getennist zoals vroeger, omdat ze hetzelfde niveau hadden, bla, bla, bla.

Als je je nieuwe vriendin nou gerust wilt stellen over je gevoelens voor je oude vriendin, zou je het dan in je liefdesver-
klaring over de schoonheid van je oude vriendin hebben? En
met een soort heimwee over tennis praten?

Nee.

Dat zou je alleen doen als je nog aan haar schoonheid dacht
en aan het tennissen.

Het is niet zo dat ik denk dat er die dag iets met Heidi is gebeurd of dat Jackson loog over wat hij voor me voelde. Maar ik
realiseerde me dat hij een verleden met andere meisjes had en
dat ik aldoor aan ze moest denken en dat hij ook aan ze dacht,
zelfs als hij mij in mijn ogen keek.

Iets binnen in me, wat nog nooit gebroken was, ging kapot.

Dus had ik boven op de Beth-Anne-Courtney-radar een Heidi-
radar.

En nu heb ik een Kim-radar.

Tot aan het eind van dit schooljaar kon ik nauwelijks over het binnenhof lopen zonder van alle kanten slechte vibraties op te vangen. Argh! Kim op de trap! Heidi bij Frans! Drievoudige bedreiging in de bibliotheek van Beth-Anne-Courtney met hun pastelkleurige kleertjes en hun mijn-haar-zit-altijd-goed-kapsels. Het kwaad was overal – en het feit dat ik deze zin opschrijf bewijst wel dat ik serieus in de knoop zit. Godzijdank heeft mijn moeder me naar dokter Z gestuurd, want ik sta duidelijk op het punt mijn verstand kwijt te raken, zelfs nu het al een tijd geleden is.

Geloof me, ik weet dat deze meisjes in werkelijkheid heel aardig zijn. Sommigen zijn zelfs vriendinnen van me geweest. En ik vind dat vrouwen niet gemeen en hatelijk tegen elkaar moeten doen als het om een man gaat, want hoe kunnen we in godsnaam bedrijven runnen en landen besturen als we geobsedeerd zijn door andermans grote borsten in een roze truitje?

Bij geschiedenis had meneer Wallace het over dit probleem (we behandelden de feministische beweging) en ik ben het zo eens met wat hij zei over 'de zichzelf hinderende strijd tussen leden van onderdrukte groeperingen'. Vertaald vanuit het Wallace-jargon, betekent dit dat als mensen willen opkomen voor hun rechten en werkelijk willen dat er iets verandert, dat ze dan een groep moeten vormen en niet met elkaar moeten gaan lopen kissebissen over onbelangrijke dingen.

Mijn probleem is dat ik kan denken wat ik wil – *girlpower*, solidariteit, Gloria Steinem, op de barricades[6] – maar ik voel nog steeds wat ik voel.

En dat is jaloezie. En boosheid om kleine dingen.

Misschien ben ik onzeker geworden door wat er met Jackson gebeurde en werd ik daardoor jaloers op Beth/Anne/Courtney/ Heidi. Of misschien was ik vanaf het begin af aan al zo, door

---

6 Gloria Steinem. Een bekende feministe. Mijn favoriete uitspraak van haar: 'Een vrouw zonder man is als een vis zonder fiets.'

een gemene slechtheid die ik nu eenmaal in me heb, en misschien is mijn neurotische jaloezie er de oorzaak van dat de dingen verkeerd zijn gelopen. Ik weet het niet.

Ik weet alleen dat ik me zo voelde – en dat ik me nog steeds zo voel. Ondanks dat Jackson en ik uit elkaar zijn.

Ik zou willen dat het anders was. Ik zou willen dat ik helemaal zonder radar de mensa binnen kon lopen. Ik wil gewoon naar binnen gaan, mijn rozijnensalade maken en mijn verdomde lunch eten zonder dat ik me ergens zorgen om maak. Maar ik vraag me af of dat ooit zal gebeuren. Op dit moment ben ik al blij als ik kan eten zonder een angstaanval te krijgen.

6. Tommy
(maar dat was onmogelijk)

TOEN IK IN DE brugklas zat, was Tommy Hazard (een blonde Californiër) de beste surfer van zijn leeftijd. Hij droeg geblokte shorts met felle kleuren en als hij lachte zag je dat zijn tanden een beetje scheef stonden. Hij had een zachte, lage stem dus als hij praatte leek het of jij de enige persoon in de wereld was tegen wie hij iets zei. Hij had een blauwe fiets met tien versnellingen en liet mij op zijn stuur zitten. Hij rook vaag naar chloor door het zwembad bij hem thuis waar wij op warme middagen, met onze voeten in het water, hand in hand naar de voorbijgaande wolken zaten te kijken.

In de tweede klas had Tommy Hazard een hanenkam en reed hij op een skateboard. Hij speelde elektrische gitaar en hing vaak in de stad rond met een groepje te jonge punkers. Hij had altijd een roman in zijn rugtas en hij kocht zijn kleren in tweedehandswinkels, net als ik. Hij deed stoer maar eigenlijk was hij kwetsbaar en lief.

Tegen de tijd dat ik in de derde zat, was Tommy Hazard oud genoeg om auto te rijden maar hij had een oude Vespa. Hij had zebrastrepen op zijn helm geschilderd en ik reed met hem mee met mijn armen rond zijn smalle middel. Tommy's zwart geverfde haar zat wild en hij droeg een oud, glimmend pak en een smalle stropdas. Hij had een donkere kamer in de garage van zijn huis en als hij alleen was ging hij daarheen en ontwikkelde de mooiste zwartwitfoto's. Hij nam heel veel foto's van mij en zei dat hij niets van me wilde missen.

Toen leerde ik Jackson kennen en nu is er geen Tommy Hazard meer. Hij is gewoon verdwenen.

Ik neem aan dat Kim hem nog steeds heeft. Haar Tommy was altijd hetzelfde terwijl die van mij steeds veranderde.

We bedachten Tommy Hazard tijdens een trektocht in de brugklas. Eigenlijk was het niet meer dan een wandeling met een groep overspannen leraren die onze twaalfjarige benen in beweging probeerde te krijgen. We gingen de bergen in en het was de bedoeling dat we van de natuur genoten maar het enige wat we deden was roddelen, en we hoopten dat we snel weer terug zouden zijn.

Halverwege de tocht waren we uitgepraat en toen verzonnen we Tommy Hazard. Hij was de perfecte jongen. De jongen die niet irritant goed was in wiskunde. De jongen die nooit spuugde of iemand duwde op het speelplein, de jongen die een gave huid had en wist waar het om draaide. De jongen die nooit iets stoms deed met gym of op een bonte avond, de jongen die in de klas de antwoorden wist maar zijn mond hield, de jongen die mooi was, de jongen die cool was, de jongen die ieder meisje kon krijgen die hij hebben wilde – maar die alleen mij wilde. Of Kim.

Tommy was sinds de brugklas ons vriendje en als we het over echte jongens hadden vergeleken we ze altijd met hem. Kim had bijvoorbeeld in de tweede klas een tijdje iets met Kyle en toen ze het uitmaakte zei ze: 'Hij is oké, maar laten we eerlijk zijn, hij is geen Tommy Hazard.' Of als ik in de bioscoop een knappe jongen zag, zei ik: 'Kim, kijk! Daar! Volgens mij is dat Tommy Hazard!'

In die eindeloze periode dat er helemaal geen jongens waren die ons leuk vonden, maakten we vaak plannen met Tommy Hazard. Tommy nam mij mee naar een filmtheater waar ze oude films draaiden. Hij nam Kim mee met de kano. In het theater sloeg hij zijn arm om mij heen. Midden op het meer stopte hij met peddelen en begon hij Kim te zoenen.

Dit waren de onbetwiste Hazard-kenmerken waar wij het allebei over eens waren:

We hoefden ons nooit voor hem te schamen.

Hij deed interessantere dingen dan na school televisie kijken.

Hij kon geweldig zoenen.

Hij hield op straat onze handen vast.

En hij was uitermate zelfverzekerd maar kreeg knikkende knieën als hij ons zag.

Daarnaast hadden we ieder onze eigen Tommy's. Mijn Tommy veranderde voortdurend: surfjongen, punker, modefreak en dat was nog maar de top-drie. Soms was hij een woeste atleet, dan weer een stille dichter. Hij was de jongen die iedereen kende of de jongen die niemand, behalve mij, was opgevallen. Soms had hij zo'n fijn buitenlands accent, soms speelde hij piano. Hij was gespierd of juist tenger. Hij was blank, zwart, Aziatisch of iets anders.

Kims Tommy Hazard was altijd hetzelfde. Ze verfijnde hem in de loop der jaren; voegde kleine eigenschappen toe en streepte andere weg, maar in grote lijnen bleef hij hetzelfde. Tommy Hazard à la Kim had als kind de hele wereld gezien, hij was een avontuurlijke eter (Kim is dol op gekruid eten en ergert zich aan mensen die alleen pasta en pindakaas lusten). Hij was een botenman (zij zeilt), een filmfanaat en hij kon goed leren. Hij was ouder, hij was populair, hij was lang.

'Ergens loopt hij nu al rond,' zei Kim in de zomer na de derde klas. We liepen over de markt bij Puget Sound en keken naar gehaakte tassen en kralenoorbellen en handgemaakte houten puzzels. We hadden het al een halfuur over Tommy Hazard. 'Dat denk ik echt,' ging Kim verder.

'Hoe bedoel je?'

'Ik bedoel niet Tommy Hazard die eruitziet zoals ik hem heb

bedacht,' zei ze. 'Ik bedoel iemand die het helemaal voor mij is en voor wie ik het helemaal ben.'

'De ware dus?'

'Ja... Ik denk het.' Ze koos een batik kussen uit en praatte gewoon verder terwijl ze betaalde. 'Maar meer als een lot, iets wat zo moet zijn. Ik weet dat het raar klinkt maar ik heb het gevoel dat ik hem wel tegenkom als ik maar vaak genoeg aan hem denk.'

'En hoe herken je hem dan? Liefde op het eerste gezicht?'

'Misschien. Of we kennen elkaar al en dan overvalt het ons plotseling. Mijn moeder zegt dat ze gewoon wist dat mijn vader de ware was.'

'Echt? Hoe dan?'

'Een gevoel,' zei Kim. 'Ze hadden al negen maanden verkering maar toen ze het eenmaal wist, wist ze het zeker. En drie dagen later zijn ze getrouwd.'

Ik kon me niets romantisch bij de dokters Yamamoto voorstellen.[1]

'Ik weet niet of er voor mij wel één ware bestaat,' zei ik. 'Ik denk dat ik misschien wel van afwisseling hou.'

In de vierde klas moest die arme Finn de stud-muffin nog steeds concurreren met Tommy Hazard. Kim vond Finn leuk, echt waar, maar hij was geen avontuurlijke eter (hield zelfs niet van peper) en hij was het land nog nooit uit geweest. Hij was niet 'de ware'. Hij was 'voor nu'.

---

[1] Mae Yamamoto is hersenchirurg. Ze praat supersnel en doet altijd zes dingen tegelijkertijd. Als je bij Kim thuis komt hakt haar moeder groenten, wast ze de kat in de gootsteen, belt ze om de uitslag van iemands biopsie door te geven, ontdooit ze de koelkast, trekt ze haar werkkleding uit en iets anders aan en schreeuwt ze tegen Kim dat ze haar creditcard te vaak heeft gebruikt. En dat allemaal tegelijkertijd. Als ik het niet met mijn eigen ogen had gezien, zou ik het niet geloven.

Hoe dan ook, toen ik haar het hele verhaal over mij en Finn in groep 4 had verteld, over de garnaalachtige blikken en het 'een, twee, drie, vier, vijf, zes, zeven', deed ik mijn best om met hem te praten zoals ik met iedereen praatte. Dat was in de eerste plaats vreemd omdat ik hem al die jaren had ontweken en het was extra vreemd omdat ik dingen van hem wist die niet iedereen wist. Zoals of hij borsthaar had (nee, maar wel een beetje op zijn buik), waar hij naar rook (zeep) en hoe zijn kamer eruitzag (hij had nog een knuffelbeer op zijn bed). Mijn eerste pogingen mislukten.

'Alles goed, Finn?'

'Yep. Met jou?'

'Best.'

'Mooi.'

Zoiets.

Tate organiseert allerlei liefdadigheidsacties. Elk jaar moet je een aantal verschillende dingen voor de gemeenschap doen. Eind oktober hadden alle vierdeklassers zich op zaterdagochtend in het buurtcentrum verzameld voor een halloweenfeest voor kinderen. We moesten verkleed komen. Ik was een kat in een zwarte mini-jurk, netpanty, een jasje van nepbont en oren. Cricket was een krekel, wat inhield dat ze voelsprieten had en een groen balletpakje. Nora was Medusa. Kim was een balletdanseres in een roze tutu.

De meeste jongens waren brandweerman of cowboy of iets anders mannelijks-mannelijks maar Finn was ook een zwarte kat – tenminste, zo zag hij eruit. Hij droeg een zwarte coltrui en een zwarte broek, een lange staart en handschoenen met klauwen. Zijn gezicht zat onder de zwarte schmink en hij had een hoed waar oren uit kwamen, waarschijnlijk nog van een Batman-kostuum van het jaar daarvoor. Het was een erg on-Tommy-Hazard-achtige verschijning.

Meneer Wallace vertelde ons wat we moesten doen. Hij was

verkleed als Albert Einstein. Dit hield in dat hij een pak aanhad (normaal droeg hij altijd een kakibroek), zijn haar grijs had gespoten en een bord op zijn rug droeg waarop $E=MC^2$ stond, dit voor het geval niemand begreep dat hij Einstein moest voorstellen (wat niemand begreep tot we het bord zagen). Net nadat we aangekomen waren zei meneer Wallace: 'Jullie kleine katjes,' en hij wees naar mij en Finn, 'jullie gaan achter de schminktafel.'

Finn en ik gingen aan de tafel zitten met oude, uitgedroogde restjes make-up die overgebleven waren van het toneelstuk.

'Hij noemde me een katje! Je ziet toch wel dat ik een panter ben?' zei Finn tegen me. 'Moet je die klauwen zien.' Hij hield zijn handen omhoog.

'Als je die kinderen gaat schminken, moet je ze uitdoen,' zei ik.

'Jemig, dan zie ik er wel uit als een katje.'

'Wat is er mis met een katje? Ik ben een katje.'

'Ik heb niks tegen katten,' zei Finn lachend. 'Maar dat ben ik gewoon niet. Ik ben een panter.'

'Ik moet je iets zeggen,' zei ik. 'Je ziet er behoorlijk kattig uit.'

'Hé, wist jij dat een panter eigenlijk een zwart luipaard is?' vroeg hij. 'Als je goed kijkt kun je onder het zwart de vlekken zien.'

'Dat heb je van mij,' zei ik. 'Uit dat dierenboek.'

'Helemaal niet. Het was op Discovery Channel.'

'Finn! Ik heb je dat in groep 4 verteld. Weet je dat niet meer? In de bibliotheek?'

Hij veranderde van onderwerp. 'Hoe kan ik er panterachtiger uitzien?' peinsde hij, en hij rommelde door de make-up op de tafel. 'Moet ik snorharen maken?'

'Je gezicht is zwart. Je kunt geen snorharen maken.' Kim en Nora stonden aan de andere kant bij een pompoensnijtafel.

'Rood. Wat denk je van rode snorharen? Dat is wel lekker

eng.' Hij deed zijn handschoenen uit en pakte een lippenstift. 'Waar is de spiegel?'

Ik gaf hem de spiegel aan. Hij haalde de dop van de lippenstift en begon dikke strepen op zijn gezicht te tekenen. Hij had duidelijk geen idee hoe je dat moest doen. Het zag er niet uit. 'Je lijkt Freddy Krueger wel,'[2] zei ik. 'Helemaal als je die handschoenen weer aantrekt.'

'Verdomme! Nu ben ik een soort Freddy Krueger-katje.' Hij lachte. 'Misschien moet ik het maar opgeven en dan ben ik gewoon een sukkel in het zwart.'

'Laat mij het maar doen.' Ik pakte een tissue en wat oude crème en veegde de make-up van Finns wangen. Toen bracht ik de zwarte schmink opnieuw aan en gebruikte een make-upkwastje om dunne, rode snorharen op zijn gezicht te tekenen. 'Veel beter. Nu ben je zo ontzettend een panter.'

Toen ik klaar was keek ik op. Kim staarde naar ons vanaf de pompoentafel. Met toegeknepen ogen keek ze me aan. Haar lippen vormden twee woorden: 'van mij', en ze wees naar Finn.

Ik legde de make-upkwast neer en ging druk aan de slag om de schmink klaar te leggen.

Finn en ik zeiden de rest van de dag – en daarna – niet veel meer tegen elkaar. Ik negeerde hem feitelijk. Het had allemaal niets te betekenen maar toch maakten hij en Kim op de terugweg in de bus ruzie. Ze zaten op de bank achter mij en Nora te fluisteren.

'Nou, bedankt,' siste ze naar hem toen de bus van de parkeerplaats reed.

'Wat?'

---

[2] Freddy Krueger is die gestoorde seriemoordenaar uit de *Nightmare on Elm Street*-films. Hij heeft messen aan zijn vingers en een afschuwelijk rood gezicht met littekens. Hij vermoordt mensen door ze in hun dromen te achtervolgen, dus zijn ze veilig zolang ze niet in slaap vallen.

'Dat weet je best.'

'Wat?'

'Finn, hou op.'

'Wat?'

'Als je het niet weet, ga ik het je echt niet uitleggen.'

'Kim, alsjeblieft. Wat het ook is, ik maak het goed met je.'

'Je hebt me de hele dag genegeerd.'

'Helemaal niet!'

'Zeker omdat je gisteren niet met mij en mijn ouders wilde eten, had ik gedacht dat we vandaag wel even samen konden zijn.'

'Ik moest gisteren werken. Ik kon er niets aan doen.'

'Je had kunnen vragen of er iemand voor je kon invallen.'

Finn zuchtte. 'Ik moest werken omdat ik het geld nodig heb, Kim.'[3]

'Goed, en als je me dan vandaag de hele dag moet negeren, moet je me maar voor altijd negeren.' En daarna, toen we uit de bus waren gestapt en op de parkeerplaats voor school stonden, gaf ze hem echt de volle lading. En als Kim er niet langer omheen draait en zegt wat ze werkelijk denkt, dan kun je maar beter uitkijken. Er kwam een hele waterval aan vloeken in het Engels en in het Japans en ten slotte zei ze dat ze hem nooit meer wilde zien. Er viel niet meer met haar te praten. Als ze eenmaal heeft besloten dat zij gelijk heeft en de ander fout zit, dan kan niemand iets doen om haar van gedachten te laten veranderen. Iedereen stond op de parkeerplaats te doen alsof hij aan het praten was, maar ondertussen luisterde iedereen. Het was een hele scène. Uiteindelijk rende Kim naar de wc's en sloot zichzelf op. Cricket en Nora en ik gingen naar haar toe en

---

[3] Dus Finn had waarschijnlijk ook een studiebeurs. Ondanks dat hij een baantje had bij de B&O, was het nooit bij me opgekomen dat hij misschien wel moest werken voor het geld.

probeerden met haar te praten, maar ze vroeg of we haar alleen wilden laten en dus deden we dat.

Kim liet de stud-muffin een paar dagen aan zijn lot over. Ze had me diezelfde avond nog gebeld en verteld dat ze hem al weken geleden had uitgenodigd voor het feestje van haar ouders en dat hij had gezegd dat hij zou komen en dat toen hij niet kwam, al die vervelende vrienden van haar moeder haar de hele avond hadden lastiggevallen met de vraag waar haar mysterieuze vriendje nou toch was – ha,ha,ha – en dat hij de volgende dag in de pauze met een groepje van voetbal had gegeten en dat hij, als hij niet van plan was haar aandacht te geven en dingen met haar te doen, dan kon oprotten.

Ik vond dat ze fout zat maar ik zei niets. Ze was mijn beste vriendin. Bovendien zaten ze drie dagen later in de bibliotheek te knuffelen, dus alles was oké.

Toen ik die middag thuiskwam, hadden mijn ouders ruzie. Ze gingen naar een themafeest en mijn moeder was de hele middag bezig geweest om van gekleurd schuimrubber, crêpepapier en draad een enorm tacokostuum te maken. Zij zou de vulling zijn en mijn vader de taco.

'Elaine,' zei mijn vader. 'Ik kan niet autorijden in een tacopak.'

'Zo ver woont Juana niet,' wierp mijn moeder tegen. 'Je zei dat je alles zou aantrekken wat ik zou maken.'

'Maar ik wist niet dat het een táco zou zijn,' klaagde mijn vader.

'Ik ben er de hele dag mee bezig geweest. Als je één keertje van het dek was gekomen, had je het geweten.'

'Je krijgt het er bloedheet in en je kunt niet eens zitten.'

'Je kunt het in de achterbak doen tot we er zijn.'

'Ik kan niet eens bewegen in dit ding.' Mijn vader had de taco van rubber aan en zijn armen staken aan beide kanten uit het pak.

'Hoe moet ik eten?'

'Ik voer je wel,' zei mijn moeder.

'Erg grappig.'

'Het is romantisch, Kevin. En het is heel erg theaterachtig. Waarom kun je nou niet gewoon meedoen?'

'Het is een taco,' zei hij. 'Dat is niet romantisch.'

'We vormen samen een geheel. Ik kruip erin.'

'Kunnen we die gekke hoeden van vorig jaar niet weer op-doen?'

'Die zijn zo saai!' schreeuwde mijn moeder. 'Waarom ben je toch altijd zo conservatief? Theater is mijn leven! Ik ben een creatieveling! Ik kan niet met zo'n stomme hoed naar een feestje gaan. Het is Halloween. Al mijn vrienden zijn er. Roo, jij vindt het tacopak toch ook leuk?'

'Ik bemoei me er niet mee,' zei ik, en ik zette de televisie aan.

'Kevin, je onderdrukt mijn creativiteit!' jammerde mijn moe-der.

'Nee. Ik weiger mezelf voor schut te zetten en de hele avond zwetend door te brengen zonder dat ik kan zitten terwijl ik de hele dag in de tuin heb gewerkt.'

'Je had ook niet de hele dag in de tuin moeten werken,' pruilde mijn moeder.

'Wat had ik dan moeten doen?' schreeuwde mijn vader. 'Het kan nu elk moment gaan vriezen!'

'Je wist dat we vanavond een feestje hadden.'

'Ik ben klaar voor een feestje. Ik heb zin in een feestje. Alleen niet in een tacopak!'

Bla bla bla. Ze gingen nog minstens een uur door.

Mijn vader won.

Mijn moeder liep weg om een kalmerende douche te nemen. Toen propten ze het schuimrubberen tacopak in twee zwarte vuilniszakken, zetten de gekke hoeden op en gingen naar het feest.

Ik belde Jackson en hij kwam langs en we vreeën. Ik had nog steeds mijn kattenpak aan.

7. Frank
(maar dat speelde alleen in zijn hoofd)

HET VERHAAL VAN FRANK WILLIAMS is belangrijk omdat het een verhaal over cadeautjes is. Daar kwam ik achter toen ik met dokter Z over hem praatte.

Ik begrijp niet waarom jongens geen cadeaus kunnen geven, zoals normale mensen.[1] Kim gaf me afgelopen augustus met mijn verjaardag zo'n geweldig tweedehands jasje. Het past precies. We gaven Nora met z'n allen op Valentijnsdag een *Playgirl* omdat zij op dat moment geen Valentijn had.[2] En afgelopen kerst kocht ik voor mijn moeder een boek van een performance artist die Spalding Gray heet en dat had ze in één week uit. En Nora maakte kleine cakejes voor me toen ik de honderd meter vrije slag had gewonnen (meestal eindig ik als tweede of derde – of ik verlies gewoon) en op alle vijf de cakejes stond een mooie letter van lichtblauw glazuur: C-H-A-M-P.

Dat zijn goede cadeautjes. Attent. Sommige voor speciale gelegenheden, sommige zonder een echte aanleiding. Normaal, zonder problemen. Iedereen blij.

Maar voeg een jongen aan het plaatje toe en alles gaat mis.

---

[1] Een generaliserende, ongefundeerde, seksistische opmerking, ik weet het. Meneer Wallace zou me absoluut een onvoldoende geven als ik dit zou opschrijven.

[2] Kim kocht hem. Ze heeft een speciale methode om dit soort dingen – zoals sigaretten, alcohol, de *Playgirl* – te kopen. Ze neemt er altijd een pakje tampons bij en zoekt een mannelijke caissière uit, ervan uitgaande dat hij haar niet aan durft te kijken en zal zien dat ze eigenlijk te jong is.

Jackson en ik hadden een cadeautjesprobleem. Dat was wel duidelijk.

Het eerste cadeautje dat ik na de snoepbeertjes van Hutch kreeg, was een heel mooie kralenketting van een jongen die Frank Williams heette, en die later naar een andere school is gegaan.

Hij was een afstotelijke jongen. Er groeiden zwarte donshaartjes op zijn bovenlip. Zijn nek was te kort. Vanaf de brugklas moet iedereen op Tate een sport beoefenen en Frank en ik waren allebei zwemmers, dus ik zag hem een paar keer per week bij de training. Maar ik kende hem niet echt. Het ging meestal zo:

Hij: 'Doe je vrije slag?'

Ik: 'Mm-mm.'

Hij: 'Ik ook.'

Ik: 'Honderd of tweehonderd?'

Hij: 'Tweehonderd.'

Ik: 'Klinkt goed.'

Hij: 'Ja...'

Ik: 'Nou, ik moet me om gaan kleden.'

Hij: 'Oké. Zie je later.'

Frank ging vooral om met een andere zwemjongen, Josh, die heel groot was, rood haar had en zo hard lachte dat je hem tot in de meisjeskleedkamer kon horen.

Het was begin december en het kerstfeest kwam eraan.[3] Op een dag, ongeveer een uur na de training, ging de telefoon. Josh.[4]

---

[3] Ja, Tate is behoorlijk christocentrisch (zoals meneer Wallace zou zeggen). Er is elk jaar een kerstfeest voor groep 8, de eerste en de tweede klas. Ze hebben kennelijk nog nooit gehoord van Hanukka, suikerfeest of boeddhisme.

[4] Iedereen heeft elkaars nummer op Tate. Het staat in een boekje dat we elk jaar krijgen.

'Wat is er?' vroeg ik. Ik had geen idee waarom hij me belde.[5]

'Frank wil je wat vragen,' zei hij.

Ik raakte redelijk in de war. 'Wat?'

'Frank! Kom nou!' Josh begon te giechelen. Ik wilde ophangen maar dat leek me onbeleefd en ik was ook nog nooit door een jongen gebeld dus ik was best nieuwsgierig.[6] 'O. Hij is naar de andere kamer gegaan. Wacht even!' Josh legde de hoorn neer.

En daar zat ik. Dit was behoorlijk suf maar ik kon ook niet ophangen want dan zou ik me de rest van mijn leven moeten afvragen wat Frank me had willen vragen.[7]

'Ruby, ben je daar nog?' Josh was buiten adem.

'Ja...'

'Hij wil weten – au! Frank, dat doet pijn – hij wil weten of je met hem naar het kerstfeest wilt gaan.'

'Met hém?' Dat wilde ik zo ontzettend niet. Ik vond Frank afstotelijk. Ik wist niet precies wat het was maar als ik eraan dacht dat ik met hem moest schuifelen liepen de rillingen over mijn rug.

'Ze kan het me morgen wel zeggen!' schreeuwde Frank op de achtergrond.

'Hoorde je dat?'

'Ja...' zei ik. 'Oké, ik denk er nog even over na.'

'Ze denkt er nog even over na,' zei Josh tegen Frank.

---

[5] Katarina en Ariel en Heidi hadden het altijd over telefoontjes van jongens. Al in groep 8. Ik dacht altijd: hoe gaat zoiets? Bellen die jongens gewoon op, zonder een reden? Of verzinnen ze een smoes, zoals: 'O, ik ben vergeten wat het wiskundehuiswerk was'. Of belden de meisjes de jongens? Ik kan me namelijk van geen van de elfjarige jongens die we kenden voorstellen dat ze meisjes opbelden.

[6] En als ze elkaar eenmaal aan de telefoon hadden, waar hadden ze het dan in hemelsnaam over? Als je chat kun je tenminste nog heel even nadenken over wat je wilt zeggen.

[7] Niet dat er in groep 8 jongens waren die me chatberichten stuurden, hoor. Helemaal niet. Ik denk alleen dat ik het makkelijker had gevonden dan een telefoongesprek. Als ze me hadden gebeld.

Toen ik de volgende dag met Kim zat te eten, kwam Josh naar me toe. 'Dit is van Frank,' zei hij, en hij haalde een kralenketting uit zijn zak en schoof hem over de tafel mijn kant op. 'Voor jou.'

De ketting was echt heel mooi maar als ik er alleen al naar keek werd ik misselijk. Ik wilde hem niet en als ik hem zou aannemen zou dat een soort belofte zijn. Alsof er iets tussen mij en Frank was.

Ik wilde helemaal niets.

En waarom liet hij Josh alles opknappen?[8]

Ik keek de mensa rond maar Frank was nergens te bekennen. 'Hoezo geeft hij me dit?'

Kim rolde met haar ogen. 'Ja, hè hè. Hij vindt je leuk.'

'Ja,' zei Josh. 'Ik zei toch dat hij zich afvroeg of je met hem naar het feest wilde.'

Wilde hij me met die ketting overhalen? Zoiets als: O, ik vond hem eerst niet leuk maar nu er juwelen in het spel zijn, wil ik wel?

'Jullie kunnen gewoon als vrienden gaan, als je dat wilt,' zei Josh.[9] 'En dan kun je de ketting gewoon houden.'[10]

Als ik de ketting aannam, kon er alleen maar iets vreselijks gebeuren. Ik zou de ketting hebben, en dit afspraakje voor het kerstfeest, zonder dat ik Frank zelfs maar gesproken had. De volgende keer dat ik hem zou zien, moest ik naar hem toe gaan

---

[8] Kims analyse van toen: Frank was gewoon verlegen. Dokter Z's analyse nu: Josh was eigenlijk degene die me leuk vond en Frank had er helemaal niets mee te maken. (!!)

[9] Dit klinkt behoorlijk wanhopig, vind je niet? Ik bedoel, welke idioot wil er met iemand die hij heel leuk vindt naar een feest als diegene heeft laten weten dat de vriendschap puur platonisch is en dat het in feite een afspraakje-uit-medelijden is. Dan zou je je toch de hele avond een mislukkeling voelen?

[10] O, mijn god! Ik ben hier de idioot. Dit is precies wat ik met Jackson probeerde te doen op het Lentefeest. Ik ben duidelijk een wanhopige mislukkeling, zoals je verderop wel zult lezen.

en hem bedanken en hem laten weten of we als gewone vrienden zouden gaan of als... als wat? Hoe moet je dat in hemelsnaam noemen? Als 'niet-gewone vrienden'? Als 'vriend en vriendinnetje'? Er was niet eens een normale manier om dat te zeggen. En dan zou ik de ketting om moeten doen en anderen zouden het weten en dan zou het zijn alsof we verkering hadden, wat leuk zou zijn want ik had nog nooit verkering gehad, alleen... ik vond hem walgelijk.

Het hele gedoe gaf me het gevoel dat ik niet genoeg lucht kreeg.

'Ik kan niet naar het feest,' zei ik. 'Ik ga met mijn ouders op vakantie.' (Niets van waar.)

'O. Oké. Wacht heel even.' Josh sprong op en rende de mensa uit. Waarschijnlijk om buiten met Frank te overleggen. Toen kwam hij terug. 'Je kunt de ketting nog steeds hebben,' zei hij, 'als je vrijdag met hem naar de McDonalds wilt.'

'Ik ben vegetariër.'

'Je kunt friet nemen.'

Ik wist niet meer wat ik moest doen. Als ik zou zeggen dat ik het vrijdag te druk had, kwam hij vast met een andere dag aanzetten. Of hij zou iets anders verzinnen waardoor ik de ketting toch kon houden. 'Ik mag van mijn moeder niet uitgaan met jongens,' zei ik. 'En ook geen cadeautjes aannemen of wat dan ook.' (Opnieuw: niets van waar.)

'Echt?' Josh keek me wantrouwend aan.

'Ze mag echt helemaal niks,' viel Kim bij. 'Haar moeder is een *psycho*.'

'Je hoeft het toch niet tegen haar te zeggen?' zei Josh.

'O, ze zou er hoe dan ook achter komen,' loog ik. 'Ze komt altijd overal achter.'

Nog weken daarna dook ik weg achter deuren en struiken om Frank te ontlopen. Bij het zwembad keek ik naar de grond en probeerde ik onzichtbaar te zijn. Ik voelde me lullig omdat ik had gelogen, en hij wist waarschijnlijk wel dat het een leugen was en het hele gedoe was gewoon afschuwelijk.

En ik kon alsnog niet aan hem ontsnappen, want hij vroeg niemand anders om met hem naar het kerstfeest te gaan en ik ging met Kim en Nora en hij vroeg me of ik met hem wilde schuifelen, zelfs na alles wat er gebeurd was.

Op dat moment had ik wél de moed om nee te zeggen. En niet omdat ik op vakantie was (wat duidelijk niet het geval was) of omdat ik niet van mijn ouders mocht of omdat ik vegetariër was. Gewoon daarom niet.

Misschien kwam dat doordat hij de moed had om het recht in mijn gezicht te vragen.

Op televisie heb je van die commercials voor diamanten: mannen kopen dure geschenken voor vrouwen die bijna flauwvallen van blijdschap. Jackson en ik maakten er altijd grapjes over. Dan zaten we tegen elkaar aan gedrukt in de grote leunstoel in de televisiekamer bij hem thuis en lachten om die vrouwen die helemaal opgewonden raakten van een stukje glimmend steen dat niet eens ergens voor diende. 'Wil ze dan niet liever iets persoonlijks hebben?' zei Jackson over een vrouw die begon te huilen toen haar man haar voor hun vijfentwintigste huwelijksdag een diamanten armband gaf. 'Wil ze niet iets unieks hebben? Ik zou nooit een glimmend stuk steen voor jou kopen dat precies hetzelfde is als die andere miljoen stukken steen die aan een miljoen andere meisjes worden gegeven.'

'En wat als ik een glimmende-stenenverzameling had? Als ik van glimmende stenen hield?'

'Dan zou ik naar het strand gaan en zelf een steen zoeken en hem oppoetsen met schuurpapier en een zeemlap,' zei hij.

'Krent,' zei ik lachend.

'Het zou speciaal zijn,' zei hij. 'Bijzonder.'

We hadden op dat moment vijf weken verkering en wat ik niet zei, was dat een steen van het strand – zelfs al is hij opgepoetst met een zeemlap – echt lang niet zo leuk is als een armband met diamanten.

Ik bedoel, oké, het is een verdomde steen, maar het is wel een ontzettend mooie steen.

Jackson wist niet hoe hij mij cadeautjes moest geven. Je zou denken dat dat niet uitmaakt als je lollytesten doet en drie-uur-durende-zoensessies houdt. Maar dat maakte wel uit. Die ketting die Frank me in groep 8 probeerde te geven, was een steekpenning of een smeekbede om hem leuk te vinden. En wat Jackson me gaf, waren ook geen gewone cadeautjes. Het waren verontschuldigingen. Of lafhartige plichtplegingen. Of ze moesten iets verdoezelen.

Hieronder een lijst van cadeau-misdaden gepleegd door Jackson Clarke tegen de nietsvermoedende en onervaren Ruby Oliver.

Eén: in de eerste maand verkering elke maandagmorgen een piepklein keramisch kikkertje in mijn kastje. Er zijn er vier. Ik heb ze nog steeds op mijn bureau staan. Elk kikkertje heeft een andere houding en ze hebben allemaal een andere uitdrukking op hun gezicht. Oké, dit is geen misdaad. Het was erg leuk. Maar toen...

Twee: gestopt met de kikkers. Geen verklaring. Die vijfde maandag keek ik zodra ik op school kwam in mijn schoolkastje, helemaal kikkerklaar, maar het was leeg.

Na de eerste les keek ik nog een keer en het was nog steeds leeg.

Het bleef de hele dag leeg.

Waarom geen kikker?

Ik vond het te stom om erover te beginnen, want het was maar een klein keramisch kikkertje en niet echt iets belangrijks of zo, maar ik vroeg me wel de hele dag af waarom hij me geen kikkertje had gegeven. Toen dacht ik dat hij het misschien was vergeten mee te nemen en dat hij het dinsdag zou geven.

Maar op dinsdag: weer geen kikker! Opnieuw een kikkerloze dag.

Aan het eind van de middag vroeg Jackson of er iets was. Ik probeerde er een grapje van te maken en vond het stom dat ik erover begon, maar het zat me wel dwars, alsof we samen iets hadden wat van ons was en nu was het er niet meer. 'Ruby!' zei hij lachend. 'Er waren maar vier kikkertjes, dat is de reden. Ze hadden vier verschillende kikkertjes in de winkel en ik heb ze alle vier gekocht. Ik had er geen meer. Het betekent verder niets.'

Ik zei dat het oké was en ik had er spijt van dat ik zo gek had gedaan. Maar als ik hem was geweest – dat wil zeggen, als ik degene was geweest die de kikkers gaf, dan zou ik iets anders hebben bedacht toen de kikkers op waren. Ik zou een snoep-kikker hebben gezocht of een rubberen badkikker, of een brief-je hebben geschreven met een kikker erop. Of ik zou hem op zijn minst hebben laten weten dat de vierde kikker de laatste kikker was. Iets. Zodat hij niet twee dagen onwetend rond zou lopen en teleurgesteld zou zijn.

Drie: kerst. Een vrij normale tijd om je vriendin een cadeau-tje te geven, of niet?

Ja.

Maar Jacksons familie ging op vakantie naar Tokio dus hij was er met kerst zelf niet.

De dag voordat hij wegging gaf ik hem een fantastische, bruine leren jas die ik voor dertig dollar bij Zelda's Closet had gekocht. Hij was uit de jaren zeventig, denk ik, en Jackson zei al maanden dat hij zo'n jas wilde. Ik was zo blij toen ik hem vond. En hij vond hem fantastisch – maar hij had niets voor mij.

'Het spijt me,' zei hij. 'Ik wist niet dat je iets voor me ging kopen.'

Ik zei dat het oké was, dat het niet erg was. Maar daarna, toen hij terugkwam uit Tokio, had ik wel een beetje verwacht dat hij iets voor me mee had genomen. Om eerlijk te zijn ging ik daar helemaal van uit. Is dat zo vreemd? Bick kocht een trui van mohair voor Meghan. Finn spaarde zijn geld dat hij bij B&O had verdiend om voor Kim een hele stapel cd's te kopen die zij wilde hebben. Mijn vader gaf mijn moeder een ketting van amber. Maar het was al januari toen Jackson terugkwam dus ik neem aan dat hij had gedacht dat hij kerst gewoon kon overslaan.

Vier: we hadden ruzie. Jackson vergat dat hij zaterdagavond iets met mij zou gaan doen. Hij zou langskomen en we zouden een film op televisie kijken. Niets bijzonders, maar toch. Vrijdagavond waren we met een groepje bij zijn vriend Matt thuis en ik weet zeker dat hij, toen hij me bij mijn huis afzette, zei: 'Ik zie je morgen.'

Zaterdagochtend belde ik naar zijn huis en zijn moeder zei dat hij met de Dodge naar de garage was omdat hij een nieuwe uitlaat moest hebben en dat hij rond twee uur terug zou zijn. Om vijf uur had hij nog niet gebeld.

Om zes uur had hij nog niet gebeld.

Om zeven uur belde ik nog een keer. 'Je hebt hem net gemist,' zei zijn moeder. 'Matt kwam langs en ik geloof dat ze naar die basketbalwedstrijd op school zijn gegaan.'

Goed. Ik kon ook naar de wedstrijd gaan, als ik wilde, en hem daar zien. Maar de bus naar Tate doet er minstens drie kwartier over en rijdt maar één keer per uur. Mijn moeder en vader waren bij Juana dus zij konden me nergens heen brengen. Bovendien ging niemand van mijn vrienden naar de wedstrijd en het leek me vreemd om alleen te gaan. Ik belde Kim maar zij ging met Finn naar het circus. Nora en Cricket waren bij Cricket thuis en stelden voor om naar de B&O te gaan, maar ik dacht dat Jacksons moeder het misschien verkeerd had begrepen en dat hij helemaal niet naar de wedstrijd was gegaan. Misschien bracht hij Matt naar huis en kwam hij daarna naar mij. Dus bleef ik thuis en wachtte op hem.

Hij kwam niet.

Ik belde hem op zijn mobiel maar hij nam niet op.

Als je alleen bent doet ons huis koud aan en dan is het er veel te stil. Waarschijnlijk omdat je op het water zit.

Ik las een tijdje en keek televisie en maakte wat Japanse noedels voor mezelf.

Het lijkt misschien stom maar tegen tienen huilde ik. Ik had hem nog drie keer op zijn mobiel gebeld, zonder een bericht in te spreken. Uiteindelijk sprak ik na de pieptoon met verstikte stem iets in wat me het meest relaxed leek: 'Hé, met Ruby. Op de een of andere manier dacht ik dat we vanavond iets zouden gaan doen? Ik zal het wel verkeerd begrepen hebben. Bel me even terug.'

Hij belde rond middernacht. Mijn ouders waren nog niet thuis. Hij zei dat hij mijn bericht nu pas had gehoord en dat ik overstuur klonk, was er iets aan de hand?

'Ik ben niet overstuur,' zei ik. 'Ik dacht alleen dat je zou komen.'

'Ik ben naar de wedstrijd geweest met Matt,' zei hij. 'Het was fantastisch. Cabbie scoorde zes keer.'

'Je had toch gezegd dat je langs zou komen?' zei ik.

'Volgens mij niet, Roo.'

'Maar dat zei je wel, We hadden het er gisteravond nog over. We zouden *Annie Hall* kijken.'

'We zien elkaar de hele tijd,' zei Jackson. 'Volgens mij zien we elkaar elke dag.'

'Ik weet het.'

'Dus soms wil ik gewoon iets met mijn vrienden doen. Dat is alles.'

'Dat is prima,' zei ik. 'Ik vind het niet erg. Ik dacht alleen dat we hadden afgesproken.'

'Het was een ontzettend belangrijke wedstrijd. Tate speelde tegen Kingston.'

'Ik heb op je zitten wachten.'

Hij zuchtte. 'Roo. Soms lijkt het wel of je me helemaal voor jou alleen wilt hebben.'

'Dat is het niet.'

'Matt kwam gewoon naar mijn huis en kidnapte me zo ongeveer.'

'O, dus je wist wél dat we hadden afgesproken?'

'Hij wilde echt dat ik meeging. Kyle en de Wipper zaten achterin en echt, ze trokken me de auto in en lieten me niet eens meer mijn jas halen.'

'Dus wat je zegt is dat je wist dat we hadden afgesproken en dat je toch naar de wedstrijd ging? Zonder te bellen?'

'Ik ben het gewoon vergeten.'

'Vergeten te bellen of vergeten dat we hadden afgesproken?'

'Ruby.'

'Wat?'

'Waarom ben je zo onzeker?'

'Ik ben niet onzeker,' zei ik – al was ik dat wel. 'Ik heb op zaterdagavond thuis gezeten en noedels gegeten terwijl ik dus net zo goed iets had kunnen gaan doen.'

'Waarom heb je dat dan niet gedaan? Je had ook naar de wedstrijd kunnen komen of je had uit kunnen gaan met Nora. Of Cricket. Wat dan ook.'

'Ik heb niets gedaan omdat ik met jou had afgesproken!' schreeuwde ik.

Het was even stil.

'Je maakt je echt druk om niks,' zei Jackson uiteindelijk.

Ik snifte en hoopte eigenlijk dat hij zou horen dat ik huilde zodat hij zich zou realiseren wat een eikel hij was geweest.

'Gaat het?' zei hij na een tijdje.

'Ja...' zei ik, alhoewel dat duidelijk niet zo was.

'Je bent overgevoelig, Roo,' zei hij.

'Misschien.'

'Ik ben gewoon met een paar jongens naar de wedstrijd geweest.'

'Daar gaat het niet om.'

'Het is niet belangrijk.'

'Wil je niet weten waar het dan wél om ging?'

'Ik moet morgen om zes uur op voor die marathontraining,' zei Jackson. 'Ik ben kapot. We hebben het er morgen nog wel over, oké?'

'Oké,' zei ik. Maar ik hing niet op.

'Ik ga nu ophangen, Roo,' zei hij.

'Oké, doe dan.'

'Goed. Ik hang op. Slaap lekker.' Toen was de verbinding verbroken.

De volgende dag belde Jackson me en aan het eind van de middag kwam hij langs. Hij nam een brownie voor me mee.

Ik at hem op.

Hij zei dat het hem speet. Dat hij had moeten bellen toen hij naar de wedstrijd ging.

Ik vond dat hij helemaal niet naar de wedstrijd had moeten gaan en dat hij naar mij had moeten komen. Maar ik zei er niets over.

Ik zei dat de brownie heerlijk was en dat ik dol op brownies was en of hij zin had om naar het eind van het dok te lopen en naar de boten te kijken? Hij zei ja en dus deden we dat.

Maar later wilde ik dat ik die stomme brownie niet had gegeten. Ik had hem de waarheid moeten vertellen en hem moeten zeggen dat hij me nooit meer moest laten zitten.

Vijf: voor Valentijnsdag hadden de zesdeklassers besloten om geld in te zamelen voor de daklozen van de stad door bloemen te verkopen en te bezorgen. Drie weken daarvoor kon je je bestelling al opgeven bij een tafel in het hoofdgebouw: een dollar voor een anjer, twee dollar voor een margriet, drie dollar voor een roos. Je gaf je bestelling door, betaalde direct en schreef een briefje dat bij de bloemen moest. Daarna, op 14 februari, bezorgden de zesdeklassers de boeketten. Ze kwamen de klas in, liepen rond in de mensa en in de gangen, en riepen namen.

Veel meisjes hadden bedacht om elkaar bloemen te sturen, want ook al kostte het een paar dollar, het was leuk als de wiskundeles onderbroken moest worden omdat een Bick of de Wipper of een Billy Alexander of een andere knappe zesdeklasser het lokaal binnenkwam met een roos. Ik stuurde margrieten naar Kim, Cricket en Nora, en ik stuurde zes rozen naar Jackson met een anoniem kaartje erbij – maar het zou toch wel duidelijk zijn van wie ze kwamen.

Toen ik die dag op school kwam was het één groot geroezemoes. Kim had al een dozijn rozen van Finn de stud-muffin gekregen en in mijn schoolkastje zat een margriet met een grappig briefje van Cricket. Na het derde uur zag ik Jackson en hij had de rozen nog niet gekregen dus zei ik niets. Ik kreeg een roos van Kim en een margriet van Nora en een anjer van Noel, een jongen die naast me stond met schilderles. Er zat een belachelijk gedicht bij over onbeantwoorde liefde.[11] Nora vond haar *Playgirl* in haar schoolkastje en lag dubbel van het lachen.

In de pauze zat Jackson met zijn vrienden aan een tafel. Ik voelde me raar omdat hij de rozen nog niet had gekregen en dus deed ik net alsof ik hem niet zag en bleef ik bij Cricket, Kim

---

[11] Met schilderen hadden we een absurde opdracht gekregen waarbij we het gedicht 'Hoeveel ik van u hou? Laat me het voor u opnoemen' moesten overbrengen op doek. De meesten schilderden hartjes en bloemen en zonsondergangen, maar Noel schilderde een autowrak (van een foto uit de krant) en ik schilderde een kikker. Hoe dan ook, het gedicht dat hij me stuurde begon met: 'Hoeveel ik van u hou? Laat me het voor u opnoemen. Zoveel als deze anjer waard is (een dollar). Zo hoog als varkens kunnen vliegen.' Enz. Het was dus niet serieus bedoeld.

en Nora zitten. 's Middags liet Nora me een roos zien die ze had gekregen van een jongen die ze van basketbal kende en ze zei dat ze het heel leuk vond ook al vond ze die jongen niet 'op die manier' leuk, en toen vroeg ze wat ik van Jackson had gekregen. 'Nog niets,' zei ik, en zij zei: 'O jee, ik hoop niet dat dit een kikkerloze dag is!'

'Dat hoop ik ook niet,' zei ik, maar ik had wel een wee gevoel in mijn maag dat niet wegging tot aan biologie/seksuele voorlichting.

Daarna, toen ik het binnenhof overstak om naar geschiedenis te gaan, kwam ik Jackson tegen die de rozen vasthield die ik hem had gestuurd. Hij kuste me en zei: 'Deze zijn van jou, toch?' en ik dacht, van wie denkt hij dan dat ze zouden kunnen zijn? Zou hij niet moeten weten dat ze van mij zijn? Maar het enige wat ik zei was: 'Misschien...' omdat ik geheimzinnig wilde doen en omdat hij mij niets had gestuurd.

In de klas van meneer Wallace was het deze keer Cricket die vroeg of ik al iets had gekregen en toen ik nee zei, zei zij: 'Maak je geen zorgen. Ik heb gehoord dat het een speciale bestelling is.'

Ik kon niet bedenken wat dat kon zijn maar het klonk goed, dus ontspande ik een beetje. Cricket had een roos van Pete, met wie ze nu verkering heeft maar die ze op dat moment net leuk begon te vinden. De Wipper kwam margrieten brengen voor Kim van een derdeklasser die een oogje op haar had. Honderdduizend mensen vroegen me wat ik van Jackson had gekregen en Heidi zei zelfs tegen me dat ik wel moest zorgen dat hij rekening met me bleef houden en ze keek me aan met een blik alsof ze wilde zeggen: ik ken hem en zijn trucjes honderd keer beter dan jij.

Alsof ik kon bepalen of hij wel of geen rekening met me hield. Wat zou ik moeten doen? Doen alsof ik hem niet leuk vond? Hij was al bijna een halfjaar mijn vriendje.

Eindelijk, in het zevende uur, onderbrak Billy Alexander de Engelse les met een bestelling voor mij.

Het was een halve anjer.

Letterlijk. Een slaphangende, witte anjer die in de lengte doormidden was gesneden. Er zat een briefje bij waarop stond: 'Ik zou nooit gewone rozen voor jou kopen, zoals een miljoen andere rozen die aan een miljoen andere meisjes worden gegeven. Happy Valentine's day. Jackson.'

Ik probeerde vrolijk te kijken maar ik moest moeite doen om mijn tranen binnen te houden. Zodra ik de deur van de klas achter me dichtdeed, barstte ik in tranen uit. Kim was er gelijk. 'Het is niet eens een roos,' huilde ik, 'het is het goedkoopste wat hij kon krijgen. Het is de helft van het goedkoopste van wat hij kon krijgen.'

'O, Roo,' zei ze, 'het is lief. Het is apart.'

'Het is belachelijk,' snikte ik. 'Er staat niet eens "Ik hou van je" op het briefje. Iedereen vraagt al de hele dag wat ik heb gekregen en nu kan ik zeggen dat ik een halve halfdode bloem heb.'

'Ik weet zeker dat hij dacht dat je het leuk zou vinden,' zei Kim. 'Hij moest het speciaal bestellen.'

'Ik had liever rozen gehad.' Ik hield mijn hoofd naar beneden zodat de mensen in de gang niet konden zien dat ik huilde.

'Wil je er een paar van mij?' vroeg Kim.

'Nee,' jammerde ik. 'Daar gaat het niet om. Ik wilde iets romantisch.'

'Ik weet zeker dat hij het goed bedoelde.' Kim klopte op mijn schouder.

Ik rende de school uit en zocht Meghans Jeep op de parkeerplaats. Ik had het achtste uur geen les maar zij wel. Ik ging op mijn rugtas tegen het wiel aan zitten en wachtte. Eindelijk kwam ze naar buiten. Ze rammelde met haar sleutels. Ze droeg nieuwe gympen (van Bick) en had twee dozijn rozen in haar armen. Ik weet zeker dat ze zag dat mijn gezicht helemaal rood en opgezwollen was, maar ze stelde geen vragen. We reden zonder iets te zeggen naar huis.

Toen ik Jackson later sprak, zei ik alleen maar: 'Bedankt voor de bloem.'

'Waarom deed je alsof er niets aan de hand was?' vroeg dokter Z.

'Ik wilde niet doen alsof het iets belangrijks was.'

'Waarom niet?'

'Hij had gezegd dat ik overgevoelig was. Misschien zou hij denken dat ik hem niet begreep als ik zei dat ik zijn cadeau niet leuk vond. Omdat hij iets bijzonders had bedacht.'

'Misschien was híj degene die jóú niet begreep.'

'Wat?'

'Misschien begreep Jackson jou niet. Omdat hij niet wist wat jij op Valentijnsdag wilde hebben.'

'Het is een stomme feestdag,' zei ik.

Toen we terugkwamen van dokter Z, zat John Hutchinson (beter bekend als Hutch) op ons voordek frisdrank te drinken.

Dat klopt.

Hutch. Jongen #3. Op mijn dek.

Mijn vader zat naast hem, met een stralend gezicht. 'John, je kent Roo!' schreeuwde hij. 'Daar is ze!'

'Hoi Hutch,' zei ik. Wat deed hij in hemelsnaam bij mij thuis?

'Hoi Roo.'

'Hutch! Noemen de andere kinderen je zo?' Mijn vader sloeg hem speels op zijn arm. Helemaal jongens onder elkaar.

'Mwa.' Hutch haalde zijn schouders op. 'Mijn vrienden noemen me John.'

Welke vrienden?

'Waarom ben je hier?'

'John heeft op mijn advertentie gereageerd als tuin- en timmermanshulp,' zei mijn vader. 'Ik had een briefje opgehangen op het mededelingenbord van Tate. Je weet toch dat ik op het zuiddek een kas aan het maken ben?'

Ik wist het. Het was zijn grote droom om ons zuiddek te veranderen in een kas zodat zijn geliefde planten de winter konden overleven en hij ook wat exotica kon planten die hier normaal niet konden groeien. Mijn vader en moeder hadden er twee jaar ruzie om gemaakt. Zij wilde dat hij het wat rustiger aan deed en dat hij in het weekend dingen met haar ging doen en ze wilde ons spaargeld gebruiken voor een familievakantie. Hij wilde het spaargeld en zijn weekenden gebruiken om een kas te bouwen.

'John is een plantenman,' juichte mijn vader. 'Hij wil botanicus worden. Maar hij is ook handig met de handzaag, toch? En ik ga hem alles leren wat ik weet.'

Mijn vader is het gelukkigst als hij weer eens wat kan bouwen.

Hutch lachte en ontblootte zijn grauwe heavy metal-tanden. 'Geweldige woonboot,' zei hij. 'Ik wist niet dat je in zo'n ding woonde.'

Sinds wanneer wilde hij botanicus worden? En wat was die gele vlek op zijn KISS-shirt? Waarom deed hij niet iets aan die pukkels? Ik kon niet geloven dat hij de tweede jongen zou zijn die ooit bij mij thuis was geweest en die mijn slaapkamer zou zien. 'Waarom zou je in hemelsnaam moeten weten dat ik op een woonboot woon?' snauwde ik.

Ik wachtte niet op een antwoord. Ik ging naar binnen en sloeg de deur achter me dicht.

Ik liet me op de bank vallen en zette de televisie aan maar ik kon mijn ouders buiten nog steeds horen praten. 'Let maar niet op Roo,' zei mijn moeder. 'Haar vriendje heeft haar in de steek gelaten en sindsdien loopt ze te mokken. Een en al onzekerheid.'

'Het heeft niets met jou te maken,' voegde mijn vader toe. 'Ze moet nog door veel pijn- en vergevingsfasen heen.'

'En haar woede leren uiten,' zei mijn moeder. 'Kevin, ik denk dat we eigenlijk blij moeten zijn dat Ruby haar boosheid net zo openlijk toonde. Denk je niet dat dat op een vooruitgang wijst? Ze slikt alles in, John. Ze praat niet over haar emoties. Maar ze gaat nu naar een therapeut en we hopen dat dat helpt.'

'Uh-hu,' mompelde Hutch.

'Misschien is het wel normaal voor mensen van jullie leeftijd,' ging mijn moeder verder. 'Wat denk jij?'

Op dat moment ging ik naar de badkamer, nam een lange douche en probeerde te doen alsof geen van hen bestond.

8. Sky
(maar hij had iemand anders)

DOKTER Z DENKT DAT IK angstaanvallen heb omdat ik mezelf niet uit. Alsof ik onderdruk wat ik echt voel en al die onderdrukking roept angst op. Bla bla bla.

Om geen therapiepraatjes te houden: dokter Z denkt dat ik veel te vaak lieg. Ze denkt dat ik tegen mijn ouders lieg. Ze denkt dat ik tegen Jackson loog.

Maar ze denkt dat ik vooral tegen mezelf lieg. Niet over waarheden of feiten, maar over gevoelens. En door al dat liegen kan ik niet meer ademen, want al het afschuwelijke dat ik in me heb, moet zich op de een of andere manier uiten en dus laat het mijn hart kloppen als een drilboor en knijpt het mijn keel dicht.

Ik heb mezelf nooit als leugenaar gezien. Eigenlijk vind ik mezelf behoorlijk eerlijk. Maar misschien had ze gelijk. 'Hoe kan ik tegen iedereen eerlijk zijn als iedereen tegen mij liegt?' zei ik tegen dokter Z.

'Wie liegt er tegen je?'

'Jackson.'

'Wie nog meer?'

'Kim.'

'Wie nog meer?'

Ik had het idee dat er nog honderden mensen waren. Maar ik kon er niet eentje meer noemen.

We waren stil.

'En tegen wie ben jij niet eerlijk?'

'Tegen niemand.'

'Niemand?'

'Ik ben geen leugenaar.'

'Ruby, dat vroeg ik niet. Ik vroeg of je eerlijk over je gevoelens was.'

Argh. Therapie is soms echt strontvervelend. Ik zei dat ik het ergens anders over wilde hebben en praatte de rest van de sessie over hoe vervelend mijn moeder was.[1] Maar toen ik thuiskwam maakte ik een lijst van dingen waarover ik tegen Jackson had gelogen.

1 Ik vond het niet erg dat hij nooit naar mijn zwemwedstrijden kwam kijken.
2 Naar marathonwedstrijden kijken op televisie is interessant.
3 Japanse animatiefilmpjes zijn interessant.
4 Ik vond zijn vriend Matt aardig.
5 Ik vond de halve anjer leuk.
6 Ik vond zijn nieuwe kapsel leuk.
7 Ik vond zijn moeder aardig.
8 Ik vond het niet erg dat ik geen kikkers meer kreeg.
9 Ik vond het niet erg dat hij was gaan tennissen met Heidi.

---

[1] Echt heel, heel vervelend – en het werd er niet beter op. In februari stapte ze over op macrobiotisch eten en sindsdien rent ze door de keuken om tofoe te snijden en bruine rijst te stomen en praat ze over hoe gezond de groene bladeren aan de bovenkant van de wortel voor het bovenlichaam zijn en hoe gezond de oranje onderkant is voor de onderste helft van het lichaam.

Het avondeten bij ons thuis was totaal oneetbaar geworden. Daar zat ik dan, in een prutje van tofoe en wortel te roeren terwijl ik naar Franse frietjes verlangde – of op zijn minst spaghetti met pesto zoals we voorheen vaak aten – en mijn moeder ging maar door op wat er met mij aan de hand was; of ik mijn dijen lelijk vond en of ik graag magerder wilde zijn, omdat het op haar behoorlijk neurotisch overkwam dat ik niets van dat heerlijke eten nam en 'Kevin, is het je opgevallen dat Roo niets eet en dat ze misschien wel anorexia heeft?'

Later, wanneer zij aan de telefoon zat of al naar bed was, aten mijn vader en ik bakken vol cruesli omdat we zo'n honger hadden.

10 Ik vond het niet erg dat hij zou bellen maar dat vergat.
11 Ik vond het niet erg dat hij bevriend raakte met Kim.

Toen ik bij elf was, wist ik dat ik makkelijk door kon gaan tot twintig. Of dertig. Of veertig. Ik legde mijn pen neer.

Ik was dus een grote, een ontzettend grote leugenaar en ik wist het zelf niet eens.[2]

Ik dacht zelfs dat ik nog nooit tegen Jackson had gelogen. Sommige dingen vertelde ik hem om hem zich goed te laten voelen. Het kapsel. Zijn moeder. Maar de meeste andere dingen waren leugens die ik mezelf had wijsgemaakt. Ik wist niet eens dat het leugens waren, totdat ik de lijst maakte. Ik vond het saai om naar marathonwedstrijden te kijken, maar om de een of andere reden zei ik tegen mezelf dat ik zo meer over sport te weten kwam. Ik haatte de Japanse animatiefilms die hij altijd wilde huren, maar ik dacht dat ik ervan moest leren houden. Zijn vriend Matt is niet afschuwelijk – hij is alleen duf en saai – maar ik zag hem elke week en het kwam niet in me op om te zeggen dat ik hem er niet bij wilde hebben. Als Jackson aan hem vroeg of hij met ons meeging zei ik daar nooit iets van.

Rond Thanksgiving raakte Jackson bevriend met Kim. Op

---

[2] Je vraagt je vast af hoe het nu zit met die Sky. Zijn naam staat tenslotte boven dit hoofdstuk.

Sky was de eerste jongen die mij leuk leek te vinden en ik vond hem ook leuk. Ik ontmoette hem bij een zwemwedstrijd (hij zat op een andere school) en ik gaf hem mijn e-mailadres. Hij begon me allerlei leuke berichtjes te sturen, grapjes en uitdagende vragen zoals met welke filmster ik baby's wilde krijgen. Hij vroeg of ik pizza met hem wilde eten en mijn vader reed me naar de universiteitsbuurt en zette me af. Het was leuk. We bestelden jumbo-size-cola's en speelden Pac-Man op de machine in de hal. Later hield hij mijn hand vast. Maar de volgende dag zag ik hem in het winkelcentrum lopen met zijn arm om een meisje. Ik vroeg rond en kwam erachter dat hij al drie maanden een vriendin had.
Ik stuurde hem een chat: 'Heb je een vriendin?'
Hij schreef terug: 'Nee, maar binnenkort misschien wel. Heb jij een vriend?'
Ik zette de computer uit en heb nooit meer iets van me laten horen.
Leugenaar.

thanksgivingsdag gingen Jackson en ik 's ochtends naar Kims huis en zaten we op de veranda aan de voorkant maïs te pellen en appels te schillen voor Mae Yamamoto, die ons kennelijk als handige hulpjes zag.

We maakten grapjes en hadden het over madame Polet, onze lerares Frans, die knuffelvarkentjes spaarde en hoe je erbij kwam om zoiets te gaan verzamelen. En toen zei Jackson iets in het Japans.

Zij zei iets terug.

Toen hij.

Toen zij.

Ik pelde maïs.

Kim kneep in mijn knie. 'Je hebt me helemaal niet verteld dat Jackson vloeiend Japans sprak!'

'Hij is een jaar in Tokio geweest,' zei ik.

'Echt?' schreeuwde Kim, alhoewel ze dat allang wist. 'Ik heb me opgegeven voor een uitwisselingsprogramma. Waar heb jij gezeten?'

Er volgde meer Japans. Heen en weer. 'Sorry Roo,' zeiden ze om beurten.

Ik pelde maïs.

Vanaf dat moment waren ze vrienden. Ze deden samen dingen en belden elkaar. Jackson was een groot voorstander van jongens-meisjesvriendschappen, wat ik in theorie erg waardeerde. Natuurlijk! Het is belangrijk om bevriend te zijn met de andere sekse, dacht ik. Ik was toch ook bevriend met Noel? We moeten allemaal normaal met elkaar kunnen omgaan en we zouden niet jaloers en bezitterig moeten zijn. Het is goed dat jongens en meisjes bevriend zijn en elkaar niet alleen als seksuele objecten beschouwen.

Maar ik kreeg toch een vreemd gevoel toen ik Kims handschrift herkende op een briefje – half in het Engels, half in het Japans – dat uit Jacksons kontzak stak. Of die keer dat hij op zondagmiddag bij mij was geweest en ik er de volgende dag achter kwam dat hij daarna naar Kims huis was gegaan om samen het proefwerk Aziatische geschiedenis voor te bereiden. Of die keer dat hij me voor het eerst meenam naar een Japans restaurant en Kim ook had uitgenodigd, zonder dat hij dat eerst met mij had overlegd. Het werd een geweldige avond, maar ik was toch een beetje teleurgesteld omdat Jackson en ik nog nooit echt uiteten waren geweest en ik romantische kleren had aangetrokken.

Niet één keer hebben ze in mijn bijzijn geflirt.

Geen overdreven glimlachjes, geen verlangende blikken, geen geheime grapjes.

Jackson heeft nooit gezegd dat hij Kim knap vond. Kim is nooit anders gaan reageren als ik haar iets over Jackson vertelde. Ik vertelde haar altijd alles en het enige wat ze ooit zei was dat ze wist dat hij me leuk vond en dat zijn bedoelingen goed waren – zoals ze dat ook had gezegd toen ik overstuur was na de halve anjer. Jackson is me nooit anders gaan zoenen, altijd met zijn handen mijn gezicht aanrakend. Hij bleef altijd langskomen, pakte iets uit onze (macrobiotische) koelkast en zodra mijn ouders op het dek gingen zitten, trok hij me altijd mijn slaapkamer in zodat we op het bed konden zoenen en elkaars warme huid onder onze shirts konden aanraken.

Als ik hem belde zei hij altijd: 'O, wat leuk dat jij het bent!'

Als we een film keken, hield hij altijd mijn hand vast.

Hij deed nog steeds bijna elke dag een briefje in mijn school-

---

3 'Roo. De ouderenafdeling was zeer teleurgesteld dat je niet in staat was om ons wonderbaarlijke chilifeest bij te wonen. Alhoewel de stemming daardoor eerst wat bedrukt was, was er chili in overvloed en al snel schepte iedereen nog een keer en nog een keer op en knorde en smakte van genot en wat in de pan overbleef zou je met goed fatsoen nog niet als toetje aan een pygmeeënmuis kunnen serveren. Ik heb je gemist. Jackson.'
En: 'Ik schrijf dit briefje terwijl ik bij Kyle ben. We zijn d-r-o-n-k-e-n want zijn moeder gaf

kastje, met grapjes en kleine verhaaltjes over dingen waaraan hij had zitten denken.[3]

Hij was mijn vriendje, ik was zijn vriendinnetje. Wat er verder ook gebeurde, dit stond vast.

Tot een week voor het Lentefeest.

Vrijdagavond gingen Jackson en ik naar de film. Hij pakte mijn hand niet, zoals hij normaal altijd deed, maar toen ik mijn arm uitstak om zijn hand te pakken, wreef hij over mijn handpalm. Na de film gingen we een ijsje halen in het winkelcentrum maar het licht was heel fel en de film was nogal verdrietig geweest met mensen die doodgingen en op de een of andere manier wilde de stemming er niet in komen. We zeiden niet veel.

Hij zette me bij onze steiger af zonder binnen te komen, maar we hadden wel heel lang in de auto gezoend en waren zelfs achterin gekropen zodat we konden liggen.

De volgende morgen belde hij rond elf uur. 'Roo, we moeten praten.'[4]

'Waarover?' vroeg ik.

'Niet over de telefoon.'

'Wil je hierheen komen?'

'Ik kan pas na de honkbalwedstrijd komen. Matt en Kyle kunnen hier elk moment zijn. We kijken de wedstrijd samen op televisie.'

'Oké. Waar wil je over praten?'

'Ik kom gewoon rond zes uur, oké?'

---

ons wijn bij het eten. Roddel: raad eens wie hier niet woont maar hier wel een eigen tandenborstel heeft? Antwoord: ik, gekkerd! Slaap lekker, slaap lekker. Liefs van de lichtelijk benevelde man met het slechte handschrift, Jackson.'

Ik weet dat ik ze zou moeten weggooien maar ik kan het niet.

[4] Het is zo gemeen om tegen iemand te zeggen 'we moeten praten' en dan te weigeren om te zeggen waar het over gaat. Als je ooit iemand wilt dumpen of gewoon iets belangrijks tegen iemand wilt zeggen, zeg dan niet 'we moeten praten' maar doe het gewoon.

'Tuurlijk. Blijf je eten?'

'Ik kan niet. Ik moet om zeven uur iets doen.'

'Wat dan?'

'Ehm. Iets met mijn moeder.'

'Oké. Waar gaat dit over?'

Jackson was even stil. 'Ik zie je om zes uur, Ruby. Dan praten we verder.'

Iedere idioot had op dat moment waarschijnlijk geweten dat hij het uit wilde maken. En ergens wist ik het ook. Wat kan 'we moeten praten' anders betekenen? En waarom zou hij anders helemaal naar mijn huis komen als hij een uur later ergens anders moest zijn? Maar het Lentefeest kwam eraan en dat is het grootste schoolfeest van het jaar en het is op een klein cruiseschip en ik had geld gespaard en een jurk uit de jaren zeventig gekocht. Jackson zou me mee uiteten nemen en daarna zouden we naar het feest gaan. Na afloop zouden er zelfs een heel stel mensen naar mijn huis komen omdat het dok van het cruiseschip niet ver was van het dok waar onze woonboot ligt.

Dus was het onmogelijk dat we uit elkaar gingen. Er stonden dingen te gebeuren. We hadden plannen. We waren samen.

Maar desondanks duurde de dag eindeloos. Ik belde Kim zes keer.

Ze was weg. Haar mobiele telefoon stond uit. Ik nam aan dat ze bij Finn was. Ik liet berichten achter maar ze belde niet terug.

Ik belde Nora. 'Het moet met seks te maken hebben,' zei ze. 'Jullie lagen gisteravond samen in de auto en nu is hij natuurlijk helemaal opgewonden. Hij wil alles doen. Of in elk geval een stap verder gaan.'

Ik belde Cricket. 'Het zal wel te maken hebben met dat meer-met-mijn-vrienden-willen-doen-probleem. Hij moet uitgaan en mannelijke dingen doen met zijn mannelijke vrienden. Pete is ook zo. Heb ik je al verteld wat hij gisteravond tegen me zei?'

En toen ging ze bla bla verder over Pete en zijn aantrekkelijke machogedrag.

Ik probeerde mijn ouders te ontwijken. Het was mooi weer dus nam ik mijn huiswerk mee naar het eind van ons dok en maakte het daar. Voor Engels las ik *Great Expectations*. Toen ging ik terug naar huis en maakte op mijn vaders computer de opdrachten voor biologie/seksuele voorlichting. Daarna nam ik een douche, föhnde mijn haar, maakte me op, trok mijn favoriete spijkerbroek aan en probeerde zes verschillende T-shirts uit. Mijn buik stak uit, helemaal opeens, en alles wat ik aantrok stond raar. Ik probeerde een andere bh. Ik haalde de make-up eraf. Ik deed een beetje make-up op. Ik spoot wat parfum in mijn nek en het rook te sterk. Uiteindelijk trok ik een oud shirt van mijn zwemteam aan en bedacht dat het in elk geval zou lijken of het me niet kon schelen wat ik aanhad.

Jackson was op tijd. Hij zag er geweldig uit. Zijn haar krulde in zijn nek en hij droeg een oud overhemd dat bij zijn middel openhing. Hij kwam binnen en maakte een praatje met mijn ouders. Na tien minuten vroeg hij of ik zin had om naar de andere kant van het dok te lopen.

Ik had daar al ongeveer de halve dag doorgebracht maar ik zei: 'Oké'.

Toen we daar waren maakte hij het uit. Alleen bracht hij het alsof ik het ook wilde.

'We hebben het niet leuk meer samen,' zei hij. 'We willen verschillende dingen.'

'Ik denk niet dat ik de ware voor je ben,' zei hij. 'Ik denk niet dat ik je gelukkig maak.'

'We hebben tijd nodig om over de dingen na te denken,' zei hij. 'Jij hebt iemand nodig die anders is dan ik.'

Dit is Jackson Clarke, dacht ik, die mij heel erg leuk vond.

Dit is Jackson Clarke, die bij mij hoorde.

Dit is Jackson Clarke, die mij gisteravond nog heeft gekust.

Dit is Jackson Clarke.

Dit is Jackson Clarke.

Dit is Jackson Clarke.

'Waarom?' vroeg ik.

'Het ligt niet aan jou,' zei hij. 'We moeten gewoon een tijdje uit elkaar.'

'Heb ik iets verkeerd gedaan?'

'Natuurlijk niet. Doe niet zo emotioneel.'

'Jij maakt het uit en je wilt dat ik niet emotioneel doe?'

'Je maakt de dingen groter dan ze zijn, Roo. Ik maak het niet uit. Niet op die manier. Ik zeg alleen dat we tijd voor onszelf nodig hebben. We weten allebei dat dat het verstandigst is.'5 Hij keek op zijn horloge. 'Ik moet gaan. Ik moet om zeven uur bij dat ene zijn. Het spijt me.'

Ik snikte. 'Kun je niet opbellen en zeggen dat je later komt?'

'Nee, dat kan echt niet.'

'Waarom niet?'

Hij gaf geen antwoord. 'We blijven vrienden, oké?'

Ik knikte.

'Dat zou heel veel voor me betekenen. Ik vind je heel aardig, Roo.'6

Hij kuste me op mijn wang en stond op om weg te gaan.

Ik begon te huilen.

Hij liep al aan de andere kant van het dok. Ik hoorde zijn autodeur dichtslaan. De motor startte en Jackson reed weg.

---

5 Wat bedoelde hij nou? Was het nu uit of niet? Die onduidelijkheid maakte het allemaal nog erger dan het al was.

6 De volgende dag vertelde Nora dat dit normaal was. Degene die het uitmaakt zegt altijd dat hij vrienden wil blijven en probeert degene die verlaten wordt met eeuwige vriendschap aan zich te binden terwijl zij, na wat hij allemaal heeft gezegd, het liefst in een hoekje wil kruipen en wil doodgaan. Ik vermoed dat hij dat vraagt zodat hij zich minder schuldig voelt. En het meisje zegt ja omdat een vriendschappelijke band altijd nog beter is dan helemaal geen band.

Die avond belde ik Kim nog drie keer maar ik kreeg haar niet te pakken. Cricket en Nora waren naar de bioscoop, maar om negen uur nam Nora haar mobiel op. 'O liefie, wat erg,' zei Nora steeds opnieuw, maar ze onderbrak alles wat ik zei om de situatie aan Cricket uit te leggen, die naast haar zat en die steeds vroeg: 'Wat? Wat is er?'

'Ik vermoord Pete als hij mij zoiets aandoet,' zei Cricket toen ze eindelijk de telefoon uit Nora's handen had weten te pakken. 'Heb ik je al verteld wat hij over het Lentefeest zei?' Toen werd de verbinding verbroken omdat ze bij Nora's vader in de auto zaten en hij over een brug reed.

Op zondag vertelde ik tijdens het avondeten aan mijn ouders dat het uit was. Ik moest wel, want mijn moeder vroeg waarom mijn ogen toch zo dik waren.

Mam: 'O, ik heb hem toch nooit leuk gevonden. Hij is een afschuwelijke jongen.'

Pap: 'Elaine, ze moet eerst door de vergevingsfase heen. Zolang dat niet is gebeurd, kan ze niet verder.'

Mam: 'Dat is zojuist gebeurd. Ze moet haar verhaal vertellen. Ze moet haar woede uiten.'

Ik: 'Mam, ik –'

Mam: 'Roo, even stil. Ze moet van zich laten horen en gehoord worden!'

Pap: 'Ik vraag me af hoe Jackson zich op dit moment voelt. Roo, kun je je in hem verplaatsen? Want dat is de manier waarop je werkelijk de negativiteit van deze ervaring kunt doorgronden.'

Mam: 'Ik vond het nooit leuk dat hij toeterde zonder binnen te komen.'

Die maandag voelde ik me op school totaal verloren. Ik was gewend elke dag naar de Jackson-momenten uit te kijken. Voor de eerste les zat hij altijd al in de mensa thee te drinken. Na het derde uur, een snelle kus in de grote hal. Meestal aten we in de grote pauze samen. Na het vijfde uur zag ik hem over het binnenhof lopen en na hockeytraining (het zwemseizoen is voorbij) stond hij me op te wachten. Nu probeerde ik hem de hele dag te ontwijken terwijl ik tegelijkertijd hoopte dat ik hem op een van 'onze plekjes' zou zien en dat hij van gedachten was veranderd. Maar toen ik hem uiteindelijk in de pauze in de mensa zag, zat hij met Matt en een groepje andere jongens. 'Hé, Roo,' zei hij. 'Alles oké?' Voordat ik kon antwoorden had hij zich alweer omgedraaid.

Toen ik het in het eerste uur eindelijk aan Kim vertelde, reageerde ze geschokt en lief, alhoewel ze een paar dingen zei die achteraf gezien heel doortrapt waren: 'Je verwachtte het toch eigenlijk al een beetje?'

'Nee.'

'Maar het ging toch al een tijdje niet zo goed?'

'Ik weet niet wat er is gebeurd,' zei ik. 'Het lijkt wel of hij een knop heeft omgezet. Sinds vrijdag. Op vrijdag vond hij me nog leuk en op zaterdag kon het hem niets meer schelen.'

'Je wordt vast gelukkiger zonder hem,' zei Kim, en wreef over mijn arm. 'Als je het mij vraagt, was hij nooit de ware voor je.'

'Hoe bedoel je?'

'Het was geen match,' zei Kim. 'Het zou niet hebben gewerkt.'

'Hoezo geen match?'

'Je weet wel. Jullie wilden verschillende dingen,' zei ze.

'Zoals wat? Hebben jullie het soms over mij gehad?'

'Nee, dat is het niet,' zei Kim. 'Ik probeer je alleen wat op te vrolijken, Roo.'

'Ik kan niet opgevrolijkt worden.'

'Sorry.'

'Ik wil niet onaardig tegen je zijn,' zei ik. 'Dit is alleen de meest kikkerloze dag van alle kikkerloze dagen ooit.'

'Ik koop een ijsje voor je,' zei ze, en ze sloeg een arm om me heen.

Direct na de eerste les kocht ze in de mensa een ijsje voor me. Ik had geroosterde amandel.

Dat was op maandag. Die middag ging ik naar Crickets huis en we maakten met z'n allen chocoladekoekjes en aten ze met onze voeten in het bubbelbad op. Dinsdag was net zo'n hel als maandag, alleen was het nu duidelijk dat de hele school wist dat Jackson het had uitgemaakt. Mensen zoals Katarina en Ariel zeiden op een we-weten-er-alles-van-manier: 'Ruby, hoe voel je je?' En mensen zoals Matt en Kyle zeiden gedag in de gang maar stopten niet om even te praten, zoals ze normaal altijd deden.

Dinsdag ging ik na het hockeyen met Cricket en Nora naar de B&O. Kim wilde niet komen; ze zei dat ze heel veel huiswerk had.

Finn Murphy stond achter de bar. Hij zat er nogal zielig bij, als een muffin waar alle bosbessen uit zijn gepeuterd, zei Cricket. Uiteindelijk kwam hij naar onze tafel en ging even bij ons zitten. Hé, waar is Kim allemaal mee bezig? wilde hij weten. Waar was ze? Wisten wij soms waarom ze het de laatste tijd zo druk had?

Ze beantwoordde haar mobiele telefoon niet. Hij had haar het hele weekend niet gezien.

Geen van ons wist het, maar toen hij wegliep om weer aan

het werk te gaan, kwamen we tot de conclusie dat Kim niet langer geïnteresseerd was in de stud-muffin. Arme, kleine muffin. Mini-muffin. Mokkende muffin. We lieten een flinke fooi achter en schreven een grappig tekstje op een papieren servet.

Woensdagochtend liet Kim weten dat ze het had uitgemaakt met Finn. Hij was niet 'de ware' en zij had het idee dat het daarom alleen maar tijdverspilling was. Ze was wel een beetje in de war, zei ze. Hij was zo'n aardige jongen.

De rest van de dag was normaal, behalve dan dat ik een gebroken hart had.

Woensdagavond belde Kim. 'Roo, ik wilde niet dat je het van iemand anders zou horen,' zei ze.

'Dat ik wát van iemand anders zou horen?' Ze belde onder het eten. Mijn vader en moeder aten gestoomde paddestoelen, tofoe en bruine rijst en luisterden naar elk woord dat ik zei.

'Word alsjeblieft niet kwaad.'

'Zal ik niet doen,' zei ik. Ik had geen idee waarover ik kwaad zou moeten worden.

'Beloofd?'

'Oké, oké. Wat is er?'

Stilte.

'Jackson en ik hebben wat met elkaar.'

Ik kon niet eens wat zeggen. Ik ademde alleen maar in de hoorn.

'We zijn zulke goede vrienden,' zei ze. 'Hij vertelde me over alle problemen die jullie hebben en hoe hij zijn best deed om eruit te komen en dat bracht ons steeds dichter bij elkaar.'

'Welke problemen?' Ik wist niet eens dat Jackson vond dat we problemen hadden.

'Het was niet zo dat hij iets slechts over jou zei,' zei Kim. 'Het was meer dat hij iemand nodig had die hem kon helpen. Hij had iemand nodig die er voor hem was.'

'Was ik er niet voor hem?'

'Alsjeblieft, Ruby,' zei Kim. 'Trek het je niet te erg aan. Het gebeurde gewoon. We waren er echt niet opuit. En ik zou je dit ook echt nooit aandoen, alleen jullie waren er toch nooit uitgekomen – en ik denk echt dat Jackson en ik voor elkaar bestemd zijn.'

'Wat bedoel je met: jullie waren er toch nooit uitgekomen?'

'Jullie twee passen gewoon niet bij elkaar,' zei ze. 'Dat weet je net zo goed als ik.'

'Wanneer is het begonnen?' vroeg ik.

'Gisteren pas. Dat zweer ik je. We hebben nooit eerder iets met onze gevoelens gedaan. Ik hoop dat je me wat dat betreft gelooft. Ik wilde dat jij de eerste was die het wist.'

'Hm-hm.'

(Nooit éérder iets met onze gevoelens gedaan? Hoelang was dit al aan de gang?)

'Wees alsjeblieft niet boos. We konden er eigenlijk niets aan doen. Het is iets wat zo moet zijn.'

'Hm-hm.' Mijn ouders zaten me inmiddels met grote ogen aan te kijken met hun hoofden schuin omhoog om te zeggen: we zitten te eten, kun je misschien terug aan tafel komen?

'Echt,' zei Kim. 'Dit heb ik nog nooit voor iemand gevoeld. Ik denk echt dat hij de ware is. Hij lijkt op Tommy Hazard.'

'Waarom hadden jullie het over mij?' vroeg ik.

'Jackson bedoelde het niet slecht, Roo, dat moet je geloven. Hij is er het type niet voor om wie dan ook te bedriegen. Hij had een luisterend oor nodig. Hij was zo in de war.'

'Ik moet ophangen,' zei ik.

'Wees alsjeblieft niet boos,' zei ze. 'Als jij je Tommy Hazard vindt, zul je het begrijpen. Ik kon er echt niets aan doen.'

Ik hing op.

Die avond had ik mijn eerste angstaanval, terwijl ik mijn tanden stond te poetsen in de badkamer. Ik kreeg het heel warm en toen koud. Ik zweette en toen ik mijn hand op mijn borst hield, voelde ik mijn hart letterlijk pompen. Mijn bloed stroomde zo snel dat ik dacht dat het door mijn huid naar buiten zou komen. Ik ging in mijn pyjama op de vloer liggen, keek naar het plafond en probeerde adem te halen. Ik zag daarboven zwarte schimmelvlekken die me nog nooit eerder waren opgevallen.

9. Michael
(maar dat wilde ik helemaal niet)

J E ZOU KUNNEN ZEGGEN dat Michael Malone de jongen was met wie ik voor het eerst heb gezoend. Theoretisch gesproken was hij dat misschien.

Maar daar is dan ook alles mee gezegd.

Iedereen die ik kende had aan het eind van de brugklas ten minste één keer gezoend.[1] Behalve ik. Toen ging ik de zomer na de brugklas weer naar kamp Rainier – hetzelfde kamp waar ik het jaar daarvoor vier weken lang over Ben Moi had ge-

---

[1] Nou ja, iedereen behalve Finn Murphy. Kim was zijn eerste en hij was vijftien (!) toen dat gebeurde.
'Je hebt hem ontmaagd!' schreeuwde Cricket toen Kim ons afgelopen oktober over Finn vertelde.
'Hij begon,' giechelde Kim. 'Ik was niet degene die iets bij hem deed.'
Cricket lachte. 'Maar jij was zijn eerste! Hij zal zich jou voor de rest van zijn leven herinneren.'
'Was hij goed?' wilde Nora weten.
'Hé,' viel Cricket in de rede. 'Als hij nog niet weet hoe hij moet zoenen, kan ik je wel helpen, hoor. Kaleb was zo ongeveer de slechtste zoener aller tijden. Hij kwijlde over me heen en stak zijn tong veel te ver naar binnen.'
'Getver. Wat heb je toen gedaan?' vroeg ik.
'Ik gaf hem les!' giechelde Cricket. 'Alleen hebben we het programma niet kunnen afmaken want hij dumpte me voordat ik klaar was.'
'En waar bestonden die lessen uit?'
'O, het was een heel programma,' zei Cricket. 'Zoen-trainingskamp.'
'Zei je tegen hem dat hij niet kon zoenen?'
'Nee. Je moet het subtiel aanpakken. Ik hield bijvoorbeeld zijn hoofd vast, soms zelfs zijn oren, zodat hij zijn tong niet in mijn keel kon steken. En ik probeerde hem te zoenen als hij op de bank lag. Dan ging ik bovenop zitten zodat ik niet helemaal onder het kwijl kwam.'
'O god, het moet afschuwelijk zijn geweest,' zei Nora.
'Het was een verschrikking.' Cricket rolde dramatisch met haar ogen.
'En verder?' —>

droomd – alleen dit jaar werd er in plaats van gewandeld, gezongen en geknutseld, draai-de-fles gespeeld.[2] Meisjes 12/13 was direct naast Jongens 12/13 en zodra het licht uitging, grepen we onze zaklantaarns en verzamelden we ons een eindje verderop op een open plek in het bos. De jongens hadden allemaal hun spijkerbroek en T-shirt aan (waar sliepen ze dan in? vroeg ik me af) maar wij meisjes gingen in onze nachthemden omdat dat leuker stond en ook spannender was. Bovendien was het te veel gedoe om je eerst om te kleden.

Ben Moi was niet op het kamp, tot grote teleurstelling van bijna ieder meisje dat er vorig jaar ook was geweest. Maar er was een hele groep redelijk interessante jongens, al waren ze jammer genoeg niet erg lang, en acht van hen kwamen bijna elke avond draai-de-fles spelen. Wij meisjes waren met z'n twaalven.[3] Het spel ging als volgt:[4]

'Ik zoende hem vaak in zijn nek, maar dat kun je ook niet blijven doen. Uiteindelijk komen de lippen eraan te pas.'
'En verder?'
'Dat kan ik je niet zeggen,' hinnikte Cricket. 'Dat is privé. En ik wil trouwens het verhaal van de stud-muffin horen.'
'O, vanaf het moment dat het startsein had geklonken was hij goed,' zei Nora. 'Dat weten we al.'
'Is dat zo?' vroeg ik aan Kim.
Kim knikte met een gelukzalige glimlach op haar gezicht. 'Geen training nodig. Hij is een natuurtalent.'

[2] Ik overdrijf natuurlijk. We maakten wel trektochten en er waren genoeg textielprojecten. Wat ik bedoel is dat we alleen aan draai-de-fles dachten en niet aan steel-de-vlag, het kamplied of de overlevingstocht en wat ons verder vorig jaar allemaal nog had beziggehouden.

[3] Wat deden de niet-draai-de-fles-spelende jongens? Waren ze gewoon niet geïnteresseerd? Waren ze helemaal niet gevoelig voor groepsdwang? En waarom lijkt het of er in dit soort situaties altijd meer meisjes zijn dan jongens? Meisjes moeten altijd met elkaar dansen, of ze vinden dezelfde jongen leuk, of ze hebben iets met dezelfde jongen gehad. Ik zou weleens één keertje een situatie mee willen maken waarbij er te veel jongens zijn.

[4] O ja, die situatie waarbij er te veel jongens zijn? Ik heb het uiteindelijk meegemaakt. Het was zoals het was aan het eind van de vierde klas. En het was niet leuk.
Wees dus voorzichtig met wat je wenst, want als het uitkomt kan het weleens een verschrikkelijk debacle worden.

Iedereen zat in een kring. In het midden legden we een lege plastic fles op een grote atlas die iemand had geleend uit de kleine kampbibliotheek met natuurboeken. Een jongen draaide de fles in het rond en als de fles tot stilstand kwam, moest hij naar een meisje wijzen. Als hij naar een jongen wees, moest het opnieuw. Soms, als de fles naar een meisje wees dat hij niet wilde zoenen, beweerde hij dat de fles naar de jongen naast haar wees en deed hij het nog een keer. Of hij beweerde dat hij niet goed had gedraaid en dan deed hij het nog een keer. Of het meisje beweerde dat de fles om de een of andere reden niet goed had gedraaid (omdat zij de jongen niet wilde zoenen) en dan moest hij het nog een keer doen.

Het grootste deel van het spel bestond uit nog een keer draaien. Als de fles eindelijk de goede kant op wees en iedereen het erover eens was dat de draai geldig was, dan ging het stel een eindje het bos in en hadden ze 'zeven minuten in de zevende hemel'.[5] De regel was dat iedereen in de kring moest blijven zitten als ze bezig waren maar we probeerden natuurlijk zo veel mogelijk te zien en als iemand iets zag dan bracht hij schreeuwend verslag uit aan de anderen.

Daarna kwamen ze terug in de kring, soms hand in hand, en dan was de volgende jongen aan de beurt.

De enige meisjes van onze hut die niet meededen aan deze nachtelijke avonturen waren: een mager meisje dat de hele tijd naar voren en naar achteren deinde in haar stoel en in zichzelf murmelde, een veertienjarige die woedend was dat ze in de hut van 12/13 zat en die met niemand van ons wilde praten en een

---

5 Op het kamp waar Kim en Nora heen gingen ('Te duur,' zei mijn vader. 'Te elitair,' zei mijn moeder) waren dit twee verschillende spelletjes. Draai-de-fles was alleen met zoenen, en dat deed je waar iedereen bij was. Met zeven-minuten-in-de-zevende-hemel moest je eerst een briefje met een naam uit een hoed halen en dan ging je zeven minuten samen de wc in. Als we het spelletje hadden gespeeld zoals het hoorde, had ik dus niet alleen mijn eerste zoen van die afschuwelijke Michael Malone gehad.

meisje dat de hele dag alleen maar boeken las als *Brenda en de wilde hengst* en steeds tegen ons zei dat ze veel liever naar een paardenkamp was gegaan.

Ik moest dus eigenlijk wel meedoen, anders zou ik bij de leprozen horen, maar ik was als de dood. Ik had geen idee wat er tijdens de zeven minuten allemaal werd gedaan. Zoenen, nam ik aan, maar zeven minuten was wel heel erg lang (we hadden een stopwatch) en hoelang kon je eigenlijk zoenen? Bleef je staan of ging je bijvoorbeeld op een boomstam zitten? Omarmde je elkaar? En als dat zo was, waar liet je dan je armen? En ik had wel borsten, maar ik droeg normaal gesproken geen bh onder mijn nachthemd, dus wat als een jongen je borsten probeerde aan te raken en je had geen bh aan? Zou hij dat gek vinden? Of zou hij het juist gek vinden als je wél een bh onder je nachthemd droeg? Bovendien had ik een goede reden om geen van de jongens die aan draai-de-fles meededen te zoenen. Twee van hen waren weerzinwekkend. Drie qua uiterlijk ronduit walgelijk. Eentje was schattig maar ontzettend klein en ik wist niet hoe dat dan moest als ik hem moest zoenen, want hij zou op zijn tenen moeten staan. Dat betekende dat er twee redelijk leuke jongens overbleven, maar een daarvan vond mijn vriendin Garcia leuk (dus dat was verboden terrein) en de ander noemde mij schele (dus wist ik dat hij mij niet wilde zoenen).

De eerste week lukte het me om helemaal niemand te zoenen door steeds te roepen dat het over moest. Toen smeekte ik Garcia om me te helpen. Als de fles mijn kant op wees, moest zij zeggen dat het niet geldig was. Ze stemde in en ik bleef ongezoend tot de derde week. Toen vertelde ik aan een paar andere meisjes dat Garcia was gezakt voor de potloodtest (waarbij je een potlood onder je borsten steekt en kijkt of hij blijft zitten en als hij blijft zitten, ben je gezakt).[6]

Garcia's borsten waren groot en bij haar bleef het potlood zitten en natuurlijk was ze woedend dat ik dat aan iedereen had verteld.[7] Maar in plaats van tegen me te schreeuwen, sprak ze me gewoon tegen toen ik die avond weer beweerde dat de fles niet mijn kant op wees.

'Roo, hij wijst precies naar jou,' zei ze. 'Waarom moet het bij jou altijd opnieuw? Ben je soms bang?'

'Nee,' zei ik. 'Maar kijk dan naar die fles, hij ligt zowat naast de atlas.'

'Hij wijst nog steeds naar jou,' zei Garcia met een luide stem.

Iedereen keek naar Michael Malone, een van de drie walgelijke jongens en degene die aan de fles had gedraaid. Michael haalde zijn schouders op. 'Volgens mij is er niks mis mee,' zei hij.

'Oooh, ooh, Michael en Roo!' zong iemand aan de andere kant van de kring.

'Ooo, ooh, Michael en Roo!' zongen een paar anderen na.

'Ga dan, Ruby,' zei Garcia op een bittere toon. 'Je lijkt wel een klein kind.'

'Ooo, ooh, Michael en Roo!'

Die Malone-figuur was waarschijnlijk voor iemand anders qua uiterlijk een prima exemplaar. Ik bedoel, ik ben qua uiterlijk ook een prima exemplaar, maar ik weet dat die jongen die me schele noemde van me walgde, en Adam Dick ook en waarschijnlijk nog wel een paar andere jongens van wie ik het niet eens weet. Het is een kwestie van smaak en ik weet zeker dat hij er volgens objectieve maatstaven prima uitzag. Maar ik vond hem walgelijk omdat:

---

6 Inmiddels zak ik als een baksteen voor die test. Mijn potlood blijft onder mijn borst vastgeklemd zitten. Maar toen waren mijn borsten nog maar net gaan groeien dus viel mijn potlood op de grond.

7 Ik vraag me af of ik haar niet via internet zou moeten opsporen en haar een e-mail zou moeten sturen: 'Lieve Garcia Rodriquez. Het spijt me dat ik iedereen heb verteld over jou en je potloodtest. Mijn eigen borsten zijn inmiddels gaan hangen en ik voel nu wat jij toen voelde. Ik had het nooit moeten doen. Vergeef me alsjeblieft, Ruby Oliver.'

1. Hij had te veel speeksel en had de gewoonte om het altijd door te slikken waarna het alsnog uit zijn mond kwam.
2. Hij had al behoorlijk behaarde benen en zijn knie, vol met zwarte haren, stak uit een gat in zijn broek. Het zag eruit als een dood beest.
3. Hij had pukkels, wat ik bij andere jongens helemaal niet erg vond, maar hij had er een paar in zijn nek waar ik steeds naar moest kijken.
4. Het puntje van zijn neus wipte omhoog en ik weet dat veel andere meisjes dat juist leuk vonden maar om eerlijk te zijn vond ik hem daarom een beetje op een varken lijken.

Ik liep de diepten van het donkere bos in met deze behaarde, varkensachtige, pukkelige, spugende jongen.

'Oooh, ooh, Michael en Roo!'

Ik wist dat iedereen mij in mijn witte nachthemd in het donker goed kon zien, dus ging ik achter een boom staan en bleef zo ver mogelijk bij Michael vandaan. Hij legde zijn grote, koude hand op mijn schouder, kneep zijn ogen dicht en drukte zijn lippen op die van mij. Hij bewoog met zijn hoofd zoals ze dat in films doen.

Ik bewoog terug.

Onze monden waren niet eens open en er was alsnog te veel spuug.

Ik wilde zijn pukkelige nek niet aanraken dus legde ik mijn handen zo ver mogelijk aan de buitenkant van zijn schouders. Hij rook oké, naar tandpasta, maar toen ik mijn ogen heel even opende, zag ik die varkensneus vlak voor mijn gezicht.

Eigenlijk was het net zoiets als naar de tandarts gaan. Er gebeurde iets onplezierigs in de buurt van mijn mond, iemands gezicht was te dicht bij dat van mij en het beste wat ik kon doen was mijn ogen sluiten en aan iets anders denken. Zou mijn moeder me een voedselpakket sturen? Zou ze zich herinneren dat ik die chips met die ribbeltjes niet lekker vond? Welke kleur zou ik morgen bij pottenbakken kiezen om mijn beker te glazuren?

Na wat wel zeven uur leek, riep iemand: 'De tijd is om!' en Michael deed een stap achteruit. 'Je kan goed zoenen,' fluisterde hij, en hoewel het me verbaasde (hoe kun je nou goed zoenen als je aan chips en pottenbakken denkt?) was ik toch opgelucht. Hij zou in elk geval niet tegen zijn vrienden zeggen dat ik slecht was.

Het lukte me om niet meer met draai-de-fles mee te hoeven doen. Doordat Garcia boos op me was, was ik toch een beetje een leproos geworden en dus was de druk om mee te doen niet meer zo groot. De volgende avond zei ik dat ik moe was en niemand trok me uit bed om mee te gaan. Ik vermeed Michaels blik, concentreerde me op het pottenbakken en telde de dagen (tien) tot ik naar huis kon.

Daarna heb ik anderhalf jaar niemand meer gezoend.

Ik was dus nog steeds heel onervaren toen ik iets met Jackson kreeg maar toen we eenmaal met elkaar gingen werd zoenen zo'n normale bezigheid dat ik er niet eens meer bij nadacht – behalve dat ik mintkauwgom kocht in plaats van aardbeien. Jackson streelde me ook vaak. Ik kocht twee nieuwe bh's met een sluiting aan de voorkant zodat hij ze makkelijker open kon krijgen.

Maar dat was alles. Het kwam nooit in me op om verder te gaan. Jackson leek tevreden. Hij probeerde nooit met zijn hand in mijn broek te gaan of mijn T-shirt helemaal uit te trekken.

Stel je dus voor hoe ik me voelde. Het was maandagmorgen – dertien dagen nadat Kim en Jackson iets met elkaar hadden gekregen. Ik had de angstaanvallen, was naar de psych gegaan en een leproos geworden door dat Lentefeest-debacle en het kopie-drama (maak je niet druk, je zult snel genoeg weten waarover dit gaat).

In gedachten verzonken liep ik de trappen op naar de schooldeur. Ik had het hele weekend niets gedaan behalve video's gekeken met mijn moeder. Plotseling riep Katarina mijn naam, wat ze bijna nooit doet. Ze had van alles te vertellen. Op haar feestje afgelopen weekend[8] waren zij en Heidi de logeerkamer binnengekomen en daar hadden ze Kim en Jackson zonder kleren (!) op de bank aangetroffen. Heidi was helemaal van streek geweest. Katarina en Ariel waren zo kwaad op Kim. Kon ik me voorstellen wat een gespannen toestand het was? Het was zo gemeen om dat te doen op een feestje waar Heidi ook was, alsof zíj geen gevoelens had – en dat terwijl Jackson het ook net met mij had uitgemaakt.[9]

'Waren ze naakt?' zei ik, en ik snakte naar adem.

'Helemaal. Hij had niets meer aan,' zei Katarina. 'Ik denk zelfs dat ik zijn ding heb gezien. Maar goed,' voegde ze eraan toe, 'ik hoef jou natuurlijk niet te vertellen hoe dat ding eruitziet.'[10]

---

[8] Welk feestje? Nog een bewijs van mijn nieuwe status als leproos. En dat niet alleen, ze zei het ook nog eens alsof het niet ongelooflijk pijnlijk voor me was dat ik niet was uitgenodigd. Alsof het vanzelfsprekend was dat ik er niets van wist. Argh. Ze had het voorzichtig moeten brengen. Ik was nog maar negen dagen een leproos en het was dus niet zo dat ik er al aan gewend was.

[9] Hoezo was Heidi helemaal van streek? Op dat moment was het al zes maanden geleden dat zij twee maanden iets met elkaar hadden gehad. En zelfs als Heidi nog steeds liefdesverdriet had, waar ze het volste recht op heeft, waarom moest Katarina dat zo nodig aan mij vertellen? Ik ging me er alleen maar slechter door voelen, als dat nog mogelijk was. Je had Heidi, helemaal overstuur over een jongen met wie ze eeuwen geleden iets had gehad en al haar vrienden om haar heen om haar te troosten en namens haar kwaad te zijn, en je had mij, degene voor wie dit echt pijnlijk was en die niemand had om troost bij te zoeken.

[10] Wát? Dacht ze dat ik Jacksons ding had gezien? Zijn 'penis-ding'? En dacht ze ook nog eens dat ik het leuk vond om te horen dat zij ervan uitging dat ik dat ding had gezien? Echt, ik begrijp helemaal niets van andere mensen. Ik vind het prima om leproos te zijn. Liever dat, dan Katarina als vriendin.

'Wat deden ze toen jullie binnenkwamen?'

'We deden gelijk de deur weer dicht,' zei Katarina, en ze haalde haar schouders op. 'En bijna een uur later kwamen ze naar buiten. Iedereen deed er een beetje lacherig over, behalve Heidi. Die zat in mijn bubbelbad en Ariel moest haar met de auto naar huis brengen.[11] Nou goed, ik dacht dat je het wel wilde weten.'[12]

'Bedankt,' zei ik.[13]

Katarina sloeg haar rugtas over haar schouder en liep in de richting van de gymzaal. Ik stond daar en keek haar na.

Waarom zei ik 'bedankt'? Verhalen over Kim en Jackson die hun naakte lichamen tegen elkaar aan drukten was wel het laatste wat ik wilde horen.

Naakt, naakt, naakt.

Mijn hart ging tekeer. Ik had moeite met ademhalen. Ik ging op de trap zitten en probeerde diep in te ademen en aan een bloemenweiland met fladderende vlinders te denken.

Het hielp niet.

Ik sprong op en rende Katarina achterna. 'Luister, dat soort verhalen hoef je me de volgende keer echt niet meer te vertellen,' zei ik toen ik haar had ingehaald.

'Wat?' zei ze, met een geschokte blik in haar ogen.

'Je doet alsof je het vertelt omdat je aardig wilt zijn maar het enige wat je doet is mensen een rotgevoel geven.'

---

[11] Heidi moest het wel hebben gezien! Waarom zou Katarina er anders van uitgaan dat ik het ook had gezien? Ze denkt kennelijk dat penis-kijken voor Jacksons vriendinnen heel normaal is.

[12] Dus Jackson was helemaal naakt geweest met Heidi en met Kim. Maar niet met mij.

[13] Waarom niet met mij? Vond hij mij niet zo leuk als die andere meisjes? Was ik minder aantrekkelijk dan zij? Ruby Oliver, niet het soort meisje van wie je wilt dat ze je penis aanraakt. Ruby Oliver, niet opwindend genoeg om haar broek uit te trekken. Ruby Oliver, goed genoeg om mee te zoenen maar niet goed genoeg om naakt mee te zijn.
Die gedachte maakt me gek.
Niet dat ik het had gewild, maar waarom niet met mij?

'Maak je niet zo druk.'

'Daar kan ik niks aan doen,' zei ik. 'Als je ook maar even had nagedacht, had je dan niet kunnen raden dat het verhaal over Kim en Jackson me helemaal gek zou maken? Dat het mijn hele dag zou verzieken en waarschijnlijk mijn hele leven doordat ik nu voor altijd dat beeld voor me zie van naakte lichamen en penissen terwijl ik daar helemaal niet aan wil denken?'

Katarina zuchtte. 'Je moet niet kwaad op mij worden omdat Jackson het heeft uitgemaakt,' zei ze. 'Dat is niet mijn schuld.'

'Nee, maar het is wel jouw schuld dat ik ze nu naakt voor me zie,' schreeuwde ik. 'Haal me maar van je penis-informatielijst af.'

'Goed,' snauwde ze. 'Dat zal ik zeker doen.'

Ze draaide zich om en ging de gymzaal in.

Ik voelde me een kutwijf.

Maar hé: mijn hartslag was normaal en ik had genoeg zuurstof.

Ik ademde diep in.

10. Angelo
(maar dat was slechts één afspraakje)

DIT IS WAAROM IK nu een leproos ben. Ik ging met Jackson naar het Lentefeest, ook al had hij het uitgemaakt en ook al was hij al met Kim. Oké. Neem het me maar kwalijk. Mijn ex-vriendje, op wie ik nog hopeloos verliefd was, wilde me meenemen naar een dansfeest en het was pas het tweede echte dansfeest waar ik met een jongen heen zou gaan en ik had al een jurk gekocht en wie weet, misschien zou hij zich, als hij me zou zien, realiseren dat hij een grote fout had gemaakt. Echt, ik denk dat bijna ieder ander meisje in mijn situatie hetzelfde zou hebben gedaan.

Dit is het eerste echte dansfeest waar ik heen ben geweest: een reünie op Garfield High, de openbare school waar we altijd langsrijden op weg naar het favoriete Japanse restaurant van mijn vader. Ik ging omdat de vriendin van mijn moeder (Juana, de toneelschrijfster met de dertien honden en vier ex-mannen) een zoon heeft die op Garfield zit. Hij heet Angelo[1] en hij is een jaar ouder dan ik. Ik had hem pas drie of vier keer eerder gezien op Juana's etentjes. Ik denk dat hij vaak bij zijn vader is dus hij is er bijna nooit als ik met mijn moeder naar Juana ga.

Angelo was oké. Hij had grote, bruine ogen, zwart, krullend haar en een gelijkmatig, rond gezicht. Sereen. Hij kleedt zich een beetje hip-hop-achtig, wat niemand op Tate doet.

---

[1] Maar wacht, denk je nu, had je het in het eerste hoofdstuk ook niet over Angelo, toen je voor het eerst naar dokter Z ging? Wat heeft híj hiermee te maken?

Op die etentjes gaan we meestal snel van tafel om televisie te kijken. Hij zegt nooit veel, waarschijnlijk omdat Juana altijd praat-praat-praat en sowieso kan niemand elkaar bij haar thuis verstaan door al dat geblaf de hele tijd.

Dus Garfield gaf een dansfeest en ik neem aan dat Angelo een date nodig had, wat een beetje vreemd is omdat die school minstens vijftienhonderd leerlingen heeft en hij dus echt wel knap is. Hij belde me niet eens zelf. Juana belde mijn moeder en mijn moeder vroeg mij of ik met Angelo naar dat feest wilde.

Ik zei ja. Niet om Angelo, maar omdat ik naar een echt feest wilde gaan.

Misschien was Angelo zo'n loser dat niemand van Garfield met hem wilde gaan. Of misschien was hij homo en wilde hij eigenlijk helemaal niet met een meisje gaan en had Juana hem een handje willen helpen omdat ze helemaal niets vermoedde. Of misschien had mijn moeder tegen Juana gezegd dat ik niet erg in de smaak viel bij jongens en nam hij me dus mee omdat zijn moeder medelijden met me had. Of misschien was hij hopeloos verliefd op een meisje dat Juana helemaal niet leuk vond en was het de bedoeling dat ik hem op andere gedachten bracht.[2]

Mijn moeder zei me dat hij me om acht uur zou ophalen en dat ik niet zo zenuwachtig moest zijn – maar ik was de volle twee weken tot aan het feest nerveus. Van het geld dat ik met oppassen had verdiend, had ik een gele, zijden jurk uit de jaren vijftig gekocht, met spaghettibandjes. Maar wat als ik me helemaal mooi aankleedde en hij kwam niet opdagen? Wat als hij me eigenlijk helemaal niet had willen meenemen en ge-

---

[2] Dokter Z voegde hieraan toe: 'Misschien vond hij je leuk en wilde hij met jou naar dat feest maar durfde hij dat niet zelf te vragen?'
Eerlijk, die mogelijkheid is helemaal nooit bij me opgekomen.

meen ging doen? Of hij liet me alleen achter om met iemand anders te kunnen gaan? Wat als dit een Stephen King-situatie was?[3]

Mijn moeder zei dat ik niet zo onzeker moest zijn. Mijn vader vroeg zestien keer of ik over mijn gevoelens wilde praten.

Op de avond van het feest kwam Angelo me op tijd ophalen. Hij had een blauw pak aan. Hij had een corsage met gele rozen voor me gekocht. Mijn vader maakte foto's. Juana reed ons ernaartoe en deed heel overdreven, alsof ze onze chauffeur was. Er zaten twee terriërs en een harige bastaard op de achterbank, dus zaten wij met zijn drieën voorin gepropt. Juana zei niet dat we de gordel om moesten doen.

Het feest was in een halfverduisterde gymzaal die helemaal versierd was. Angelo en ik zeiden niet veel. Hij haalde een glas bowl voor me. Veel van de andere meisjes droegen lange, strakke, zwarte avondjurken en hoge hakken. Ik voelde me in mijn gele jurk met wijde rok klein, jong en onhandig. We dansten en de muziek was goed en we schuifelden zelfs, wat raar was en vreemd en leuk omdat we elkaars handen vasthielden en heen en weer wiegden op de muziek.

Maar het duurde allemaal te lang. Om 20.45 uur hadden we gedanst, langs de kant gestaan, bowl gedronken, geschuifeld en weer langs de kant gestaan. We hadden met zijn vrienden gepraat maar de muziek stond te hard om echt een gesprek te voeren. Wat kon je verder nog doen? We dansten nog een keer. We gingen naar buiten en stonden even in de frisse lucht. Eigenlijk verveelde ik me van 20.45 uur tot 22.30, toen Juana ons kwam ophalen. Op de terugweg zat ik op zijn schoot omdat er

---

3 Stephan King schreef dat bizarre boek Carrie, over een meisje dat op school gepest wordt maar door de populairste jongen van school wordt gevraagd voor het eindexamenfeest. Op de avond zelf blijkt het een gigantisch gemene grap te zijn. Ze krijgt een emmer met varkensbloed over zich heen. Het is ook verfilmd.

nu een border collie, een dikke labrador en een gemeen kijkende dobermann achterin zaten.

Dat was het. Ik zag Angelo pas weer op het volgende etentje
van zijn moeder. Na het eten keken we televisie, zoals altijd.

Ondanks die teleurstellende ervaring (de opwinding vooraf
en de uiteindelijke verveling), wilde ik nog steeds dolgraag naar
een echt feest. Ik zou zeker naar het Lentefeest in de derde klas
zijn gegaan, als iemand me had gevraagd en nu was ik helemaal opgewonden dat ik dit jaar zou gaan. Alhoewel er hierbij
weer een leugen aan te pas moest komen omdat hij me nooit
officieel gevraagd heeft. Het was een officieel feest! Ik bedoel,
daar moet je iemand dan toch ook officieel voor vragen? Pete
vroeg Cricket. Bick vroeg Meghan. Finn vroeg Kim. Nora vroeg
Jacksons vriend Matt. Hallo? Zijn mijn verwachtingen onrede-
lijk? Ik denk het niet.

Maar Jackson ging er gewoon van uit dat we gingen. Het
feest werd op vrijdag aangekondigd, drie weken voordat het
plaatsvond. Ik dacht dat hij misschien een paar dagen zou
wachten, misschien tot maandag. Dat zou ik gedaan hebben als
ik hém had gevraagd.[4] En dus wachtte ik.

En wachtte.

En wachtte.

Er ging een week voorbij en hij had het me nog niet gevraagd. Cricket en Kim en Nora gingen jurken uitzoeken en ik
ging met ze mee. Ik paste er maar een paar en zei dat ik de volgende dag met mijn moeder zou gaan winkelen.

Maar dat was niet waar.

Uiteindelijk, halverwege de tweede week en vijf dagen voordat we uit elkaar gingen, zaten Jackson en ik in de pauze te pra-

---

4 'Waarom héb je hem niet gevraagd?' zei Dokter Z.
  'Argh,' kreunde ik. 'Ik wist dat je dat zou gaan zeggen.'
  'Dan gaan we vooruit,' zei zij.

ten met Matt en Nora. 'Hé Roo,' zei Jackson. 'Wil je na het feest niet een paar mensen uitnodigen in jullie dok? Want het cruiseschip ligt daar vlakbij.'

'O, ehm, tuurlijk,' zei ik.

En daardoor wist ik dat we zouden gaan. Ik ging op pad en kocht een jurk. Uiteindelijk leende ik zelfs vijfentachtig dollar van mijn moeder zodat ik dat geweldige, zilveren wikkelding uit de jaren zeventig kon kopen dat ik bij Zelda's Closet had gevonden. Om dat terug te kunnen betalen zou ik veertien uur moeten oppassen op dat kind dat bijna altijd als ik kom over me heen kotst.

Toen maakte Jackson het uit en nadat ik uren en uren alleen in mijn kamer had liggen huilen, zag ik een puntje van die jurk uit de kast steken en toen moest ik nog harder huilen omdat ik niets had om in die jurk naartoe te gaan, en ik zou zeker nog een maand bezig zijn om hem af te betalen, en ik kon niet geloven dat hij me helemaal blij had gemaakt en me die jurk had laten kopen, als hij van plan was geweest om me te dumpen.

Mijn ouders konden me door die dunne wandjes heen horen snikken. 'Roo, kom nou, dan gaan we eten. Ik heb tofoe met bloemkooldobbelsteentjes!'

'Elaine,' zei mijn vader. 'Geef haar een beetje ruimte.'

'Ze zit daar al twee uur, Kevin.'

'Roo?' vroeg mijn vader. 'Wil je er niet met ons over praten? Misschien kunnen we je helpen?'

'Ze wil heus niet met ons praten. Denk toch eens na. Ze is een tiener. Het enige wat we kunnen doen is zorgen dat ze wat proteïne binnenkrijgt.'

'Liefje, wil je misschien alleen met mij praten? Mama hoeft er niet bij te zijn.'

'Kevin!'

'Elaine, je weet dat jij het alleen maar erger maakt. Misschien moet je je hier even niet mee bemoeien.'

'Ruby,' snaterde mijn moeder. 'Als het een vrouwen-ding is dan weet je dat je altijd bij mij terecht kunt, hè?'

Enzovoort, enzovoort. Uiteindelijk zette ik mijn koptelefoon op om het geluid buiten te sluiten.

Dinsdagavond[5] namen mijn ouders me mee naar een etentje bij Juana. Ze woont in een oud bouwval en alles zit altijd onder de hondenharen dus je moet je oude spijkerbroek aantrekken en zeker geen zwart dragen, want je zit helemaal onder als je weggaat. Ik moest wel mee van mijn moeder. Ik wilde thuis- blijven en naar de telefoon staren in de hoop dat Jackson zou bellen, maar zij zei dat ik onder de mensen moest komen.

Het was een van de eerste warme lentedagen en Angelo gooide voor het huis van Juana stokken voor zeven honden te- gelijk. Hij had een soort rotatiesysteem met drie stokken dus hij was constant aan het gooien. De honden waren snel. Hij was langer dan de laatste keer dat ik hem had gezien en hij liet zijn haar groeien waardoor het nog meer krulde. Hij droeg een oversized honkbalshirt en een wijde spijkerbroek met lage zakken. 'Ruby heeft een gebroken hart,' verkondigde mijn moeder. 'Haar vriendje heeft haar gedumpt. Vrolijk jij haar maar een beetje op, Angelo. Roo... help hem eens met die stok- ken.'

'Elaine!' snauwde mijn vader. 'Wanneer geef je dat kind nou eens wat meer ruimte!'

'Mensen moeten geen geheimen voor elkaar hebben,' zei mijn moeder. 'En trouwens, waarschijnlijk weet hij alles al, want ik heb het hele verhaal aan Juana verteld.'

'Elaine!'

'Wát?' Mijn moeder legde haar hand op haar borst en keek alsof ze de onschuld zelve was. 'Ze is mijn beste vriendin!'

---

5 Ik hoorde woensdag dat Kim en Jackson iets met elkaar hadden, dus op dit moment wist ik daar nog niets van.

'Hé Roo,' zei Angelo. 'Ik heb een systeem uitgevonden. Moet je zien.'

'Zie je?' zei mijn moeder. 'Hij wil dat zij hem helpt. Ga maar, Roo. We zien je straks wel.'

Ze liepen de trap op naar de voordeur en mijn vader mompelde iets onverstaanbaars tegen mijn moeder.

Angelo en ik gooiden een tijdje met de stokken. Mijn handen kwamen onder het slijm te zitten. We zeiden niet veel maar hij liet me wel zien hoe de kleine bastaard, die Skipper heette, de stok niet losliet tenzij je haar optilde en met je arm samenperste. Elke keer als ze een stok terugbracht, nam hij haar onder zijn linkerarm en drukte haar tegen zich aan. Ondertussen bleef hij met zijn rechterarm stokken gooien zodat de andere honden uit de buurt bleven. Dan liet Skipper de stok vallen, hij raapte hem op met zijn rechterhand, zette haar weer op de grond, gooide de stok en dan ging ze er weer vandoor. Hij had ook een systeem bedacht om twee stokken tegelijk te gooien zodat de kleinere honden een kans maakten bij de grote labradors die altijd het snelst waren.

Na een tijdje gingen we naar binnen om te eten. Mijn vader en ik aten totdat we erbij neervielen. Juana is een fantastische kok en wij aten al weken een macrobiotisch-prutjes-met-granenontbijt-dieet.[6] Mijn moeder at ook veel, zonder schaamte, alsof gefrituurde bananen, gekruide garnalen (die ik niet at), vegetarische jambalaya en ijs met gesuikerde pecannoten ook op haar dagelijkse menu stonden.

'Roo heeft niemand om mee naar het grote dansfeest te gaan

---

[6] Ik dacht dat ik door het verdriet misschien niet meer zou willen eten, zoals bij personages in boeken altijd gebeurt. Dan zou ik op tragische wijze wegkwijnen en als Jackson me dan zou zien, zou hij wit wegtrekken en een angstige blik in zijn ogen krijgen en hij zou zich realiseren dat hij mij nooit zo'n pijn had mogen doen. Maar nee. Het blijkt dat mijn maag geen idee heeft, van wat er zich in mijn hoofd afspeelt en ik kon normaal eten, als er normaal eten in huis was geweest.

zaterdagavond,' zei mijn moeder toen we met zijn allen op de veranda het toetje zaten te eten terwijl de honden om ons heen dolden en op het gras plasten. 'Het is op een boot. En ze heeft een prachtige jurk. Maar geen afspraakje.'

'Mam!' Ik wilde ter plekke dood neervallen.

'Angelo kan toch met haar gaan,' zei Juana, die mijn moeders hint direct begreep. 'Hij heeft zaterdag toch niets te doen.'

'Mam!' (Dit kwam van Angelo.)

'Wat lieverd?' zei Juana. 'Jij kunt toch met Ruby gaan? Ze ging vorig jaar ook met jou naar jouw feest. Ik durf te wedden dat het leuk wordt.'

Ik keek naar Angelo en ik weet zeker dat hij eraan dacht wat een nachtmerrie het zou zijn om samen met een groep Tate-leerlingen die hij niet eens kende op een boot te zitten waar je niet vanaf kon. 'Tuurlijk,' zei hij en lachte. 'Klinkt goed.'

'O. Ehm. Bedankt.'

'Ik moet zeker een pak aan of niet?'

'Ehm. Ja...'

'Oké. Hoe laat?'

'Halfnegen. De boot vertrekt om negen uur.'

'Nee, nee, Roo,' viel mijn moeder me in de rede. 'Jullie moeten wel uiteten gaan. Roo trakteert.'

Angelo lachte en keek me even aan alsof hij zeggen wilde: Argh! Die moeders van ons zijn zo verschrikkelijk. Maar hij zei 'Oké' en vroeg of ik zin had om naar de Italiaan te gaan, want hij wist een leuk tentje.

'Je kunt de stationwagon lenen,' zei Juana.

'Ik pik je om zeven uur op,' zei Angelo.

Dus: ik had een date voor het Lentefeest, ook al was het dan op de meest gênante manier gegaan die je je kunt voorstellen.

Ik voelde me een heel klein beetje beter. Totdat Kim woensdagavond belde met het verhaal over haar en Jackson.

Vanaf dat moment was het alsof mijn hoofd vol watten zat,

alsof ik verkouden was, en mijn borst voelde stijf en leeg vanbinnen. Ik voelde me verdoofd. Alles was wazig en ik kon nauwelijks praten, alsof mijn keel werd dichtgeknepen. Gelukkig
gingen Nora en Cricket op dat moment nog gewoon met me
om en beide dagen kreeg ik Nora (die inmiddels haar rijbewijs
had) zo ver dat ze met mij ergens anders Franse frietjes ging
eten zodat ik niet met Kim in de mensa hoefde te zitten of
Jackson tegen het lijf zou lopen.

Cricket en Nora gingen ervan uit dat als ik eenmaal over de
schok heen was, alles op een gegeven moment wel op zijn plek
zou vallen. Nora maakte cakejes voor me en sloeg heel vaak
haar arm om me heen. Ze gaf me een lijstje met een foto die zij
van mij en haar had genomen na afloop van een hockeywedstrijd. Cricket praatte heel veel over andere dingen en knipte
strips uit de krant en deed die in mijn kastje. Ze waren blij voor
Kim en hadden medelijden met mij en ze dachten dat ik nu te
erg in de war was om met de situatie om te gaan maar dat we
daarna allemaal weer normaal zouden doen.

Maar ik voelde me zo bedrogen dat ik niet eens Kims kant op
kon kijken. Ik ontweek haar, al betekende dat dat ik bij bijna
alle lessen van plaats moest veranderen. Met het uur nam mijn
verdriet af, waar ik volgens anderen overheen moest komen, en
werd ik kwader. Ondanks dat ze 'aardig' was geweest en me het
hele verhaal door de telefoon zelf had verteld en hem nooit had
gezoend voordat hij mij had gedumpt, vond ik haar helemaal
niet aardig. Ik vond haar een huichelachtige, achterbakse slet
die andermans vriendjes afpakte en ik hoopte dat ze in een vul-
kaan zou vallen en onder de lava bedolven zou worden en een
verschrikkelijke dood zou sterven.[7]

---

[7] De alinea hierboven is het resultaat van de therapie, gedurende vier maanden, twee keer
per week. Zeg wat je denkt! Kom op! Zelfs als dat wat je zegt wraakzuchtig en hatelijk en
gekwetst klinkt!

Maar ik hield mijn mond en probeerde het beetje waardigheid dat ik nog bezat, te bewaren.

Die vrijdagmiddag voor het feest had ik gehockeyd en er was niemand om me naar huis te brengen. Jackson had me de week daarvoor nog opgehaald en ik werd zo door mijn verdriet in beslag genomen dat ik er niet eens aan had gedacht om in de kleedkamer te vragen of iemand me een lift kon geven. Ik was de laatste die wegging maar pas toen ik buitenkwam realiseerde ik me dat er niemand meer was.

Ik belde mijn vader vanuit de telefooncel. Mijn vader zei dat hij eraan kwam, maar het is drie kwartier rijden in het spitsuur dus ging ik op mijn rugtas zitten en probeerde mijn huiswerk voor Frans te maken. De lucht werd donkerder. Het duurde ongeveer vier zinnen. Toen begon ik te huilen.

Ik zat daar maar en de tranen rolden over mijn wangen zonder dat ik mijn gezicht probeerde te verbergen.

Plotseling verscheen Jacksons Dodge voor de gymzaal. Ik voelde me belachelijk zoals ik daar in mijn eentje zat te huilen – alhoewel ik moet toegeven dat ik ergens ook hoopte dat hij me zou zien en zou beseffen dat ik toch de ware voor hem was. Ik keek naar mijn schrift op mijn schoot en probeerde weer rustig adem te halen. Jackson parkeerde zijn auto, stapte uit en leunde tegen de motorkap.

'Hé Roo, ik hoopte al dat ik je hier zou vinden,' zei hij.

'O ja?'

'Heb je een lift nodig? Ik kan je naar huis brengen als je wilt?'

'Mijn vader komt me halen. Hij is een beetje laat.'

'Hoe gaat het met je?'

'Goed,' loog ik.

'Kunnen we praten?' Hij ging naast me zitten en leunde met zijn rug tegen de rode bakstenen van het gymgebouw.

'Tuurlijk. Waarover?'

'Ik maak me zorgen om je. Ik heb je de hele week niet gezien.'[8]

'Met mij gaat het goed, hoor.'

'Volgens Nora niet.'

'Ik kan wel voor mezelf spreken, oké?'

'En Kim is in de war omdat je niks tegen haar zegt.'

'Arm kind.' Mijn stem klonk bitter.

'Roo, doe niet zo gemeen. Ik ben hier omdat ik me zorgen om je maak. Ik geef echt om je.'

'Oké.'

'Dat weet je toch, hè? Ik hoop dat je hier een beetje goed mee om kunt gaan.'

'En als ik dat niet kan, wat kun jij daar dan aan doen?'

'Ik weet het niet. We waren behoorlijk close. Het is voor mij ook moeilijk om je zo te zien.'

'Arme jij.'

'Luister, we kunnen nog steeds samen naar het Lentefeest gaan als je wilt. Dat lijkt me eigenlijk wel leuk. Wil je met mij naar het Lentefeest?'

---

8 Weet je wat? Op dat moment dacht ik echt dat hij medelijden met me had maar nu maakt het me woedend. Waar haalt Jackson het lef vandaan om aardig te doen en zorgzaam terwijl hij er de oorzaak van is dat ik ongelukkig ben? Waar slaat dat op? Het is eigenlijk behoorlijk ziek. Hier is een nieuw onderwerp voor Het jongensboek, als ik nog vrienden had gehad om het mee te schrijven: 'Hoe maak je het uit. Een paar aanbevelingen voor jongens'.

1. Als je iemand overstuur hebt gemaakt door haar te dumpen en je bent niet van plan om ooit weer naar haar terug te gaan, ga dan niet achter haar aan lopen en bezorgd lopen doen. Tenzij je getrouwd was en haar met drie kinderen achterlaat. Laat haar met rust tenzij zij met je wil praten. Je kunt er niet voor zorgen dat ze zich beter voelt. Jij bent de *bad guy*. Accepteer het gewoon en haal bij je nieuwe vriendin niet dezelfde rotstreek uit.

2. Trek die ene spijkerbroek waarin ze jou zo onweerstaanbaar knap vindt niet aan totdat je zeker weet dat ze niet meer naar je verlangt.

3. Zeg niet dat je haar knap vindt.

4. Breng haar niet in verleiding.

'Ga je dan niet met Kim?'

'Ze gaat een paar dagen weg met haar familie. Ze is vanmiddag al vertrokken.'

'Vindt ze dat niet erg?'

'Nee, ze denkt dat jij je dan misschien iets beter voelt. Ze vindt het verschrikkelijk dat ze jou zo overstuur heeft gemaakt.'

Ik zei niets.

'We gaan gewoon als vrienden,' voegde Jackson eraan toe.

'Goed dat je het zegt, maar dat begreep ik wel.'

'Nou niet zo sarcastisch tegen me doen, hè. Ik neem je mee naar het feest. Net als vroeger.9 En dan kun je toch je jurk aan.'

Op deze manier ging het gesprek nog een tijdje door. De korte versie is dat ik ja zei en helemaal nooit meer aan Angelo dacht, of aan Kim, of aan wat iedereen zou zeggen. Ik dacht alleen aan de mogelijkheid dat Jackson nog steeds iets voor me voelde, dat hij weer van me zou houden in mijn zilveren jurk en hoe we in het maanlicht zouden staan en over de reling naar het licht zouden kijken dat op het donkere water danste.

---

9 Precies hetzelfde als wat hij zei toen hij met Heidi had getennist! Alleen was ons 'vroeger' op dat moment nog maar zes dagen geleden! Maar daar dacht ik allemaal later pas aan. Op dat moment was ik blind.

11. Shiv
(maar dat was slechts één kus)

JE ZOU SHIV NEEL mijn eerste echte vriendje kunnen noemen. Hij was in elk geval de jongen met wie ik voor het eerst vrijwillig zoende en het woord 'vriendin' is zeker door hem gebruikt. En het sloeg op mij. Maar hij was slechts vierentwintig uur mijn vriendje en hoewel de hele school wist dat wij iets hadden, weet ik dus niet of het wel telt. Hoe dan ook, als hij wel mijn vriendje was dan was het behoorlijk pijnlijk, want hij dumpte me, net zoals Jackson, en ik zag het helemaal niet aankomen.

Zou het mijn levenspatroon zijn? Om zonder waarschuwing aan de kant te worden gezet?[1]

Dit is wat er gebeurde. Afgelopen november waren Shiv en ik aangewezen om samen een scène te doen voor toneelles. Als huiswerk moesten we het samen voorbereiden, dus spraken we een paar keer in de pauze af om in een leeg klaslokaal te repeteren. Shiv was (en is) van Indiase afkomst en hij heeft een be-

---

[1] Dokter Z: 'Je bent in therapie om naar je gedragspatronen te kijken. Ze herkennen is een eerste stap naar verandering, als je dat wilt.'
Ik: 'Maar het is geen gedragspatroon. Het is iets wat anderen mij aandoen.'
Irritante stilte van dokter Z.
Ik: 'Inzien dat het een patroon is, maakt niks uit. Het niet-waarschuwen-gedeelte gaat juist om het feit dat er geen waarschuwing is. Ik kan het niet zien aankomen, dus hoe kan ik er dan iets tegen doen?'
Dokter Z: Nog langer stil. Zo mogelijk nog irritanter.
Ik: 'Waarom zeg je niets?'
Zij: 'Omdat ik wil dat je je eigen conclusies trekt.'

hoorlijke neus en de grootste zwarte ogen die je ooit hebt gezien. Zijn ogen fascineerden me. Hij is behoorlijk populair: bevriend met Pete (Crickets vriendje sinds Valentijnsdag) en die ene jongen, Billy Krespin. Hij speelt rugby en basketbal en nu heeft hij iets met Ariel Oliveri. Ik was blij dat ik met hem een scène deed. Ik had hem altijd al leuk gevonden.

Bla bla bla. Al die details van onze gesprekken en de briefjes over wanneer we zouden gaan oefenen en die keer dat we frisdrank op de leraarstafel morsten en die keer dat hij in de coulissen zijn arm om me heen sloeg (maar de lichten waren uit dus niemand kon ons zien) – die details doen er allemaal niet toe. Waar het om gaat is die dag dat hij midden in zijn tekst stopte met voorlezen, zijn script op de grond gooide, me recht in mijn ogen keek en zei: 'Roo, mag ik je iets vragen? Wil jij mijn vriendinnetje zijn?'

'Ja,' zei ik.

Hij kuste me. Hij sloeg echt zijn arm om me heen en kuste me. Ik voelde het in mijn hele lichaam, alsof iemand een schakelaar omzette en er elektriciteit door mijn lichaam schoot.

Zijn huid was zo warm en hij was plotseling zo mooi, en ik dacht: o, dit is waar iedereen zo opgewonden over doet – want dit had ik zeker niet gevoeld bij Michael Malone in mijn nachthemd in het bos. De rest van de pauze zoenden we, leunend tegen de gesloten klasdeur zodat niemand binnen kon komen.

Vriendinnetje! Ik was iemands vriendinnetje! En nog wel van de mooie, populaire, goed zoenende Shiv!

En natuurlijk kon ik het niet voor me houden. Zodra de lessen waren afgelopen, rende ik naar Kim, Nora en Cricket op het binnenhof en vertelde hen het nieuws. Ze waren stomverbaasd en nieuwsgierig: Cricket stond zelfs op en neer te springen. 'Shiv! Argh!' schreeuwde ze.

'Hij is lekker,' zei Nora giechelend.

'Heb je hem in zijn rugbykleren gezien? Hij heeft een paar benen...!' zei Kim.

'Hoe is het gegaan?' wilde Cricket weten.

Ik vertelde ze alles.

Ze wilden nog meer weten.

'Wat voelde je?'

Elektriciteit.

'Waar rook hij naar?'

Nootmuskaat.

'Waar smaakte hij naar?'

Dat wist ik niet.

'Sabbelde hij aan je oor?'

Nee. Gatver! (Gelach.)

'Greep je zijn billen vast?'

'Cricket!'

'Ik zou zijn billen hebben vastgegrepen.'

(Nog meer gelach.) 'Ik heb het niet zo op billen. Dat gaat me te ver.'

'Niet ónder zijn broek!' schreeuwde ze. 'Op zijn broek.'

'Zelfs dan. Bil-grijpen bij de eerste kus gaat te ver.'

'O, nee hoor. Ik denk dat je zelfs nog voor de eerste kus wel even lekker kunt voelen,' zei Cricket. (Hees gelach.)

'Jij legt gewoon je hand op zijn bil en dan knijp je?'

'Tuurlijk, waarom niet?'

'Volgens mij klets je maar wat.'

'Nee. Ik zou het echt doen. Op zijn broek, niet eronder.'

En zo ging het nog een tijdje door.

Toen ik de volgende dag naar school ging, had ik wel vier keer zoveel lipgloss op als anders en Shiv stond naast mijn schoolkastje in de hal. 'Hé Shiv,' zei ik tegen hem.

Hij draaide zich om en liep weg.

Bij poëzie keek hij niet naar me.

In de pauze zei hij niets tegen me en in de mensa ging hij niet eens bij me in de buurt zitten, maar ik had niet veel tijd om erbij stil te staan omdat Kim, Cricket en Nora aan alle meisjes hadden verteld wat er was gebeurd en dus moest ik allemaal vragen beantwoorden van Heidi, Ariel, Katarina en al die anderen.

Bij toneel moesten Shiv en ik onze scène opvoeren.

'Wat denk je?' zei ik na afloop.

'Het ging best goed,' zei Shiv terwijl hij naar de grond bleef kijken. Hij pakte zijn rugtas en liep weg.

Na school zag ik hem naar de bushalte lopen. 'Shiv, wacht op mij!' schreeuwde ik.

Hij liep door.

Op dat moment drong het tot me door dat hij van gedachten was veranderd. Ik voelde me voor lul staan. Had hij onze sessie tegen de deur niet leuk gevonden? Kon ik zo slecht zoenen? (Dat was wel degelijk een mogelijkheid. Zoals ik heb verteld had ik niet veel ervaring.)

Misschien stonk ik uit mijn mond?

Of misschien had er een pulk uit mijn neus gebungeld toen we stopten met zoenen?

Waarom vond hij me opeens niet leuk meer? Wat had ik verkeerd gedaan?

Ik dacht er een hele tijd over na maar ik kwam er niet achter. Ik voelde me een totale mislukkeling. Ik had hem zo leuk gevonden en nu leek hij een hekel aan me te hebben en er was niets wat ik kon doen. Ik was machteloos.

Ik heb hem nooit meer echt gesproken, op een 'hoi' in de gang na.

Toen ik dokter Z over Shiv vertelde, vond zij dat ik hem gewoon moest vragen wat er was gebeurd. Nou ja, ze zegt dit soort dingen nooit op een directe manier. Wat ze zei was: 'Is er een manier waarop je daarachter zou kunnen komen?'

'Nee.'

Stilte. Ze had haar poncho weer aan.

'Nou ja, ik zou het hem natuurlijk kunnen vragen, maar ik ga nog liever dood dan dat ik dat doe.'

Een nog langere stilte. Het was echt een afschuwelijke stilte.

'Het kan me trouwens toch niets meer schelen.'

Een ontzettend lange stilte. Wie koopt in hemelsnaam haar kleren?

'Nou ja, misschien dat het me nog een soort van een beetje kan schelen,' ging ik verder. 'Ik bedoel, ja, toch wel. Ik vond hem leuk. Ik wilde nog een keer met hem zoenen. Het was leuk geweest. En de hele toestand was behoorlijk gênant. Iedereen wist dat we iets hadden en dat het toen alweer over was terwijl we... Ik had het idee dat er over me geroddeld werd.'

'Kun je het hem vragen?'

Ik negeerde haar vraag. 'En dat gebeurt me dus altijd. Gedumpt worden zonder een waarschuwing. Of mensen leuk vinden die mij niet leuk vinden, of die mij niet leuk genoeg vinden, of die mij wel leuk vinden maar niet zo leuk als iemand anders. Je hebt de lijst voor je liggen: Hutch dumpte me voor Ariel, Gideon heeft me nooit leuk gevonden, Ben wist niet eens dat ik er was, Sky had een ander.'

'Altijd hetzelfde liedje?'

'Precies. Hoe komt dat? Ik wou dat ik er iets aan kon doen. Wat het dan ook is.'

Eén kus is nooit gewoon één kus. De kus van Shiv veranderde mijn hele idee over zoenen. En toen ik met Jackson naar het dansfeest ging, was er maar één kus – en die maakte alles nog erger dan het al was.

Je zou denken dat dat niet mogelijk was, maar dat was het wel.

Nadat Jackson had gevraagd of ik met hem naar het feest wilde gaan, moest ik veel telefoontjes plegen.

Eerst moest ik Angelo opbellen dat ik niet met hem kon gaan. Maar ik was supernerveus. Ik had hem nog nooit opgebeld en nu ging ik hem bellen om af te zeggen. Maar hij vatte het heel sportief op. 'Dat is oké,' zei hij. 'Als hij je vriendje is moet je met hem gaan.'

'Ik weet niet of hij mijn vriendje is,' zei ik.

'*Whatever*. Je moet doen wat je moet doen.'

'Oké.' Er viel een ongemakkelijke stilte. 'Daarna is er een feestje bij mij thuis,' zei ik omdat ik me schuldig voelde. 'Rond elf uur. Als je in de buurt bent moet je langskomen.'

'Ja, goed,' zei Angelo, maar ik wist zeker dat hij dat alleen maar uit beleefdheid zei.

'Je moet niet gaan,' zei Cricket toen ik haar belde. 'Het is allemaal veel te verwarrend.'

'We gaan als gewone vrienden.'

'Dan nog.'

'Kim heeft tegen hem gezegd dat hij met mij moet gaan.'

'Dat is Kim. Die voelt zich altijd schuldig.'

'O ja? Zo gedraagt ze zich anders niet.'

'Geloof me,' zei Cricket. 'Dat voelt ze zich wel.'

'Ik ga toch,' zei ik. 'Het wordt vast leuk.'

'Je moet niet gaan,' zei Nora toen ze me belde.

'Ik weet het, maar ik wil het zo graag. En ik heb die jurk.'

'Die jurk kun je ook aan als je met Angelo gaat,' zei zij.

'Ik wil met Jackson gaan. Het was altijd al de bedoeling dat ik

met Jackson zou gaan. Hij heeft me al heel lang geleden gevraagd.'

'Niet echt,' hielp ze me herinneren.

'Het wordt een ramp,' zei ze. 'Misschien moeten jullie met
mij en Matt gaan eten, dan kan het niet uit de hand lopen.'

Matt voegde nog twee mensen toe en we aten met zijn allen in
Space Needle. Dat is een restaurant boven in een oud gebouw
van de wereldtentoonstelling en het hele gebouw draait rond en
tegen de tijd dat je je eten op hebt, heb je een uitzicht van 360
graden gehad. Ze hadden geen vegetarische kaart dus bestelde
ik drie bijgerechten: roomspinazie, aardappelpuree en een salade. Toen reden we met twee auto's naar de pier en stapten net
op tijd op het schip.

Dit is wat ik me van het feest herinner: Cricket zag er prach-
tig uit in haar paarse jurk en met haar blonde haar opgestoken.
Nora zag er sexy uit met een laag uitgesneden, zwarte jurk
waarin haar grote borsten mooi uitkwamen. Ze had haar Instamatic bij zich en nam van ons allemaal foto's.

Jackson raakte mijn hand aan toen we dansten en zei me dat
ik knap was. Je kon haast nergens zitten. Toen de band een
langzaam nummer speelde, vroeg Jackson of ik met hem wilde
dansen en toen we dat deden hield hij zijn wang tegen de
mijne. Toen stelde hij voor om naar het dek te gaan om wat
frisse lucht te halen.

Ik had geen jas. Het was ijskoud op het dek. Hij sloeg zijn
arm om me heen om me warm te houden. Het was de eerste
keer die avond dat we alleen waren. We stonden in het maanlicht, keken over de reling naar het meer, naar het licht dat op
het water danste. Precies zoals ik me dat had voorgesteld. Jackson praatte over een of andere animatiefilm die hij gezien had.

Ik luisterde niet.

Ik keek naar zijn mond en voelde zijn warme hand op mijn koude schouder.

En wat ik toen deed, leek het meest voor de hand liggende wat je je kunt voorstellen: ik legde mijn hand om zijn nek en kuste hem.

Hij kuste me terug.

Ik dacht: dit is goed. Ik vergeef hem alles. Hij wil me terug. We zijn weer samen.

Toen duwde hij me weg. 'Ruby,' zei hij met een vreemde stem en zo hard dat iedereen het kon horen. 'Waar ben je mee bezig? Dat kan nu niet meer. We zijn hier als vrienden. Je weet dat ik met Kim ga.'

Ik keek naar de andere kant van het dek. Daar stonden Heidi Sussman en Finn Murphy naar ons te kijken. Jackson rende voor ze langs en stormde de trap af.

Zodra ik alleen was kreeg ik een angstaanval. Heidi en Finn waren verdwenen en er was niemand meer behalve Meghan met een paar zesdeklassers aan de andere kant en een stelletje met elkaars tong in hun mond. Ik werd zo duizelig dat ik me aan de reling moest vasthouden om niet te vallen, mijn hart bonkte, ik moest heel snel ademen om lucht binnen te krijgen. Ik had het gevoel dat ik geen zuurstof kreeg en alhoewel het ijskoud was, brak het zweet me uit. Uiteindelijk wankelde ik naar een bank.

Noel kwam naar buiten en ging naast me zitten. Hij is die jongen die naast me stond met schilderles en die me met Valentijnsdag dat grappige rijmpje had gestuurd. 'Hoeveel ik van u hou? Zo hoog als varkens kunnen vliegen.' Hij had een smoking aan, wat niemand anders droeg (zij hadden gewone pakken aan) en hij stak een sigaret aan met een ouderwetse zilveren aansteker.

Noel is zo iemand die niet zo nodig vrienden hoeft te zijn met iedereen en het lijkt wel of hij nooit serieus is. Hij doet heel ironisch over Tate en alles waar dat voor staat (bekakte, blanke hockeyers met BMW's) maar hij is heel zelfverzekerd en niemand maakt het hem ooit moeilijk. Zijn warrige haar staat rechtovereind, wat volgens mij heel veel gel vergt. Hij heeft een piercing in zijn linker wenkbrauw. Die avond staken zijn kistjes onder zijn smoking uit en de stalen neuzen glommen in het maanlicht.

Als Noel vriendinnetjes heeft dan zitten ze in elk geval niet op Tate. Hij was alleen naar het feest gekomen. Iemand anders zou daar direct om uitgelachen worden maar hij stond daar ver boven en niemand vond hem een leproos.

'Hé Ruby,' zei hij, en hij liet zich naast me op de bank bij de reling zakken. 'Ik hoor dat er een feestje is bij jou thuis, en dat je vriendje ergens moeilijk over doet en dat jij niet eens een lift hebt naar je eigen fête. Kan dat kloppen of is het alleen maar geroddel?'

Ik kon niet geloven dat ik Jackson iedereen had laten uitnodigen. Hij had waarschijnlijk de halve school uitgenodigd. 'Hoe weet je dat ik geen lift heb?' vroeg ik. (Zou Jackson echt zonder mij zijn weggegaan?)

'Wat denk je?' Noel krabde even aan zijn neus en nam een trekje van zijn sigaret. 'De hele boot heeft het erover.'

'Argh... Nou ja, dan denk ik dat er ook niemand naar mijn huis komt.'

'Ik zou er maar wel op rekenen. Vijf mensen vroegen me of ik ook ging. Ariel Oliveri. Katarina Dolgen. Het wordt een heel spektakel.'

'O... nee.'

'Als ik ben uitgenodigd, kan ik je een lift geven.'

'Natuurlijk ben je uitgenodigd. Ik... ik had niet echt een goede week. Jackson heeft iedereen uitgenodigd. Het was zijn idee.'

Noel glimlachte. 'Dat is oké. Ik weet het. Ik ben heus wel op de hoogte van het laatste Ruby Oliver-nieuws.'

Ik was hem zo dankbaar. Noel was een ridder in een glimmend harnas. Hij gaf me zijn jas zodat ik me daarin kon wikkelen en smokkelde me naar zijn auto. We reden naar mijn huis en mijn ouders hadden aan het eind van de steiger allemaal gekleurde drankjes neergezet en een heel stel klapstoelen en kaarsjes in papieren zakken, wat er heel gezellig uitzag. Toen ik aankwam stonden er al wat mensen: Matt en Nora (die zei dat ze heel erg moe was en dat haar moeder haar zo zou komen halen)[2], Ariel en Shiv, Katarina en Kyle, een hele groep vrienden van Jackson uit de zesde klas, Shep 'Cabbie' Cabot en een meisje uit de zesde met grote borsten, een paar vierdeklassers die ik van hockey kende. Finn en Heidi kwamen even later. Cricket[3] en Pete zijn nooit komen opdagen.

Het was een prachtige avond. Ik was de gastvrouw van een feest met allemaal populaire mensen in prachtige kleren, er stond een jongen in smoking naast me. Het zou zo mooi kunnen zijn.

Maar ik was totaal in de war.

Iemand gaf me een biertje. Ik weet niet meer wie. Ik had misschien ooit weleens een paar slokjes bier gedronken en misschien wat wijn bij een première van mijn moeder, maar nu dronk ik het hele blikje leeg. En ik zou graag zeggen dat wat er daarna gebeurde daar allemaal door kwam – alleen kan ik dat niet omdat ik, zoals dokter Z zegt, verantwoordelijk ben voor mijn eigen daden.

---

[2] Omdat ze namens Kim boos op me was en in feite nooit meer een woord tegen me zou zeggen.
[3] Dito.

Hier is een lijst van deels-door-het-bier-veroorzaakte-ellende die plaatsvond op het steigerfeestje en ik geef toe dat drie dingen echt mijn eigen stomme fout waren.

Eén: ik hield Noels hand vast. Toen Finn en Heidi aankwamen greep ik met opzet naar zijn hand omdat ik op zoek was naar bescherming. Hij hield mijn hand een tijdje vast en ik vond dat fijn. Maar toen ik er de volgende dag over nadacht, had ik spijt. Het was niet mijn bedoeling geweest om met hem te flirten.[4]

Twee: het werd al snel duidelijk dat in het verhaal dat Heidi op de boot had rondverteld, het hoofdstuk over Jackson die mij terugkuste, niet voorkwam. Terwijl hij dat toch echt deed, zeker twintig seconden, dat zweer ik. Heidi's verhaal[5] ging over Jackson als trouwe heilige die een goede daad had verricht door de arme, afgewezen, schele ex-vriendin mee te nemen naar het dansfeest omdat zij niemand anders had om mee te gaan. Maar toen had ze (ik dus) hem ongewild op de mond gezoend en hij had haar (mij dus) weg moeten duwen om trouw te kunnen blijven aan die kontloze trut met wie hij op dat moment ging (Kim), wat hij natuurlijk altijd zou doen en niet omdat hij echt om haar (Kim) geeft maar omdat hij zo'n nette jongen is.[6]

Drie: Angelo Martinez dook plotseling op! Ondanks dat ik hem zelf had uitgenodigd, had ik in geen duizend jaar verwacht

---

[4] Oké. Misschien was dat wél mijn bedoeling geweest. Hij was leuk. Ik had behoefte aan aandacht. Ik wilde me iets minder een mislukkeling voelen. Deze toevoeging is het resultaat van weer een therapiesessie met dokter Z.

[5] Dat ik te horen kreeg door ongegeneerd een gesprek af te luisteren tussen haar en Ariel.

[6] Bij geschiedenis heeft meneer Wallace het vaak over hoe de media, afhankelijk van hun politieke agenda, hun eigen verhaal spinnen. Zo zal een linkse krant benadrukken hoeveel oud-president Clinton voor de economie heeft gedaan terwijl een rechtse krant misschien vooral aandacht schenkt aan het feit dat hij zijn broek nooit aan kon houden. Heidi spon haar eigen verhaal over het Jackson versus Roo-drama, waarschijnlijk omdat ze Jackson nog steeds leuk vindt. Behalve dokter Z, was niemand ooit geïnteresseerd in mijn kant van het verhaal, maar ik schrijf het nu toch op: ->

dat hij ook echt zou komen. Maar daar stond ik dus. Ik was duizelig van het bier en terwijl ik met Noel praatte ergerde ik me
aan al die mensen die met alle plezier ons frisdrank opdronken
en op onze steiger stonden en tegelijkertijd kwijlden om mijn
afwijzingen en vernederingen. Ik probeerde Noel uit te leggen
waarom ik nooit meer met Jackson wilde praten en dacht hij
soms dat Jackson mij nog leuk vond? En op dat moment ging
mijn blik naar Katarina en zag ik dat ze met niemand anders
stond te praten dan met Angelo! Hij droeg een chino en een
sweatshirt en hij hield een corsage in zijn handen.

'Hoi,' zei ik, en ik liep naar hem toe.

'Hoi,' zei hij.

'Is dit je nieuwe vriend, Roo?' vroeg Katarina.

Angelo negeerde haar en gaf me de corsage die in een door-
zichtige plastic doos zat. Gele rozen, net als met zijn feest. 'Ik
had van tevoren betaald,' zei hij. 'Nog voordat je gebeld had, dus
ik dacht dan kan ik het net zo goed ophalen en langsbrengen.'

'Dank je.'

'Ik hoop niet dat je vriend het erg vindt.' Angelo maakte de
doos open en haalde de bloemen eruit. Ik keek naar de rode anjers van Jackson die nog steeds aan het bandje van mijn jurk
vastzaten maar die er slap bij hingen.

Ik trok ze los en vertrapte ze met de hak van mijn zilveren
schoen. 'Hij vindt het vast niet erg,' zei ik. 'Dat kan ik met ze-
kerheid zeggen.' Ik ging op mijn tenen staan en kuste Angelo

Jackson hield Kim wel degelijk voor de gek toen hij aan Ruby vroeg of ze met hem naar
het feest wilde gaan omdat Jackson Roo nog steeds leuk vindt, ze hebben tenslotte wel
een halfjaar verkering gehad. Hij schuifelde met haar en gaf haar het gevoel dat ze verschrikkelijk sexy was. Hij vroeg of ze op het dek een wandeling bij maanlicht wilde maken.
Hij sloeg zijn arm om haar heen en deed dat helemaal niet als een 'gewone vriend'. Hij
was verdomme romantisch aan het doen! En hij kuste haar terug toen zij hem kuste,
omdat dát was waar hij al die tijd op uit was.
En toen, op het moment dat hij werd betrapt, deed hij plotseling heel anders.

op zijn wang. 'Dit is precies wat ik nodig had,' zei ik. 'Heel erg bedankt.'

'Geen dank,' zei hij, en toen boog hij zich voorover en kuste míjn wang, alleen wel iets dichter bij mijn mond dan bij een gewone wangzoen. Er liep een rilling langs mijn ruggengraat.

'Roo, waar ben je in godsnaam...'

Ik draaide me om en daar kwam Jackson met grote passen aan gelopen. Zijn stropdas zat los. De vertrapte anjers. De kus. Hij had het allemaal gezien.

'Wat doe jij hier?' vroeg ik, en ik ging iets verder bij Angelo vandaan staan.

'Wie is die jongen?'

'We waren niet...'

'Ik kan jou helemaal niet vertrouwen!' zei Jackson.

'Míj niet?'

'Ik ben teruggekomen om te praten,' fluisterde Jackson met zijn lippen vlak bij mijn oor. 'Ik heb de hele tijd rondgereden en over alles nagedacht omdat ik me klote voelde over wat er op de boot is gebeurd.' Hij zweette. Ik had geen idee wat ik moest zeggen. 'Ik dacht dat je van me hield,' ging Jackson verder. 'Maar kennelijk had het allemaal niets te betekenen.'

'Wat?'

'Je staat hier gewoon met iemand anders te zoenen.'

'Jackson!'

Hij draaide zich om en liep met grote stappen terug naar zijn auto.

Toen ik me omdraaide was Angelo verdwenen.

Vier: mijn moeder vond een leeg bierblikje. 'Roo, wat moet dit hier? Ik ben zo teleurgesteld in je. Je weet dondersgoed dat sommige mensen nog moeten rijden. Bla bla bla.' Het was niet eens belangrijk vergeleken bij de rest, maar ik moest wel luisteren naar haar eindeloze preek terwijl ik om eerlijk te zijn niet eens in staat was om erop te reageren.

Daar stond ik dan, terwijl mijn moeder naar me schreeuwde, Heidi over me roddelde, ik helemaal in de war was door de Noel-dynamiek, Angelo waarschijnlijk boos op me was en Jackson dacht dat ik hem belazerde/hem al vergeten was/gewoon een viezerik was – en je zou denken dat het niet erger kon. Maar ha! Dit is mijn leven. De dingen kunnen altijd nog slechter gaan dan je denkt.

Vijf: ik stond voor onze boot te luisteren naar de uiteenzetting van Elaine Oliver, die zonder dat je dat wilt op luide toon en op de meest irritante manier levenslessen kan geven en die juist op haar dramatische hoogtepunt was aangekomen, toen Meghan aan kwam lopen. De andere kinderen stonden ongeveer vijfentwintig meter verderop nog te feesten. Ik had Meghan op de boot in het voorbijgaan wel gezien en ze zag er verbluffend uit in haar zwarte strapless jurk en haar parelketting. Heel anders dan haar normale schoolkleren. 'Dag mevrouw Oliver,' zei ze zo beleefd als maar kan.

'Meghan, wat leuk om je te zien!' Mijn moeder klonk plotseling poeslief. 'Heb je je vermaakt op het Lentefeest?'

'Ja,' zei ze. 'Ik heb Buck net weggebracht en op de terugweg zag ik al die kaarsjes. Geef je een feestje, Roo?'

'Zeker,' zei mijn moeder, een en al gastvrijheid. Je zou nooit denken dat dit dezelfde vrouw was die een paar seconden geleden nog schreeuwde dat ik een 'onnadenkend, onverantwoordelijk feestbeest was dat andere mensen in gevaar bracht' en dat terwijl ik het bier niet eens zelf had gekocht. 'Wil je wat fris?' vroeg mijn moeder aan Meghan. 'Je hebt een prachtige jurk, liefje.'

'Dank u.'

Mijn moeder liep naar een van de emmers met ijs.

'Roo, waarom heb je mij niet uitgenodigd?' vroeg Meghan zodra mijn moeder buiten gehoorsafstand was.

'Wat?'

'Voor je feestje.' Ze klonk gekwetst. 'Dacht je dat ik er niet achter zou komen? Ik woon zowat naast je.'

Om eerlijk te zijn had ik er niet eens aan gedacht. Meghan bracht me wel elke dag naar school en we zongen wel samen liedjes in de auto en we gingen wel naar de drive-in Starbucks en leenden geld van elkaar, maar ik had haar nooit als een vriendin gezien. Ik was er kennelijk van uitgegaan dat ze wel met Bick en de Wipper en een stelletje andere zesdeklassers naar een of ander feest zou gaan en dat het haar niet kon schelen wat ik en mijn groepje vierde- en vijfdeklassers gingen doen.

'Ik... ik was het wel van plan,' stamelde ik. 'Het is een foutje. Jackson heeft alles geregeld. Ik heb me er eigenlijk helemaal niet mee bemoeid.'

'Ben je kwaad op me of zo?' vroeg Meghan. 'Ik dacht dat we vriendinnen waren.'

'Ik was Noel ook vergeten uit te nodigen,' zei ik. 'Hij was niet boos. Hij is gewoon langsgekomen. Het heeft echt niets met jou te maken.'

'Ik zou nooit een feestje geven zonder jou uit te nodigen,' zei Meghan. 'We gaan elke dag samen naar school. We zijn buren.' Ze rilde, haar magere armen zagen er koud en kwetsbaar uit tegen de achtergrond van haar zwarte, zijden jurk.

'Hier Meghan,' zei mijn moeder toen ze terugkwam met een ijskoud blikje. 'Ik hoop dat ginger ale goed is. Dat is alles wat er nog over is. Ik heb nog gezocht naar cola maar dat is allemaal al op. Je zult het met een onpopulair drankje moeten doen.'

'Prima,' zei Meghan en ze glimlachte lief naar mijn moeder. 'Ik ben toch een onpopulair meisje. Vindt u het erg als ik het meeneem? Ik ben bekaf. Ik moet maar eens naar huis gaan.'

Ik ging naar binnen en in de badkamer had ik opnieuw een angstaanval.

Die maandag na het feest wilde helemaal niemand meer met me praten. Meghan was niet komen opdagen dus had mijn moeder me uiteindelijk gebracht. Kim was terug van haar familiereisje en ik kon van kilometers afstand voelen dat zij en Jackson me negeerden.

Ik probeerde met Cricket en Nora te praten maar Cricket zei alleen maar: 'Straks, oké Roo? We moeten nog wat doen,' en ze gingen samen naar de mensa en ontweken me de rest van de dag. Katarina en haar groepje waren niet onaardig maar ik wist dat ze alleen maar nieuwsgierig waren naar wat er met Angelo en Jackson gebeurd was, zodat ze iets hadden om over te roddelen, en dus deed ik mijn best om niet met ze te hoeven praten.

De enige die aardig tegen me deed, was Noel. We hadden samen schilderles en daarna liep hij met me mee over het binnenhof. Zijn vingers zaten onder de verf en alhoewel er overal leraren rondliepen die hem konden betrappen, stak hij met een stalen gezicht een sigaret op.

'Nog bedankt voor de lift zaterdag,' zei ik.

'Tot uw dienst.'

'Ik weet niet wat ik zonder jou had moeten doen.'

'Dan zou iemand anders je wel een lift gegeven hebben.'

'Misschien.'

'Je gaf een feestje, Roo.'

'Dat is waar.'

'Je bent de heldin van het Tate-imperium,' zei Noel. 'Wat ze ook van haar zeggen,' zei hij met een lage stem, alsof hij een televisiecommentator was, 'wat ze ook van haar denken, Ruby Oliver ging onverschrokken verder. Ze gaf feestjes, kuste andermans vriendjes, hield de handen vast van vreemde mannen. In haar betoverende zilveren jurk, schopte ze iedereen opzij die haar probeerde tegen te houden...'

Ik lachte. 'Maar waarom voel ik me dan een leproos?'

'Onze heldin zat plotseling onder de groene lepravlekken,' ging Noel verder met zijn commentatorstem, 'maar dat deed niets af aan haar schoonheid, noch aan haar miraculeuze kung fu- en schildertalenten.'

Ik maakte een kickbokssprong in de lucht. 'Tcha!'

'Even serieus,' zei Noel. 'Ben je niet bang om samen met mij gezien te worden? Na wat iedereen over ons zegt?'

'Wat bedoel je?'

'Minstens drie mensen hebben al gevraagd of wij nu iets hebben.'

'Maak je een grap?'

'Cricket vroeg wat ik van die Dalí-poster vond in je kamer.'[7]

'Vroeg ze dat?'

'En Nora vroeg of we een nieuw stel waren.'

'Nora? Waarom vroeg ze dat niet gewoon aan mij?'

'En Josh vroeg of ik al langer achter Jacksons rug met jou aan het rommelen was.'

'Josh is een debiel.'

'Ja... maar hij zegt wel wat andere mensen denken.' Hij nam een laatste trek van zijn sigaret en maakte hem toen met de hak van zijn kistje uit. Ik vroeg me af of Noel had gezien dat ik een soort van gezoend had met Angelo. Waarschijnlijk niet maar hij zou het hoe dan ook snel genoeg te horen krijgen.

Ik bekeek hem. Hij had fijne gelaatstrekken, was mager en droeg een leren jas.

Hij keek me aan. 'Het maakt mij niet uit als ze dat soort dingen zeggen, hoor,' zei hij. 'Ik heb er geen last van.'

---

[7] Dat is van een schilderij van een surrealistische schilder die Dalí heet en die echt een waanzinnige puntsnor heeft. Het heet 'Zacht horloge op het moment van de eerste explosie'. Je ziet een bijna vloeibaar zakhorloge, echt enorm, dat op het punt staat zichzelf te vernietigen. Ik vind het geweldig.

Ik vroeg me af of hij mijn hand had vastgehouden omdat hij me leuk vond of omdat hij aardig was. Ik vroeg me af of hij meisjes sowieso wel leuk vond. Het was bij hem moeilijk te zeggen, net als dat het moeilijk was om te zeggen wanneer hij serieus was en wanneer niet. Hij zat net als Jackson in het marathonteam maar het leek hem niets uit te maken of hij won of niet. En hij rookte maar was voor de rest heel verstandig: geen bier, geen drugs, geen vlees, geen giftige stoffen. Hij dronk zelfs worteltjessap.

Je kon hem niet in een hokje plaatsen.

'Ik zeg gewoon wat jij wilt dat ik zeg,' ging hij verder. 'Er is nooit iets gebeurd. Of we hebben al sinds kerst iets met elkaar. Of we hebben een fantastische one-night-stand gehad. Wat je maar wilt. Het kan me geen reet schelen wat Cricket en Nora denken. Of wat Jackson Clarke denkt, ook al is hij veel groter dan ik. Het zijn toch maar een stelletje Tate-eikels.'

'Het zijn wel mijn vrienden, Noel,' zei ik plotseling, omdat ik me aangevallen voelde.

'Lekkere vrienden.'

'Wat bedoel je daarmee?'

'Ik bedoel: als dát je vrienden zijn, heb je geen vijanden meer nodig.'

'Het is gewoon een misverstand. Het komt allemaal weer goed.'

Noel schudde zijn hoofd. 'Je hebt een hogere pet van ze op dan ik, Ruby. Zie je niet hoe nep die meisjes allemaal zijn? Laat ze toch lekker. Wat kan jou het schelen. Als je ouder bent kun je er vast om lachen.'

Ik wilde hem wel geloven en me bij een stelletje punkers aansluiten en een cynische houding ontwikkelen zodat ik me niets meer van hen zou aantrekken. Ik wilde wel helemaal opnieuw beginnen in een andere groep waar het er niet toe deed wat al deze mensen van me dachten. Maar ik kon het niet.

Ik hield van ze.

'Geloof me,' zei hij. 'Je kunt een leven hebben zonder Jackson Clarke of Cricket McCall.'

Ik ben niet cynisch. Ik ben het tegenovergestelde van cynisch – wat dat dan ook mag zijn. Ik ben overgevoelig.

'Waarom loop je achter me aan, Noel?' zei ik. 'Rot toch op.'

Natuurlijk kreeg ik kort na die Noel-toestand een angstaanval en dinsdag deed ik alsof ik ziek was en bleef de hele dag thuis om winegums te eten en een detective te lezen. Omdat ik op dat moment nog niet wist wat een angstaanval was, dacht ik eigenlijk dat ik een hartaanval dan wel longziekte had, maar ik zei tegen mijn moeder dat ik last had van vreselijke hoofdpijn en buikkrampen. Ik mocht thuisblijven maar de eerste twee uur viel ze me constant lastig met spierontspannende kruidenthee en warme kruiken terwijl ze heen en weer rende van mijn slaapkamer naar haar bureau omdat ze een tekstopdracht moest afmaken. Eindelijk, eindelijk moest ze weg omdat ze een vergadering had en kon ik een douche nemen, een flinke huilbui krijgen en de zak winegums leegeten die mijn vader in zijn kantoortje verstopte.

Woensdag ging ik weer naar school en verpestte een wiskundeproefwerk omdat ik daar helemaal niet meer aan gedacht had. Bij geschiedenis fluisterde Kim 'slet' tegen me en meneer Wallace hoorde het en gaf een hele uiteenzetting over de negatieve effecten van kwalificaties en hoe woorden zoals slet bedoeld zijn om de seksuele vrijheid van vrouwen in te perken en dat er een heel scala aan woorden is die eigenlijk allemaal slet betekenen[8] maar dat er voor mannen helemaal geen scheld- -

---

[8] Hoer! Sloerie! Del!

woorden van deze strekking zijn en zei dat niet iets over hoe we in onze maatschappij tegen vrouwen aankijken? Hij zei dat je beter kon zeggen: 'een meisje dat haar seksualiteit gebruikt om waardering te krijgen van de andere sekse'. Of, als je er op een andere manier naar keek: 'een vrijgevochten, open meisje dat jongens leuk vindt en zich niet belemmerd voelt om haar affectie te tonen maar dat verkeerd begrepen wordt'. Bla, bla, bla.

Ik weet zeker dat hij het goed bedoelde maar ik wilde Kim op mijn beurt een megaslet noemen en er verder niet meer over nadenken.

Ik liet drie ballen door toen we een hockeywedstrijd tegen de Nightingale-school speelden (ik sta op doel) en het hele team was kwaad op me. En na de wedstrijd zei ik dat ik wel naar de film wilde met Cabbie, die rugbyspeler die ik nauwelijks kende en die naar hockeywedstrijden kwam om naar meisjes te kijken en die mij waarschijnlijk alleen maar mee uit vroeg aangezien hij dankzij meneer Wallace' epische uiteenzetting over het woord slet, de maatschappelijke context van het woord en de geschiedenis ervan, had gehoord dat ik een slet was, omdat niemand die dag in de mensa en op het binnenhof ergens anders over praatte.

Ik weet niet waarom ik ja tegen hem zei. Eigenlijk wilde ik helemaal niet met hem uit.

Maar ik wilde op vrijdagavond ook niet alleen thuiszitten.

Ik dacht dat het die avond aan tafel met mijn ouders best wel goed ging. Ik zat daar en schoof mijn zilvervliesrijst van de ene naar de andere kant van mijn bord, zoals ik altijd deed. Maar toen had ik de vijfde angstaanval. Onder het eten. En dat was het moment waarop mijn moeder zeker wist dat ik anorexia had en mijn vader ervan overtuigd was dat ik zelfmoordneigingen had en mijn moeder Meghans moeder liet komen en daarna Juana belde en vervolgens dokter Z.9

De volgende dag had ik mijn eerste afspraak bij haar en op vrijdagochtend had ik de kladversie van de vriendjeslijst af, die ik – omdat ik geestelijk gestoord ben – in de prullenbak op school gooide.

Maandagochtend kwam ik te laat op school omdat ik met de bus moest (Meghan was sinds het feestje bij mij thuis niet meer komen opdagen) en toen vond ik de kopie in mijn schoolkastje. Het was een grijs uitgeslagen kopie van het mooie, crèmekleurige briefpapier dat mijn oma voor me had gekocht met 'Ruby Oliver' aan de bovenkant. Het blaadje was gekreukeld en toen onder het glas van de kopieermachine weer platgedrukt.

Het was de eerste kladversie van de vriendjeslijst voor dokter Z, in de verkeerde volgorde, met overal pijlen, doorgekraste namen, namen die ertussen waren gepriegeld en stomme opmerkingen.

Ik keek naar de wand met kastjes. Hetzelfde kopietje stak uit ongeveer tien kastjes van de bovenbouw en uit nog een paar kastjes van de onderbouw maar het was duidelijk dat de meeste mensen hun post al hadden opgehaald. Ik griste de achtergebleven kopieën uit de kastjes en propte ze in mijn rugtas. En toen begon mijn hart opnieuw als een gek te bonzen en het leek of ik geen adem meer kon halen. Zou ik overlijden aan een hartaanval veroorzaakt door totale vernedering? Ik wankelde naar de meisjestoiletten en ging op de vloer zitten. Mijn longen piepten en ik staarde naar de kopie. Afschuwelijk.

Wie had dit gedaan? En waarom?

Finn. Hutch. Gideon. Frank. Shiv. Jackson. Noel. Cabbie. Dat waren allemaal jongens van Tate, alhoewel Frank en Gideon al-

---

9 Wat, nu ik eraan denk, bijna zeker betekent dat Angelo weet dat ik een neuroot ben die aan angstaanvallen lijdt, omdat mijn moeder het aan Juana heeft verteld en Juana het waarschijnlijk tegen hem heeft gezegd.
Niet dat hij na wat er is gebeurd ooit nog met me wil praten, maar toch.

lang weg waren. Dan Adam. Ben. Tommy. Sky. Michael. Angelo. Billy. Niemand wist wie zij waren.

Maar er was wel een Adam Bishop die bij schilderen zat. En Ben Ambromowitz was een vierdeklasser die ik van zwemmen kende. En Cricket had in de derde iets gehad met Tommy Parrish. Sky Whipple (de Wipper) was captain van het roeiteam. Michael Sherwood zat bij geometrie in mijn klas. Frank Hilgendorf was een knappe derdeklasser op wie heel veel meisjes een oogje hadden. En Billy Alexander was een vriend van Bick uit de bovenbouw – of je had Billy Krespin met wie ik in het biologielaboratorium proeven had gedaan.

Behalve Angelo en Gideon, kon elke naam op de lijst van een jongen zijn die op Tate zat.

Wat zou iedereen denken?

Dat het een lijst van jongens was in wie ik mijn slettenklauwen wilde slaan?

Dat het een lijst van jongens was in wie ik mijn slettenklauwen al hád geslagen?

Dat de volgorde waarin ik de namen had gezet een of andere classificatie aangaf? Van hoe knap ze waren, hoe goed ze konden zoenen, hoe goed ze in bed waren?

Hoe mensen de lijst ook interpreteerden, het leek er hoe dan ook op dat ik een mannenverslinder was die al smikkelend een spoor van vernieling achterliet onder de beschaafde bevolking van Tate en dat ik geen greintje medelijden had met de arme, gekwetste vriendinnetjes die links en rechts van ellende in elkaar stortten.

Iedereen had vrijdag het kopietje uit de vuilnisbak kunnen halen, maar Kim was de enige die de lijst zou kopiëren.

Ik sloeg mijn eerste les over en verstopte me min of meer in de wc's. Toen dwong ik mezelf om naar toneelles te gaan. Toen we ons door het toneelstuk *Een poppenhuis* van Ibsen worstelden, en we in een kring moesten zitten en de toneelleraar steeds iemand aanwees om voor te lezen, zag ik het kopietje uit een paar multomappen steken. Later in de gang, hoorde ik gefluister als ik voorbijkwam.

Tommy Parrish en Ben Ambromowitz wierpen me vreemde blikken toe.

De Wipper kneep in de gang in mijn kont.

Cabbie en Billy Alexander vertelden elkaar de grootste onzin over mij terwijl duidelijk was dat ik ze kon verstaan.

Omdat Ariel nu verkering met Shiv heeft, liep ze in de mensa zo hard tegen me aan dat mijn schouder helemaal beurs aanvoelde. 'O,' zei ze op luide toon, 'ik geloof dat ik er even geen rekening mee hield dat andere mensen ook gevoelens hebben.'

Michael van geometrie keek helemaal verlekkerd naar me en bewoog zijn wenkbrauwen op en neer en toen gaf hij een briefje aan me door waarop stond: 'Jij staat ook op mijn lijst.'

Frank Hilgendorf zei 'hoï' in de gang en lag vervolgens dubbel van het lachen.

In de klas gromde Finn op fluistertoon: 'Je hebt alles alleen maar nóg erger gemaakt dan het al was, weet je dat?'

'Wat?' vroeg ik.

'Waarom doe je in hemelsnaam zoiets? Je weet hoe Kim is als ze kwaad is.'

'Ik heb het niet geschreven zodat iedereen het kon lezen,' begon ik – maar hij draaide zich om en wilde niets meer zeggen.

Zo ging het de hele week. Eerst was ik een leproos en nu een leproos én een slet.[10] Tegen de tijd dat het vrijdag was zat de

---

[10] De enige die dus in elk geval nog iets tegen me zei, al was het niet uit zichzelf, was Nora, omdat ik haar vroeg of ze boos op me was om dat kopietje. 'Je kent me toch beter?' zei ze, alsof ze niet geloofde wat er allemaal over de lijst werd gezegd. Maar ze was woedend op me omdat ik Jackson had gekust en dat ik dus, omdat hij van Kim was, de 'regels voor vriendjes op een kleine school' had overtreden. Het was dus niet zo dat ze aan mijn kant stond.

muur van het meisjestoilet in het hoofdgebouw helemaal onder de anti-Roo-graffiti.

'Wie denkt Ruby Oliver wel dat ze is?' (Dit is Kims handschrift.)

'Mata Hari.'

'Pamela Anderson.'

'Gods geschenk aan de man.'

'Ruby Oliver is... (vul in).'

'Een onbetrouwbare vriendin.'

'Een fantast.'

'Slet.' (Weer Kim.)

'Stop. We mogen geen slet meer zeggen!'

'Sloerie.' (Kim.)

'Del.'

'Hoer.'

'Wie weet waar die vriendjeslijst op slaat? Vul je antwoord hieronder in.'

'Jongens die ze gepijpt heeft. Degene met de langste staat bovenaan.'

'Ik heb gehoord dat ze achter het gymgebouw op haar knieën gaat.'

'Jongens die ze een beurt heeft gegeven. In volgorde van verovering.'

'Jongens die ze gehad heeft terwijl ze een vriendin hadden.' (Kim.)

'Denk je echt dat ze Hutch een beurt heeft gegeven? Gatver.'

'Misschien moet je ervaring hebben om hem lekker te vinden.'

En dan, in Nora's sierlijke handschrift: 'Kom, kom dames. Ze is misschien een onbetrouwbare vriendin maar we maken toch allemaal lijstjes van jongens die we knap vinden? Volgens mij is dit gewoon zo'n lijstje. Meer niet.'

'Zou ze voorbehoedsmiddelen gebruiken?'

'Ik heb gehoord dat ze misschien een SOA heeft.'

'Denk je dat ze Billy A. besmet heeft? Hij is zo'n lekker ding.'

'Billy Alexander heeft condooms in zijn kontzak zitten.'

'Cabbie ook.'

'Big deal als ze Cabbie heeft gehad. Heeft niet iedereen inmiddels iets met hem gedaan?'

'Het blijft smerig.'

Ik probeerde alles met een nat papieren handdoekje weg te
krijgen maar je kon het nog steeds zonder moeite lezen, zeker
de dingen die met een zwarte Magic Marker waren geschreven.
Ik pakte een borstel en een of andere spray uit de kast van de
conciërge en zat juist op mijn knieën te schrobben, toen Kim
binnenkwam.

Het was de eerste keer dat ik alleen met haar was sinds ze
met Jackson ging. Ze negeerde me en begon met een haarspeld
haar haar op te steken.

'Jij hebt die kopieën gemaakt, hè?' zei ik.

'En wat als ik dat inderdaad heb gedaan? Nu weet iedereen
tenminste wat voor iemand je echt bent.'

'En ben jij ook begonnen met deze teksten?'

'Nee.' Ze ging gewoon door met haar haar.

'Echt niet?'

'Dat gaat je niks aan.'

'Ik ken je handschrift, Kim.'

'Waarom vraag je me het dan?'

'Het was een lijst die ik voor mijn psychiater moest maken,
oké? Ik zit nu in therapie en daarom moest ik die lijst maken.'
Kim was stil. 'Ik ben behoorlijk kapot.'

'Vertel mij wat,' zei ze op een sarcastische toon.

'Ik ben gek aan het worden,' zei ik. 'Omdat mijn beste
vriendin mijn vriendje heeft afgepakt. Ik vertrouwde haar maar
ze viel me van achteren aan.'

'Ik heb hem niet afgepakt. Het was het lot.'

'Wat is het verschil? Vertel me dat eens.'

'Wij houden van elkaar,' zei ze vinnig.

'Ik dacht dat je mijn vriendin was.'

'Ik heb je al verteld dat we er niet op uit waren. Het moest gewoon zo zijn.'

'Waarom ging hij dan met mij naar het Lentefeest?'

'Hij wilde aardig zijn, Roo. Hij heeft me alles verteld.'

'Dat zegt híj!'

'Hem vertouw ik wel,' zei Kim. 'Ik weet precies wat er gebeurd is. Jij bent degene die ik niet kan vertrouwen.'

'Ik?' De natte borstel was op mijn schoot gevallen en mijn ribbroek werd kleddernat, maar het kon me niets schelen. 'Wat heb ik ooit achter jouw rug om gedaan?'

'Met Finn was je ook nooit te vertrouwen,' spuugde ze eruit. 'Je zat altijd met hem te flirten.'

'Ik praatte niet eens met hem,' zei ik.

'Nee, maar je zat altijd naar hem te kijken en met je wimpers te knipperen en dan sloeg je je benen over elkaar met die netpanty's van je en je ontweek hem altijd, alsof hij wanneer hij ook maar even met je zou praten, gelijk verschrikkelijk verliefd op je zou worden.'

'Wát?'

'Ik heb je toen wel gezien met Halloween. En wat deden jullie als jullie met z'n tweeën waren?'

'We waren nooit met z'n tweeën!'

'Er was in elk geval wel wat tussen jullie. Daarna bleef hij maar praten en praten over hoe leuk jij was. En dat hij een jaguar-Freddy-Krueger-iets was.'

'Freddy Krueger-katje.'

'Whatever. Iets waar alleen jullie om moesten lachen.'

'Hij was trouwens een panter.'

'Daar gaat het niet om. Je zat zowat boven op hem.'

'Dat zat ik helemaal niet.'

'Vanaf dat moment. Of eigenlijk al voor die tijd. Jullie draaiden om elkaar heen alsof jullie een of ander groot geheim deelden waar verder niemand iets vanaf wist. Hij vroeg altijd naar je.'

'Kim! Er is nooit iets gebeurd.'

'Het maakt niet uit,' snauwde ze. 'Ik wil hem toch niet meer. Maar voordat je gaat lopen vertellen dat ik jouw vriendje heb afgepakt, moet je je misschien eerst eens afvragen wat voor een vriendin je zelf bent.' Ze ritste met een snelle ruk haar rugtas dicht. 'Kijk eens naar jezelf Ruby,' zei ze terwijl ze naar de deur liep. 'Ik ben misschien een trut omdat ik die kopieën heb gemaakt, maar als het jou ook maar even aan het denken zet over dingen die jij hebt gedaan die echt niet kunnen, zoals mensen zoenen die je niet zou moeten zoenen en gewoon maar een beetje met iedereen lopen flirten zonder erbij stil te staan wat anderen voelen, dan ben ik blij dat ik het heb gedaan.'

En toen was ze weg.

Mijn vader wil altijd dat ik me in anderen verplaats. De dingen vanuit hun perspectief bekijk en hen probeer te vergeven. En nu het hele debacle bijna vier maanden oud is, kan ik wel zeggen dat ik denk dat Kim gelijk had over mij en Finn. Niet dat hij echt verliefd op me is, niet dat ik echt verliefd op hem ben of dat we ooit iets verkeerds hebben gedaan maar ik zorgde wel dat ik uit zijn buurt bleef omdat ik op de een of andere manier wist dat ik in staat was om Kims vriendje af te pakken, omdat ik wist dat er iets onderhuids speelde. En hij keek inderdaad naar me, vooral als ik netpanty's droeg, en ik vond dat inderdaad leuk. De spanning tussen ons was niet gezond als hij iets had met mijn beste vriendin. Ik bedoel, ik heb hem op de lijst gezet terwijl er nooit echt iets romantisch tussen ons is gebeurd. Dat moet toch wel iets te betekenen hebben.

Dus zat ik verkeerd. Wat Finn betreft. En ik besloot geen netpanty's meer te dragen.

Kim gelooft in het lot. Zij gelooft dat Tommy Hazard ergens rondloopt om haar ware te worden en nu gelooft ze dat Jackson het is. Hem. Haar Tommy Hazard. Ze gelooft niet dat hij mij terugzoende of dat hij naar mijn feestje kwam omdat hij mij terug wilde, omdat zij wil dat hij de ideale jongen is naar wie zij altijd heeft verlangd. En ik kon toch niet zo dol zijn op Jackson als ik ook met Finn liep te flirten, denkt zij, en ze was dus toch al boos op me over dat Finn-gedoe wat het allemaal makkelijker maakte om zonder schuldgevoel iets met Jackson te beginnen.

Kim speelt volgens de regels. Ze doet constant haar best om een goed meisje te zijn, ze doet vrijwilligerswerk en haalt hoge cijfers en zorgt dat ze nog meer presteert dan de dokters Yamamoto toch al van haar verwachten. Als iemand (ik) niet aan haar eisen voldoet dan geeft ze diegene de volle lading omdat ze vindt dat diegene dat heeft verdiend. En ze vond dat ik die kopie had verdiend.

Als ik mijn moeder ooit zou vertellen wat er met de vriendjeslijst was gebeurd (wat ik nooit heb gedaan), dan zou ze me zeggen dat Kim een achterbakse roddelaarster was. En ze zou zeggen dat ik mijn woede moest uiten, het hele gedoe met Kim moest vergeten en dat ik mijn leven gewoon moest oppakken en iets met soja moest eten.

Mijn vader zegt dat ik moet vergeven.

Mijn moeder zegt dat ik moet vergeten.

Maar ik wil geen van beide doen. Dat ik weet waarom Kim zo doet, betekent niet dat ik het ook goedvind wat ze heeft gedaan.

En ik kan haar ook niet vergeten. We zitten op dezelfde school.

De maandag na die confrontatie met Kim in de wc's, stond ik bij de bushalte de strippagina van de krant te lezen en een pakje sinaasappelsap te drinken, toen Meghans Jeep plotseling de stoep op reed. Ze hing uit het raampje aan de passagierskant en zei: 'Je moeder zei al dat ik je hier zou vinden. Stap in.'

Ik stapte in. Ze trapte op het gaspedaal.

We reden tien minuten zonder iets te zeggen. Toen sloeg ze af richting de drive-in Starbucks en bestelde wat we altijd namen: vanillecappuccino's. 'Ik trakteer,' zei ze.

'Hoezo dat?'

Meghan keek me aan. 'Je hebt een slechte week.'

'Ja... Ik heb een slecht leven.'

'En je hebt van tevoren benzinegeld betaald,' zei ze. 'Dus nu heb je wat van me te goed, omdat ik je niet kwam ophalen.'

Meghan draaide aan de volumeknop en tot aan school zongen we zo hard als we konden mee met stomme liedjes op de radio.

12. Billy
(maar hij belde niet)

VIER WEKEN EN 8,5 PSYCHIATERGESPREKKEN nadat de kopie op school was rondgedeeld.

'Billy was een jongen die afgelopen zomer zei dat hij me zou bellen maar nooit gebeld heeft,' vertelde ik dokter Z. 'Tijdens een feestje in juli heb ik met hem gezoend. Iedereen had van die toga's aan. Je weet wel, van lakens. Op die van hem stonden allemaal margrietjes en gele eendjes. Ik denk dat hij op Sullivan zit.'

'Zoende jij hem of zoende hij jou?' wilde ze weten.

'Hij zoende mij. We stonden in de rij voor het toilet. Het was een donkere gang.'

'En toen?'

'Hij kneep in mijn kont, door ongeveer acht lagen laken heen. Het was de eerste keer dat er iemand in mijn kont kneep, maar ik weet niet zeker of het wel geldt.'

'Vanwege de lakens?'

'Ja... Maar goed, ik gaf hem mijn nummer en hij heeft nooit gebeld. Ik heb ook nog eens als een idioot naast de telefoon zitten wachten.'

'Hm-hm.'

'Wat ik nou wil weten is waarom je iemands nummer vraagt en dan niet belt? Ik zou het moeilijk vinden om iemands nummer te vragen en naar iemand toe te buigen die je nauwelijks kent en diegene te zoenen, terwijl je een laken aanhebt met gele eendjes erop.

Maar als die dingen goed zijn gegaan, dan weet je toch bijna zeker dat diegene wel met je uit wil? Dus waarom bel je dan niet?'

Dokter Z zei niets.

Ze zegt eigenlijk bijna nooit iets.

'Tenzij je diegene plotseling afschuwelijk of dom vindt of zo,' ging ik verder, 'en je alleen om het nummer vraagt omdat je diegene al gezoend hebt en dat je dus vindt dat je dat moet doen. Maar eigenlijk hoefde Billy dat helemaal niet te doen. Ik had het prima gevonden als het bij een togafeest-zoenavontuur was gebleven. Pas toen hij had gezegd dat hij me zou bellen, wilde ik dat hij zou bellen. En dus rende ik als ik thuiskwam direct naar het antwoordapparaat om te kijken of er berichten waren ingesproken.[1] Het was echt zo dom.'

'Hoelang heeft dat geduurd?'

'Twee weken. Na twee weken gaf ik de hoop op.'

'Ruby,' zei dokter Z. 'Ik ga iets tegen je zeggen en als je vindt dat het niet accuraat is dan moet je het zeggen en gaan we over op iets anders. Maar het wordt tijd om een paar dingen onder ogen te zien. Volgens mij heb je behoorlijk veel passieve patronen waar je niet gelukkig van wordt.'

Vertaling van dokter Z' jargon: ik zit te vaak te wachten tot andere mensen iets doen en vraag me alleen maar af wat zij zullen gaan doen in plaats van zelf iets te ondernemen. Ik had zelf Billy's telefoonnummer kunnen vragen, ik had hem zelf kunnen bellen, ik had zelf kunnen vragen of hij mee uit wilde, als ik dat had gewild. Ik had Meghan kunnen bellen om het goed te maken, ik had mijn excuses kunnen aanbieden. Maar ik zat daar maar elke morgen bij de bushalte en ik liet haar gewoon boos zijn, net zolang tot ze medelijden met me kreeg en

---

[1] Ik ben dus echt de enige op school die geen mobieltje heeft. Zelfs de kinderen uit groep 8 hebben er een.

me een lift gaf. Ik had Nora en Cricket kunnen bellen. Ik had Jackson vaker de waarheid kunnen vertellen, ik had kunnen zeggen dat ik ook weleens iets anders wilde kijken dan die saaie animatiefilms. Ik had op zaterdagochtend kunnen uitslapen in plaats van marathonwedstrijden kijken. Ik had kunnen zeggen dat ik het niet leuk vond dat Matt altijd meeging. Ik had kunnen besluiten om de telefoon niet op te nemen als hij om vijf uur 's ochtends belde om te zeggen dat hij de volgende dag zou bellen. Ik had kunnen vragen of hij met mij naar het feest wilde gaan. Ik had die rotbroek van hem zelf uit kunnen trekken, als ik dat had gewild. 'Ga maar door,' zei ik tegen dokter Z.

'Wat ik je wil vragen is: zie je datzelfde patroon ook in het gedrag van je moeder?'

Wát? Mijn moeder was de minst passieve persoon die ik kende. '*Elaine Oliver! Schreeuw het uit!* Word eens kwaad!' schreeuwde ik. 'Hou je me voor de gek?'

'Jullie zijn allebei mondeling heel sterk, dat is zeker zó,' zei dokter Z.

Het was nooit in me opgekomen dat ik op mijn moeder kon lijken. Vond dokter Z echt dat ik mondeling sterk was? Wás ik mondeling sterk? Hm. Ruby Oliver, mondeling sterk. 'Waarom denk je dat ze passief is?' vroeg ik.

'Zeg jij het maar.'

Argh. Waarom geven die psychiaters je toch niet gewoon de antwoorden als ze die allang weten? 'Ehm,' zei ik, mondeling sterk als ik was.

Stilte.

Ik dacht heel diep na. Niets.

'Heb je me niet over een tacopak verteld?' hielp dokter Z me herinneren.

'Ja...'

'En over een macrobiotisch dieet?'

'Hm-hm.'

Het was weer stil.

'Denk je dat er op de een of andere manier een machtsstrijd bij jullie thuis gaande is?' vroeg ze uiteindelijk.

'Misschien wel. Ja.'

'Welke spanning zie je?'

Plotseling zag ik allerlei beelden voor me. Mijn moeder: tissues versnipperend naast de telefoon omdat mijn vader op zakenreis is en niet belt. Mijn moeder: gek van verveling omdat ze samen met mijn vader een heel weekend op een plantententoonstelling rondhangt. Mijn moeder: die met dezelfde saaie, stomme hoed naar een halloweenfeest gaat nadat ze haar hele dag besteed heeft aan een taco. Mijn moeder: die het huis schoonmaakt terwijl mijn vader met zijn vrienden de tien kilometer rent en die 's avonds twee uur lang ruzie met hem maakt over het onderwijsbeleid van de gemeente, terwijl dat haar nou ook weer niet zó ontzettend interesseert. Mijn moeder: die alleen nog maar macrobiotisch eten kookt nadat mijn vader heeft besloten elk weekend aan zijn nieuwe kas op het zuiddek te besteden terwijl zij trektochten wil maken en met z'n allen op vakantie wil gaan. Mijn moeder: die dit seizoen geen tournee maakt met haar laatste onewomanshow omdat mijn vader niet met haar mee wil gaan.

Mijn moeder, die altijd haar woede uit maar nooit doorzet.

Ze doet duizend kleine dingen waarvan zij denkt dat hij het leuk vindt: ze knipt krantenartikelen voor hem uit, zet een vaas met bloemen op zijn bureau, legt als ze weggaat briefjes voor hem neer die hij nauwelijks ziet tenzij zij hem erop wijst. En ze blijft die dingen altijd maar doen en ze blijft altijd maar boos omdat hij dat niet genoeg waardeert.

De alles-komt-door-je-moeder-analyse klopte, maar was ook heel vervelend. Ik vind het verschrikkelijk als dokter Z' verklaringen juist zijn en helemaal als ik eruit naar voren kom als een cliché: Ruby Oliver, neemt de gedragspatronen van haar moeder over. Toch besloot ik Shiv Neel te vragen wat er vorig jaar nou was gebeurd. Sinds ik het aan dokter Z had verteld, moest ik er steeds aan denken: hoe we wekenlang tijdens de toneelrepetities hadden geflirt, hoe hij in de coulissen zijn warme arm om mijn schouder had gelegd, hoe we in het lege klaslokaal hadden gezoend, hoe mooi zijn ogen waren, hoe leuk ik het had gevonden om zijn vriendinnetje te zijn, ook al was het maar voor één middag.

En hoe hij toen plotseling tussen mijn vingers door was geglipt.

Shiv is populair. Ik wist dat ik hem in de mensa of op het binnenhof nooit alleen te spreken zou krijgen. Hij wordt altijd omringd door zijn aanbidster Ariel of door een groep schreeuwende rugbyers, maar hij zit ook in de leerlingenraad – die bij ons op school de klassenvertegenwoordigers en zo kiest – en dat betekende dat hij op woensdagmiddag pas laat uit school kwam.

Ik ging niet naar hockeytraining en zat na school met mijn boek op mijn schoot buiten het lokaal te wachten tot zijn vergadering voorbij was. Mijn handen waren drijfnat van het zweet. Ik was ontzettend nerveus maar ik bleef rustig ademen en kreeg geen angstaanval. Hij kwam naar buiten. Ik stond op.

'Hé Shiv, heb je even?'

'Ehm... jawel. Wat is er?'

'Nou, je weet waarschijnlijk al dat Jackson me heeft gedumpt.'

'Hm-hm.'

'En ehm, ik – kunnen we misschien even ergens anders heen gaan?' Twee intelligent kijkende leden van de leerlingenraad stonden vlak naast ons in de gang.

'Oké.' Shiv haalde zijn schouders op alsof het hem niet kon schelen wat we deden.

'Ik bedoel niet: ergens heen gaan, in de zin van "ergens heen gaan",' zei ik, omdat ik besefte dat hij zeker dacht dat ik een slet was en helemaal omdat we, de laatste keer dat we ergens samen waren, als gekken hadden gezoend. 'Ik bedoel, gewoon buiten op de trap.'

'Ik snap het.' Hij keek me aan alsof ik gek was.

We liepen naar buiten en gingen op de trap zitten.

Ik keek naar mijn schoenen. Ze waren versleten.

Ik pulkte aan mijn nagels en beet er even op.

Ik pakte mijn pen en trommelde ermee op mijn knie.

'Roo,' zei Shiv. 'Ik heb niet de hele dag.'

'Ja. Oké. Kun je je herinneren dat je een keer hebt gevraagd of ik je vriendin wilde zijn?'

'Zo lang geleden is dat niet.'

'Maar toen, op de een of andere manier, is dat niet gebeurd.'

'Hm-hm.'

'Ik eh... ik vraag me af waarom je toen van gedachten veranderde. Ik ben niet boos of zoiets. Ik probeer alleen wat dingen op een rijtje te krijgen, sinds dat Jackson-gebeuren, en ik weet dat het misschien niet heel serieus was of zoiets en misschien wil je er helemaal niets over zeggen, maar ik heb erover nagedacht en ik neem aan...' Bla, bla, bla. Ik ging belachelijk lang door en stotterde als een gek en zei zo ongeveer na elk woord 'of zoiets'.

Maar op een gegeven moment had ik eindelijk alles gezegd en hield ik mijn mond zodat hij kon antwoorden.

'Roo, je lachte me uit,' zei Shiv. En nu was hij degene die naar zijn schoenen keek. 'Ik hoorde je op het binnenhof.'

'Wát?'

'Ik hoorde jou en Cricket en Nora en dat groepje en jullie lagen helemaal dubbel omdat je mij een sukkel vond.'

'Dat is niet waar!'

'Ik heb het zelf gehoord.'

'Maar ik vond je helemaal geen sukkel!'

'Je schreeuwde "Gatver!"' zei hij. 'Ik heb het zelf gehoord. En je kwam niet meer bij van het lachen, alsof het één grote grap was.'

'Argh!' zei ik. 'Zo ging het helemaal niet.'

'En iets over dat ik naar nootmuskaat rook? Alsof je het vies vond om een Indiër te zoenen.' Zijn stem klonk verbitterd. 'Daarna wilde ik niets meer van je weten. Ik wilde je eigenlijk niet eens meer zien.'

'Nootmuskaat is lekker, Shiv,' zei ik. 'Nootmuskaat ruikt lekker.'

'Je gaf me het gevoel dat ik een loser was, Roo,' zei hij. 'Een rare buitenlander.'

Shiv de mooie, de populaire, de perfecte. Zei dit tegen mij?

'Ik zei niet wat jij dacht dat ik zei,' fluisterde ik. 'Tenminste, het betekende niet wat jij dacht dat het betekende.'

'Oké dan.'

'Ik vond je heel erg leuk. Ze vroegen me hoe het was om met jou te zoenen. Dat was alles. Dat doen meisjes nou eenmaal als er geen jongens bij zijn. Niemand heeft iets slechts over jou gezegd.'

'Oké.'

'Dat gatver sloeg op oorsabbelen. Cricket vroeg of je aan mijn oor had gesabbeld. Ik had daar nog nooit van gehoord.'

Hij lachte een beetje. 'Dat is goed om te weten.'

'Ik heb altijd gedacht dat je niet meer met me wilde praten omdat je vond dat er iets mis was met mij,' zei ik.

'Dat vond ik ook.'

'Ik bedoel met mijn lichaam of met hoe ik zoende of met mijn karakter.'

'Met je karakter dus.'

'O.' Ik probeerde te glimlachen. 'Maar het was dus een misverstand. Echt waar. Ik zou nooit zoiets over jou zeggen.'[2]

'Ja... oké dan.'

'En die Indiër-kwestie is helemaal geen kwestie. Ik bedoel...'

'Ik heb het begrepen, Roo.'

'Ik ben een beetje in de war.'

'Ja, nou. Ik ben ook een beetje in de war,' zei hij. 'Maar bedankt voor je uitleg.'

Hij sloeg zijn rugtas over zijn schouder en liep zonder me een lift aan te bieden naar de parkeerplaats.

---

[2] Nu ik erover nadenk, klopt dit, maar het klopt ook weer niet. Ik heb heel vaak slechte dingen over mensen gezegd. Meghan. Hutch. Katarina. Maar tijdens deze hele verschrikking heb ik nooit iets gemeens tegen iemand gezegd over Kim, Cricket of Nora, zelfs niet toen ze die dingen op de muur van de meisjestoiletten hadden geschreven.
Dus, ben ik nu goed of slecht?

13. Jackson
(ja, oké, hij was mijn vriendje,
maar vraag alsjeblieft niet door)

J E WEET NU ZO ongeveer wel alles over Jackson Clarke, waarschijnlijk meer dan wie ook ter wereld zou willen weten. Dit is alles wat ik er nog aan toe te voegen heb:

Ik denk nog steeds elke dag aan hem.

Als ik hem zie, gaat mijn hart sneller kloppen.

Ik wil heel graag dat hij met me praat, maar als hij me alleen al gedag zegt voel ik me slechter dan daarvoor.

Ik zou willen dat hij dood was.

Ik zou willen dat hij me nog steeds leuk vond.

Toen ik thuiskwam nadat ik met Shiv had gepraat, zat Hutch op ons dek. Alweer. Op woensdag en zondag helpt hij mijn vader met de kas. Zeker nu het mooi weer is, zijn die twee altijd samen bezig met een pioenroos of een gebroken ruitje. Uit de cassetterecorder klonk Hutch' retro-metal.

Het zonlicht begon af te nemen. Het was een uur of zes. Toen ik de steiger op kwam zwaaide ik en riep: 'Hé Hutch. Hé pap.' Ze stonden samen naar de kas te kijken die, dat moet ik toegeven, erg mooi werd. 'Hebben jullie pauze?'

Mijn vader verstopte tegenwoordig Magnums achter in de vriezer zodat hij en ik toch genoeg calorieën binnenkregen tijdens het macrobiotische bewind. Ik glipte naar binnen en pakte er een voor mezelf, een voor mijn vader en een voor

Hutch (overbodig om te zeggen: mijn moeder was er dus niet). Toen gingen we met z'n drieën op de rand van het dek zitten. We leunden naar voren zodat het ijs niet op onze kleren viel en we keken naar de boten die over het meer zeilden.

Voor het eerst sinds Jackson het had uitgemaakt was ik blij.

Nou moet je niet gelijk opgewonden worden en denken dat ik plotseling verliefd werd op Hutch nu ik hem in het roze licht van de zonsondergang zag zitten. Hij is niet de liefde van mijn leven. En we zijn niet voor elkaar bestemd sinds die snoepbeertjes in groep 6 omdat dat in films gebeurt.[1] En je hoeft ook niet te denken dat we op een soort *Breakfast Club*-achtige manier goede vrienden werden.[2] Of dat ik plotseling inzag dat er onder het harnas van zijn motorjack een hart van goud schuilging en dat hij zich realiseerde dat ik geen slet ben, al zegt iedereen dat. Dat gebeurt op het witte doek. Maar vergeet het maar. Dit is het echte leven. Hij geeft me nog steeds de creeps. Behalve onze status als leproos hebben we niets met elkaar gemeen.

'Roo, het is zo goed om je weer eens te zien lachen,' zei mijn vader. 'Is het niet leuk om haar vrolijk te zien, John? Het heeft even geduurd voordat ze na Jackson haar gevoelens in goede banen kon leiden, maar goed, hij was ook haar eerste echte vriendje.'

'Je bent beter af zonder die jongen,' zei Hutch met zijn mond vol Magnum.

'Vind je?' zei ik. 'Ik vind van niet.'

'Hij is een klootzak.'

'Wát?'

---

[1] Films waarin de hopeloos onhandige sukkel, die zij al die tijd niet zag staan, het meisje uiteindelijk wel krijgt: *The wedding singer, Dumb and dumber, When Harry met Sally, There's something about Mary, Beauty and the Beast, While you were sleeping, Revenge of the Nerds.* Heel veel Woody Allen-films.

[2] *The Breakfast Club:* Film waarin populaire jongeren en leprozen met elkaar worden opgesloten en elkaars innerlijke schoonheid en karakterverschillen leren waarderen.

'Geen goed iemand, Roo. Hij is gemeen.'

'Waarom zeg je dat?'

En toen vertelde Hutch dit verhaal. Ik weet niet zeker waarom hij het vertelde, behalve dan dat hij en mijn vader serieuze mannengesprekken hadden gevoerd, als rockers onder elkaar. Maar misschien had hij wel medelijden met me, ook al had ik vaak echt stom tegen hem gedaan. Hutch vertelde dat hij en Jackson in groep 8 vrienden waren geworden – het jaar waarop je bij ons op school van het ene lokaal naar het andere gaat in plaats van in één lokaal te blijven en les te krijgen van één leraar. Jackson liep één jaar voor maar ze hadden wel samen gym en Frans en dezelfde tussenuren en dus gingen ze veel met elkaar om. Hutch zat in groep 8 maar hij ging met al die stoere jongens uit de brugklas om: Kyle, Matt, Jackson en nog een paar anderen. Na school speelden ze altijd kickbal. Ze hadden hun eigen tafel in de mensa. Ze maakten altijd veel herrie op de gang. Vooral Jackson en Hutch waren goede vrienden. Hutch reed in het weekend altijd op de fiets naar Jacksons huis en Jackson logeerde bij Hutch als zijn ouders op zakenreis naar Tokio moesten. Als ze zich in de les verveelden, schreven ze grappige versjes over de leraren en deden die in elkaars schoolkastje.

Gemene Madame Polet
Heeft me op de gang gezet
Ik heb mijn proefwerk niet geleerd
en al mijn antwoorden zijn verkeerd
Maar al laat ze een dikke scheet
het interesseert me echt geen reet.

Dat soort rijmpjes. Deze wist Hutch zich toevallig nog te herinneren. Hoe dan ook, het werd zomer en Hutch ging bijna de hele zomer op reis met zijn familie. Toen hij terugkwam en naar de brugklas ging (Jackson zat toen in de tweede) kwam hij erachter dat hij er niet meer bij hoorde. 'Ik had die zomer pukkels gekregen,' zei hij tegen mij en mijn vader. Hij staarde naar zijn ijsje. 'Ik zag er niet uit en ik was ook nog steeds heel klein. Bovendien waren zij met z'n allen op sportkamp geweest terwijl ik weg was. De eerste week na de vakantie liep ik achter ze aan en ging ik nog aan een hoekje van onze tafel in de mensa zitten, maar eigenlijk zeiden ze niets tegen me. Ik ging na school nog steeds naar het kickbalveldje. Er was iets aan de hand maar ik wist niet goed wat. Die jongens waren toch mijn vrienden, snap je? Op een dag schreef ik een gedichtje over meneer Krel – je weet wel, die ene gymleraar – en dat deed ik in Jacksons kastje, zoals we zo vaak hadden gedaan.'[3]

'O nee,' zei mijn vader. 'Ik voel hem aankomen. Kinderen kunnen zo gemeen zijn.'

'Ik kreeg mijn briefje terug en er stond iets op in Jacksons handschrift,' ging Hutch verder. 'De grap is allang voorbij, loser.' Hij stond op en gooide zijn stokje in de vuilnisbak.

'Had hij dat geschreven?'

'De grap is allang voorbij, loser.'

'Jemig.'

'Hij heeft nooit meer iets tegen me gezegd. Alsof we nooit vrienden zijn geweest. Alsof we elkaar niet eens kenden. En toen Kyle en die anderen in de tweede klas allemaal kogellagers in mijn kastje hadden gedaan[4] zei Jackson helemaal niets.

---

3 Een paar dagen nadat Hutch dit verhaal had verteld, vroeg ik hem hoe dat rijmpje over Krel ging. Krel was zo'n opgewekte blonde man met roze wangen over wie iedereen grapjes maakte. Hutch wist het nog, dus hier is het:
Meneer Krel
Ik zie je niet maar ik ruik je wel
Ik klim in de touwen
Maar het is haast niet te houwen
Doet u nog meer aftershave op uw wangen
Dan blijf ik hier maar hangen.
4 *Een kastje vol heavy metal. Ha ha ha.*

Toen ik mijn kastje opendeed en ze allemaal over de vloer rolden stond hij daar gewoon zijn gymkleren aan te trekken alsof er niets aan de hand was.'

'Dat zou Jackson nooit doen,' zei ik.

Hutch haalde zijn schouders op. 'Dus wel,' zei hij. 'En wie weet had hij die kogellagers er zelf wel in gedaan.'

'Onmogelijk.'

'Ik vertel je alleen wat er is gebeurd.'

'Maar zo gemeen is hij nu in elk geval niet meer,' zei ik. 'Als hij dat al ooit is geweest.'

'*Dream on,*' zei Hutch. En vervolgens, alsof hij zong: 'Dream on!'

'Dream on!'[5] krijste mijn vader met zo'n belachelijk hoge rockstem.

Hutch deed met hem mee en ze bleven maar krijsen als een stelletje opgesloten varkens. 'Dream on!' En toen, tegelijkertijd: 'Dream-a make-a dream come true!'[6] Ze stopten even om op de luchtgitaar te spelen.

Doordat (1) Hutch weer eens een bewijs had gegeven van zijn bizarre gewoonte om altijd aan oeroude heavy metal-songs te refereren die niemand meer kende, (2) mijn vader ze wél kende en het nog leuk vond ook, en (3) ze allebei niet inzagen dat ik er niets aan vond, was de stemming wat mij betrof verpest. Ik bleef niet langer zitten. Mijn vader drukte nog een keer op PLAY en de hele steiger met woonboten werd gebombardeerd met retro-metal.

Was Jackson echt zo gemeen dat hij kogellagers in iemands kastje deed? Of in elk geval gewoon maar bleef staan zonder iets te doen terwijl zijn vrienden iemand zo verne-

---

[5] Ik vroeg mijn vader waar dat 'Dream on!' op sloeg maar 'Dream on!' is een liedje van Aerosmith uit de tijd dat ze nog geen rimpels hadden.

[6] Zo klonk het in elk geval.

derden? Had hij echt 'De grap is allang voorbij, loser' op dat briefje geschreven? Het waren geen dingen die Hutch zou verzinnen.

Maar aan de andere kant was dat niet de Jackson die ik kende.

Misschien had Jackson die dingen wel gedaan maar was hij veranderd. We worden allemaal ouder en hebben spijt van dingen die we vroeger hebben gedaan.

Of misschien heb ik hem wel nooit echt gekend.

Ik pakte mijn fiets en reed naar de dichtstbijzijnde winkel (tien straten verderop) en kocht twee grote zakken basilicum, een pak pasta, walnoten en een stuk parmezaanse kaas. Ik kookte de pasta, gooide de rest in de blender en maakte snel een pestosaus voordat mijn moeder thuis zou komen om me te vertellen dat het niet macrobiotisch was.

De volgende morgen vroeg ik Meghan in de Jeep of ze zin had om naar de bioscoop te gaan. Ik was helemaal zenuwachtig, alsof ik haar mee uit vroeg. Er was een Woody Allen-festival.

'Is het goed als Bick ook meegaat?' vroeg ze. Ze toeterde naar een of andere gek in een grote, asociale stationwagon.

'Nee, ik denk dat het een meisjes-ding is.' Ik wilde niet het vijfde wiel aan de wagen zijn.

'We zouden zaterdag naar Steves huis gaan om te poolen.'

'O.'

'Maar daar heb ik helemaal geen zin in. Die jongens gaan altijd bier drinken en eigenlijk zegt niemand iets tegen me,' zei ze. En toen door het raampje van de drive-thru: 'Twee grote vanillecappuccino's.' En toen tegen mij: 'Dus eigenlijk is er niet veel aan. Meestal zit ik in mijn eentje op de veranda.'

'Dan zeg je hem toch af.'

Ze zei niets. We betaalden de cappuccino's en ze reed de weg weer op. 'Ja. Oké. Ik kan hem toch vrijdag zien.'

'Dus we gaan?'

'Hm-hm.'

Misschien worden we wel vriendinnen.

14. Noel
(maar dat was maar een gerucht)

MIJN MOEDER BESLOOT OM met haar onewomanshow op tournee te gaan.[1] Haar producent zei dat het nog steeds kon, ook al waren haar laatste optredens in Seattle afgelopen oktober geweest. *Elaine Oliver: Twist & shout* zou dus over een maand (vanaf juni) het land door gaan. Mijn vader was van slag maar mijn moeder zei: 'Kevin, het publiek wil het. En wij kunnen het geld trouwens heel goed gebruiken om in augustus op vakantie te gaan.'

'Je kunt Roo niet alleen achterlaten.'

'O, ze is al een grote meid, hoor.'

'Ze is een tiener. Ze heeft haar moeder hard nodig.'

'Pap, ik sta hier hoor,' zei ik.

'Zul je me missen, Roo?' vroeg mijn moeder.

'Natuurlijk zal ze je missen!' schreeuwde mijn vader. 'Ook als ze zegt van niet.'

'Niet zo heel erg,' zei ik. 'Ik vind dat je moet gaan.'

'Als ze vakantie heeft, kan ze naar me toe komen.'

Ik was echt niet van plan om de hele zomer elke avond *Twist & shout* te kijken en in een hotelkamer te wonen.

'Dat zou leuk zijn,' ging mijn moeder verder. 'In juli ga ik naar San Francisco.'

'Elaine.'

---

[1] Het verhaal over Noel komt aan het eind van dit hoofdstuk. Ik moet eerst nog een paar andere belangrijke dingen opschrijven.

'Kevin.'

'Elaine.'

'Wat nou? Het zal haar goed doen. Behalve op zomerkamp is ze nog nooit ergens geweest.'

'Hebben we deze discussie niet al eens gevoerd?' verzuchtte mijn vader. 'We hebben afgesproken dat jij geen tournee zou maken tenzij ik met je mee zou gaan en Roo bij oma Suzette kon logeren.' (Oma Suzette, mijn vaders moeder, woont hier vlakbij maar ze stond op de lijst voor een voetoperatie dus ik kon niet bij haar logeren.)

'Ik ben van gedachten veranderd,' snauwde mijn moeder. 'Ik weiger hier te blijven en elk weekend naar jouw nieuwe kas te kijken terwijl alle homomannen van het land in de rij staan om mijn show te zien. In San Francisco hebben ze zelfs T-shirts met mijn naam erop, een paar fans hebben me een foto gestuurd.'

'Dat was drie jaar geleden.'

'Precies, en daarom moet ik dus juist weer gaan.'

'Pap,' fluisterde ik, net hard genoeg zodat mijn moeder het kon horen. 'Als zij weg is, kunnen wij eten wat we willen.'

'Twee maanden is lang,' zei hij. 'Maar ik zal erover nadenken.'

'Het staat al vast,' snauwde mijn moeder. 'Ricki heeft het gisteravond ingeboekt.'

Mijn vader stormde naar buiten, bleef de hele avond in zijn kas en timmerde er een eind op los.

Ik had geen zin om met mijn moeder op tournee te gaan. Helemaal niet. Nada. Naar mijn idee zou het zonde van de tijd zijn, ze zou aan mijn hoofd zeuren, me tofoe voorschotelen, goede gesprekken voeren 'om elkaar beter te leren kennen' en geen woord horen van wat ik te zeggen had. Ik zou elke avond naar haar show moeten kijken en me door theaterdirecteuren in mijn wangen moeten laten knijpen en moeten glimlachen als ze zeiden: 'O, Ruby! Ik heb zóveel over je gehoord. Het lijkt nog maar zo kort geleden dat je moeder die scène deed over jouw eerste menstruatie!' We zouden avond na avond in hotelkamers zitten en televisie kijken terwijl ik net zo goed in de warme lucht op de steiger kon zitten. Ik zou het meer missen waar ik 's zomers altijd ging zwemmen en ik zou door de stad willen rijden met mijn fiets en Meghan had iets gezegd over dat ik mee moest gaan met de motorboot van haar ouders. Ik zou niet naar de schilderlessen kunnen gaan waarvoor ik me had opgegeven. Ik zou zelfs de planten van mijn vader missen die in die periode bloeien en de bijen die elke zomer onze woonboot bestormen.

Maar toen, op een middag, toen ik uit de kamer van meneer Wallace kwam omdat ik met hem mijn eindwerkstuk voor geschiedenis had besproken, en ik stilstond in de gang om mijn spullen in mijn rugtas te stoppen, hoorde ik een bekende stem zeggen: 'Ruby Oliver, da's een tijd geleden.'

Het was Gideon van Deusen. De jongen met de prachtige, wilde wenkbrauwen. Terug van zijn rondreis. Hij droeg een T-shirt met een vredesteken en hij had een kralenketting om. Zonnebril. Zijn haar was langer dan de laatste keer dat ik hem had gezien. Hij ging naast me op het bankje zitten. 'Wat doe jij hier?' vroeg ik.

'Wat? Geen "Leuk om je te zien, Gideon"? Geen "Hoe is-ie?" Alleen maar "Wat doe jij hier?" Dat zeg je toch niet tegen iemand die je zo lang niet hebt gezien?'

'Oh, ehm... Sorry, ik...' Hoe kon ik nou zo bot doen?

'Grapje, Ruby,' zei hij lachend. 'Ik heb voor de universiteit een extra aanbeveling nodig van meneer Wallace. Ik wil een specialisatievak volgen en daar heb ik een aanbeveling voor nodig.'

'Wanneer ben je teruggekomen?'

'Vorige week. Heeft Nora niks gezegd?'

Ik keek naar de vloer.

'Of zijn jullie nog steeds geen vriendjes?' Gideon lachte.

'Ze praat niet met me. Niemand, eigenlijk.'

'Ze schreef zoiets in een e-mail. Maar Nora mist je. Dat weet ik zeker.'

'Ik vraag het me af.'

'Ze heeft het niet met zoveel woorden gezegd,' gaf Gideon toe, 'maar ze zit de hele dag thuis een beetje niks te doen. Met haar camera te prutsen. Basketbalt in haar eentje op de oprit. Kim en Cricket zijn allebei verliefd, dat weet je. Altijd op stap met de jongens, je kent het wel.'

'Ja... ik ken het.' Om eerlijk te zijn had ik er nooit aan gedacht wat Nora deed als de rest van ons ging stappen met onze vriendjes.

'Je zou haar moeten bellen.'

'Misschien.' Ik haalde mijn schouders op.

We bleven nog even zitten. Ik speelde met de rits van mijn rugtas.

'Ik was vorige maand bij de Big Sur,' zei Gideon na een tijdje. 'Weet je waar dat is? Ten zuiden van San Francisco, langs de kust. Je hebt daar van die warmwaterbronnen. Er komt gewoon warm water uit de grond borrelen en daar ga je in je nakie in zitten, mannen en vrouwen dobberen daar samen een beetje rond in de stoom.[2] En ik leer surfen.'

'Cool.'

'Je hebt daar wel een pak nodig. Het is er hartstikke koud. Maar ik heb het niet opgegeven en nu kan ik blijven staan en al een verdomd grote golf pakken, als zeg ik het zelf.'

---

[2] Het gesprek dat nu komt is misschien niet precies zo gegaan als ik het heb opgeschreven omdat ik er met mijn gedachten niet helemaal bij was. Ik zag een naakte Gideon voor me in een warmwaterbron met stoom.

'Wauw.'

'Jij zou het geweldig vinden. Je zwemt toch?'

'Ja...'

'Dan leer je het zo. Je hebt een sterk bovenlichaam. Daarna ben ik naar San Francisco gereden,' ging hij verder, 'en ik heb een paar te gekke bands gehoord. Ben je er ooit geweest?'

'Nee.'

'Het is er echt helemaal geweldig. Je ziet de raarste mensen op straat lopen. Mannen in vrouwenkleren. Ik ben met mijn gitaar naar zo'n open avond gegaan in een muziekcafé. Het klonk voor geen meter maar ik stond daar wel mooi voor al die mensen te zingen. Kan je je voorstellen?'

'Goed man. Popster.'

'Nou...' Hij lachte. 'Dat niet echt, maar hé, ik zie die mensen toch nooit meer dus *what the hell*?'

'Precies.' Het was heel erg on-Tommy-Hazard-achtig om op een podium te klimmen en voor een groep mensen te gaan staan zingen, maar om de een of andere reden vond ik Gideon daardoor juist nog leuker.

'Zoiets zou ik nooit gedaan hebben toen ik nog op Tate zat,' zei hij. 'Toen ik hier was draaide alles alleen maar om sport, feestjes en mensa-roddels. Het Tate-universum.'

'Ja...' Ik wist alles van het Tate-universum.

'Ik meen het. Chinees eten zoals je het nog nooit hebt gegeten. Architectuur. Landschappen. Voordat ik naar het westen ging, was ik in de woestijn in Arizona. Ik heb de Great Lakes gezien. Ik heb een deel van die oude Appalachenroute gelopen.'

Meneer Wallace zwaaide de deur open en keek om het hoekje de gang in. Zijn gezicht klaarde op. 'Van Deusen!' schreeuwde hij. 'Wat sta je daar nou te lummelen!' Hij gebaarde dat Gideon binnen moest komen.

Ik was te laat voor mijn volgende les maar ik liep heel langzaam en dacht aan Gideon. Naakt in een warmwaterbron. En aan San Francisco.

Bijna alle mensen vinden het moeilijk om hun excuses aan te bieden. Zelfs mijn vader kan het niet – ondanks al zijn mooie woorden over vergiffenis. Hij zegt geen sorry. Hij pakt mijn moeder van achteren beet en begint haar in haar nek te zoenen.

'Kevin, ik ben nog steeds boos,' klaagt ze.

'O... Maar je ruikt zo heerlijk,' fluistert hij in haar hals.

'Kevin!'

'Er is niemand die zo lekker ruikt als jij,' kreunt hij, of iets anders onzinnigs. En dan duurt het niet lang totdat zij zegt: 'Goed dan, kom eens kijken wat ik vandaag heb gekocht,' of iets dergelijks.

Mijn moeder is er nog veel slechter in. Ze loopt te pruilen en te mokken en smijt met potten en pannen en dan, na een paar uur, doet ze alsof alles weer in orde is en mijn vader en ik moeten daar dan uit opmaken dat ze vrede heeft met dat wat haar dan ook dwarszat en dat we er niet opnieuw over moeten beginnen.

Andere mensen bieden hun excuses aan zonder dat ze het menen. 'Sorry, maar je had niet moeten...' of: 'Sorry maar ik wilde alleen...' Ze zeggen sorry, maar tegelijkertijd zeggen ze in feite dat ze al die tijd gelijk hebben gehad, wat dus het tegenovergestelde is van je excuses aanbieden.

Ik ben er ongelooflijk slecht in. Ik praat te veel. Ik kom er sowieso veel te laat mee en dan klets ik er een eind op los zonder te zeggen wat ik bedoel en dan kom ik weer terug op mijn oorspronkelijke standpunt waar de hele ruzie dus om was begonnen. Het komt er nooit uit zoals ik het wil.

Oké, de waarheid moet gezegd worden: waarschijnlijk komt

het doordat ik meestal nog steeds vind dat de ander verkeerd zit.

Die donderdag daarop keek dokter Z op de lijst en vroeg me naar Noel. 'Het was een gerucht,' zei ik. 'Een van de acht-enveertig geruchten tot nu toe.'

'Hij is toch degene die je hand vasthield op je feestje?'

'Ja... Bij schilderen staat hij nu helemaal aan de andere kant van het lokaal. We praten niet meer met elkaar.'

'En?'

'Ik weet het niet. Volgens mij vindt hij meisjes niet eens leuk.'

'Waarom niet?'

'Hij is één groot raadsel.'

'Heb je geen gevoelens voor hem?'

'Ook al had ik die, dat doet er dus niet toe. Ik heb tegen hem gezegd dat hij op moest rotten. Hij gaat echt niet meer met me praten.'

Dokter Z was weer stil op haar ik-weet-alles-manier en dan wachtte ze altijd net zo lang tot ik iets zei. Ik zei niets.

'Waarom staat hij op je lijst?' vroeg ze uiteindelijk.

'Hebben we die hele lijst nog wel nodig?' vroeg ik op mijn beurt. 'Ik bedoel, waarover gaan we het hebben als we klaar zijn met de lijst?'

'Dat hangt van jou af.'

'Ik wist dat je dat zou zeggen.'

Stilte.

'Dus... waarom staat hij dan op je lijst?'

Het punt was dat ik Noel leuk vond. Hij was interessant. Hij was anders. Hij stond buiten het Tate-universum of in elk geval aan de zijlijn ervan. Toen hij me na het Lentefeest naar huis bracht en mijn hand vasthield, voelde dat goed. Ik vond het leuk om met hem te praten.

De zondag nadat ik met Meghan naar het Woody Allen-festival was geweest,[3] haalde ik mijn doos waterverf ergens helemaal onder uit mijn bureaula. Volgens mij had ik hem sinds de brugklas niet meer gebruikt. Ik nam een stuk wit papier en vouwde het dubbel. 'Hoeveel spijt ik heb?' schreef ik met paarse waterverf. 'Laat me het voor u opnoemen...'

En binnenin schreef ik:

Als een haai die per ongeluk een nummerbord heeft ingeslikt.

Als een actrice die betrapt wordt zonder make-up.

Als een vrouw met een ingewikkeld kapsel, in de regen, zonder paraplu.

Als een kat die in de jam heeft liggen rollen.

Als een uitgehongerde wasbeer die per ongeluk haar jong heeft opgegeten.

Als een neurotisch tienermeisje dat onlangs getraumatiseerd is door verschillende sociale debacles en een goede vriend niet herkent terwijl hij vlak voor haar staat en haar een lift geeft en voorstelt om voor haar zijn reputatie op te offeren.

Achter elk punt schilderde ik een piepklein dier c.q. persoon met een berouwvol gezicht. Helemaal onder in de hoek schilderde ik het laatste figuurtje, dat was ikzelf.

Ik was er een paar uur mee bezig maar toen ik klaar was, zag het er best goed uit – al leken de wasbeer en de kat wel erg op elkaar en de regen leek niet echt op regen. Ik liet mijn huiswerk voor biologie, geometrie en Engels zitten zodat ik het af kon maken.

De volgende ochtend deed ik het papier in Noels kastje en al schaamde ik me een beetje voor de schildering, de actie zelf vond ik heel 'volwassen'.

---

[3] De film waar we heen gingen heette *Everything you always wanted to know about sex but were afraid to ask* en het gaat onder andere over een supergigantische borst die door het land raast. Uiteindelijk lukt het om de borst met een gigantische bh te vangen.

Ik ging ervan uit dat ik hem pas 's middags bij schilderen zou zien en ik had geen idee wat ik dan moest zeggen en of ik mijn ezel naast die van hem moest zetten of zoiets. Maar toen stond ik in de pauze[4] plotseling achter hem in de rij. Hij was juist in een discussie verwikkeld met de kantinejuffrouw omdat hij wilde dat zij zijn pizza in de magnetron opwarmde (zij beweerde dat die warm genoeg was en hij zei dat die koud was) en hij keek nauwelijks naar me. Ik wilde me al omdraaien en ongezien de mensa uit glippen, toen hij plotseling mijn hand greep en erin kneep en hij bleef hem vasthouden toen hij een monoloog afstak over het verschil in structuur tussen koude en warme mozzarella. De kantinejuffrouw keek hem met een vernietigende blik aan.

Hij verloor de discussie, kneep nog even in mijn hand en liet me toen los. Hij liep met zijn koude stuk pizza naar het eetgedeelte en ging bij een paar meisjes uit de derde zitten die me nooit eerder waren opgevallen.

Ik was in de wolken.

---

[4] Ik probeerde zo min mogelijk op te vallen. Geen netpanty's. Geen gewaagde kleren. In de pauze zat ik bij Meghan en de zesdeklassers. De meeste mensen negeerden me, behalve Bick die eigenlijk best oké was. Maar ik was ongetwijfeld nog steeds een leproos. Hutch en ik zeiden elkaar nu wel gedag in de gang en de meisjes van het hockeyteam waren zeer beleefd dus ik kon ze gewoon iets vragen over het huiswerk of over de training, maar dat was het dan ook wel.

15. Cabbie
(maar over hem twijfel ik nog)

INMIDDELS VIND IK HET VREEMD dat Cabbie op de vriendjes-lijst staat, alhoewel het klopt dat we uit zijn geweest en er zelfs lichamelijk contact was met een vreemd soort spanning.

Eigenlijk denk ik nauwelijks meer aan hem en ik twijfel zeker niet meer over hem. Shep Cabot is over en uit, finished, kaput en de titel van dit hoofdstuk zou dan ook eigenlijk moeten zijn: Cabbie (maar hij was gewoon een viezerik.)

Cabbie zit in de vijfde klas. Hij speelt rugby en hij is op een soort lijvige manier aantrekkelijk. Maar hij is niet mijn type. Te groot. Te mannelijk mannelijk. Een paar dagen na het Lentefeest stond hij me na hockeytraining op te wachten om te vragen of ik zin had om met hem naar de film te gaan. Zomaar, uit het niets. Het was vlak voor mijn eerste afspraak met dokter Z. Ik vermoed dat hij dankzij alle aandacht voor de prachtige anti-slet-toespraak van meneer Wallace, dacht dat ik een makkelijke prooi was[1] en dat hij wel iets voor elkaar zou krijgen als hij mijn bioscoopkaartje betaalde.[2]

Het kon me niet veel schelen waarom hij me mee uit vroeg.

Ik wilde niet thuiszitten op vrijdagavond.

Ik wilde dat Jackson me met iemand anders zag – zoals met

---

1 Dokter Z: 'Is het mogelijk dat hij je leuk vond om wie je bent en dat hij gewoon met je naar de film wilde?'
Ik: 'Ja.'
2 En dat klopte! Argh.

Angelo – en dat hij jaloers zou worden en me terug zou willen.

Ik wilde dat het me niets kon schelen of Jackson me wel of niet terug wilde omdat ik iemand anders had. Iemand die groter was en populairder en die rugby speelde.

En dan, op het moment dat het mij niets meer kon schelen en ik met een andere jongen ging, zou Jackson plotseling weer van me houden, of niet?

En dan zou het me wel weer iets kunnen schelen en dan zouden we weer gelukkig worden.[3]

Ik zei ja en Cabbie kwam me vrijdagavond rond zeven uur met een dikke BMW ophalen. Hij kwam even binnen, schudde mijn vaders hand en zei meneer tegen hem. We reden naar de universiteitsbuurt waar een paar filmtheaters zijn en zetten de auto in een dure parkeergarage. 'Ik kan dit schatje niet gewoon op straat achterlaten,' zei Cabbie, en toen hij de deuren op slot deed streek hij even met zijn hand over de lak. We liepen een paar straten door de kou en hadden het over hockey en rugby.

'We spelen dinsdag tegen Sullivan,' zei Cabbie. 'Je moet ook komen.'

'Zou leuk zijn.'

'De coach is zo'n eikel. Voor de training laat hij ons al drie rondjes lopen.'

'Wij doen er bij hockey ook drie.'

'Echt? De meisjes?'

'Echt.'

'Ik zit dit seizoen in het wedstrijdteam. Dat is echt cool.'

'Ik ook.'

We gingen de bioscoop binnen. Hij betaalde de kaartjes. Ik de popcorn en de cola. Het was een of andere actiefilm met special effects. Niet echt mijn ding, maar oké.

---

[3] Totaal gestoord. Ik weet het.

De film was net een kwartier bezig toen Cabbie zijn arm om mijn schouder legde en even later liet hij zijn hand over mijn schouder bungelen en kneep hij in mijn tiet! We hadden elkaars handen nog niet vastgehouden of gezoend of wat dan ook. Eigenlijk hadden we elkaar voor die avond niet eens echt gesproken maar hij begon gelijk aan het tietenknijpgedeelte alsof dat de normaalste zaak van de wereld was.

Ik was geschokt. Ik zat daar maar en liet hem zijn gang gaan. Het voelde best prettig.

Hij zat naar de film te kijken alsof er niets aan de hand was, maar zo af en toe streek hij afwezig met zijn vingers over mijn tiet.

Moest ik anders gaan zitten zodat zijn hand weer ter hoogte van mijn schouder kwam? Of moest ik zijn hand pakken en vasthouden zodat hij niet meer in de buurt van mijn tiet kon komen? Of gewoon duidelijk zijn hand pakken en op zijn schoot leggen? Of opstaan en naar de wc gaan en hopen dat het tastfestijn niet opnieuw zou beginnen als ik terug was. Of moest ik woedend worden en hem helemaal verrot schelden?

Het voelde echt best prettig. Hij leek te weten wat hij met het tietengedeelte aan moest. Hoe langer ik daar zat, hoe vreemder het was om alsnog te protesteren.

Het kwam erop neer dat hij de hele film aan mijn tiet bleef zitten. Hij at popcorn met zijn linkerhand en pakte wat hij pakken kon met zijn rechter. Het leek of ik uit evenwicht raakte omdat mijn rechtertiet anderhalf uur alle aandacht kreeg en mijn linker aan haar lot werd overgelaten. Ik had geen idee waar de film over ging omdat ik de hele tijd aan mijn tiet moest denken. Mijn tiet, die werd aangeraakt door iemand die ik nauwelijks kende, een grote, lijvige rugbyspeler.

Terwijl dit acht dagen geleden nog het alleenrecht van Jackson was geweest.

Was ik echt een slet, zoals Kim zei? Dit was de vierde jongen in één week met wie ik lichamelijk contact had.[4]

Of vond ik Cabbie echt leuk? Zou dit het begin kunnen zijn van iets nieuws?

Misschien niet.

Of misschien wel.

De film was afgelopen. Cabbie rekte zich uit, haalde zijn hand van mijn tiet en stond op. 'Trek in pizza?'

'Tuurlijk.'

We gingen naar een tent aan het eind van de straat. We deelden een stuk kaaspizza. Hij vertelde me dat hij nooit groenten at. Hij vertelde over zijn 'maten' van rugby en dat hij advocaat wilde worden, net als zijn vader. Hij vroeg naar mijn familie en ik draaide mijn gebruikelijke verhaal af. Hij zei dat zijn moeder ook van tuinieren hield.

Cabbie had alles wat een meisje leuk zou moeten vinden aan een jongen. Hij was sportief, knap, populair, aardig, rijk. En misschien was hij zelfs wel intelligent, maar dat wist ik niet zeker.

Toch verveelde ik me. We praatten wel maar het ging helemaal nergens over.

Ik denk dat ik een jongen wil die groenten eet.

En die niet zo normaal is.

Hij was een gewone muffin, snap je?

Het duurde eindeloos lang voordat de rekening kwam en toen hij er eindelijk was stond ik erop dat we samen betaalden, alhoewel ik nog steeds blut was door die zilveren jurk.

We reden naar mijn huis en toen we er waren, sprong ik zo snel als ik kon uit de auto. Als hij dacht dat ik een slet was, wie weet wat hij dan verwachtte als we op vrijdagavond in het don-

---

[4] Voor het geval je het niet meer weet: Jackson, Noel, Angelo, Cabbie.

ker in zijn BMW zaten? Helemaal na het tietenknijpen. 'Het was leuk,' loog ik toen ik de autodeur dichtsloeg. 'Je hoeft me niet naar de deur te brengen.'

'Ik zie je later,' zei hij met een verbaasde uitdrukking op zijn gezicht.

Zondagavond belde ik hem op. 'Hé Cabbie,' zei ik toen hij opnam. 'Ik wilde je alleen maar zeggen dat ik dinsdag niet naar die rugbywedstrijd kan komen.'

'Dat is oké. We spelen heel vaak. Vrijdag is er weer een wedstrijd.'

'Ja... ehm. Ik bedoel eigenlijk dat ik nog niet helemaal over Jackson heen ben.'

'O,' zei hij. 'Dat is oké.'

'Ja. Nou, ja, sorry dan.'

'No big deal. Ik zie je nog wel.'

'Ja. Ik zie je nog wel.'

We hingen op. Ik was opgelucht. Alhoewel ik misschien alleen een tiet-knijp-relatie met hem had kunnen hebben. Misschien zou ik dat nog gedaan hebben ook. Dat ik dan bijvoorbeeld twee keer in de week in de bioscoop zou gaan zitten en mijn borsten zou laten betasten zonder de verplichting om zijn vlezige gezicht aan te raken en saaie gesprekken met die jongen te voeren.

Maar dat was onmogelijk dus waren we beter af zonder elkaar.

De dag daarna was de dag waarop Kim de vriendjeslijst kopieerde en in de kastjes deed. Mijn leven was op alle mogelijke manieren een verschrikking, maar dat heb ik al uitvoerig beschreven. Alleen boven op dat alles, hoorde ik Cabbie tegen Billy Alexander zeggen: 'Ja, ik heb haar vanboven gestreeld. Maar ik weet het niet hoor. Ze is een beetje raar. Ik ben niet zo geïnteresseerd. Wat vond jij dan?'

'Ik heb geen idee, man.'

'Kom op, tegen mij kan je het wel zeggen, hoor.'

'Ik meen het. Ik heb haar nooit aangeraakt.'

'Wel lekkere tieten, toch?'⁵

'Het zal wel.'

'Denk je dan dat het Billy Krespin was?' vroeg Cabbie.

'Zou kunnen. Waarom vraag je 't hem zelf niet?'

En dat was het. De rest weet je.

Het goede aan het hele Cabbie-verhaal is dat ik me realiseerde dat ik het misschien toch prettig kon vinden om door iemand anders dan door Jackson aangeraakt te worden. Ik bedoel, vanboven gestreeld worden is behoorlijk intiem en voordat ik met Cabbie uit was geweest dacht ik dat ik zoiets nooit van mijn leven meer met iemand zou doen.

Maar het voelde goed. Dat moet ik toegeven.

Misschien blijf ik toch niet mijn hele leven ongelukkig.

Dokter Z en ik zijn klaar met de lijst. Nu hebben we alleen nog gesprekken. Ze gaf me nog één opdracht voor thuis mee en dat was om een tekening van mijn familie te maken en uiteindelijk maakte ik van een oude schoenendoos een maquette van onze woonboot. Hij lukte best goed. Ik knipte drie figuurtjes uit: mijn moeder met haar armen in de lucht, mijn vader die een pioenroos omarmt en ikzelf, met netpanty's aan.

Ik ben weer netpanty's gaan dragen.

Dokter Z vindt dat het een goede manier is om mijn seksualiteit te uiten.

---

⁵ Op dat moment kon ik hem wel vermoorden. Een beetje tegen een andere jongen zeggen dat hij aan mijn borsten heeft gezeten! Ik vond het smerig en goedkoop. Maar nu denk ik dat het niet zo heel erg verschilt van wat ik tegen mijn vriendinnen over Shiv en Jackson zei en wat ik van Kaleb en Finn en Pete weet.

Ik vind ze gewoon goed staan.

Verder praat ik met haar over mijn leven. Ik heb geen angst-aanvallen meer gehad al gaat mijn hart soms wel tekeer en haal ik soms een beetje moeilijk adem. 'Krijg ik nu een gezond-heidsverklaring?' vroeg ik haar.

'Wat denk je zelf?'

Argh. Ze maakt me echt gek met die vraag.

'Ehm... Ik weet het niet.'

'Zou je graag een gezondheidsverklaring willen hebben?'

Ik zuchtte. 'Ik wil niet mijn hele leven psychiatrisch patiënt blijven.'

'Zeg je eigenlijk dat je wilt stoppen met de therapie, Ruby?'

'Ehm...'

'Je hoeft niet te stoppen zolang je dat niet wilt.'

'Gaat het je niet vervelen, al die verhalen over mijn leven?'

'Het is niet jouw taak om me te vermaken, Ruby.'

Daar had ze gelijk in. En daarom is het anders om met psy-chiaters te praten dan met vrienden. Je hoeft niet bang te zijn dat ze je niet leuk vinden.

En dus bleef ik gaan.

Ik geloof dat ik het prettig vind.

De school is nu voorbij. Jackson en Kim zijn nog steeds samen. Hij schijnt zich niet te hebben gerealiseerd dat hij van me houdt. Het lijkt zelfs wel of hij alles wat er is gebeurd ge-woon is vergeten. Geen van hen heeft de rest van het jaar nog iets tegen me gezegd, behalve Jackson die me een paar keer gedag heeft gezegd toen hij echt niet anders kon – en hoewel het nergens op sloeg had ik nog steeds een Beth-Ann-Court-ney-Heidi-Kim-radar als hij in de buurt was. Mensen fluisteren nog steeds over me als ik door de gang loop maar niemand heeft meer iets op de wc-muur geschreven. Ik hield me ged-eisd. Met schilderen zat ik naast Noel en in de pauze at ik samen met Meghan. Eén keer ben ik een ijsje gaan eten met een groep meisjes van het hockeyteam. Ik ben nooit meer naar B&O gegaan.

Je zou verwachten dat Heidi iets met Finn had omdat hij haar in plaats van Kim meenam naar het Lentefeest. Maar het liep anders. Heidi gaat nu met Tommy Parrish, die eerst iets met Cricket had.

Ariel en Shiv zijn nog samen, maar ik hoorde Ariel in de kleedkamer zeggen dat ze Steve Buchannon (Bicks vriend) helemaal hot vond. Cricket en Pete zijn uit elkaar. Pete kreeg daarna iets met Katarina totdat Pete Katarina betrapte met de Wipper op weer een feestje waarvoor ik niet was uitgenodigd. Pete werd woedend en maakte het uit. Dus nu heeft ze iets met Cabbie. En Pete heeft iets met Courtney. En Finn heeft iets met Beth. Cricket is een paar keer uitgegaan met Billy Alexander, wat ze vast geweldig vindt, want ze vindt hem al leuk vanaf het moment dat hij haar die ene keer na een basketbalwedstrijd naar huis heeft gebracht. Maar hij heeft ook net eindexamen gedaan en ik weet verder niet hoe serieus het is, want we praten niet met elkaar.

Eigenlijk is er niets veranderd.

Vlak nadat school was afgelopen kwam ik Nora tegen in de universiteitsbuurt. Ik had een nieuw zwempak gekocht en ik kwam net de winkel uit toen ze vanaf de overkant van de straat mijn naam riep. Ik liet haar zien wat ik gekocht had. Ze vond het leuk.

We hadden het over de witte strepen die je kreeg als je met een zwembak in de zon ging liggen en dat de zwempakken die mooie witte strepen geven, niet de zwempakken zijn die goed zitten. Zij zei dat haar borsten altijd óf helemaal platgedrukt werden óf juist helemaal omhoogkwamen en waarom bestonden er toch geen badpakken waarin je borsten er gewoon normaal uitzagen? Je zou toch denken dat wetenschappers en modeontwerpers daar inmiddels wel iets op hadden gevonden?

Het was goed om haar te zien. Ze deed niet veel. Keek tv. Ging af en toe iets doen met Gideon. Haar moeder had een nieuwe camera voor haar gekocht. Een echte, waarbij je zelf alles moest instellen.

Heel even wilde ik kwaad op haar worden omdat ze me de hele lente had genegeerd, maar toen dacht ik aan iets wat dokter Z had gezegd, namelijk dat het soms goed is om te bedenken wat je uit een situatie wilt halen en daarnaar te streven in plaats van maar direct te zeggen wat er in je opkomt. En ik realiseerde me dat ik blij was dat Nora eindelijk met me praatte en ik wilde het niet verpesten. Dus zei ik: 'Hé, ik hou weer van je broer.'

'Hij heeft een vriendin,' zei ze. 'Ze is dichteres.'

'Ik weet het,' antwoordde ik, al wist ik het niet. 'Maar hij heeft gewoon iets, voor mij in elk geval.'

Ze lachte. 'Smaken verschillen. Jij kunt er ook niets aan doen dat je hem leuk vindt.'

'Maar ik heb het voorlopig wel gehad met jongens,' zei ik. 'Veel te gevaarlijk.'

'Ja...'

'Ik bedoel, het is een harde wereld, af en toe.'

'Hm-hm. Ik vind het alleen leuk als kijksport.'

'Wat? Verkering?'

'Hm-hm.' Nora krabbelde in haar nek. 'Het is gewoon zo'n zooitje, al dat gedoe met jou en Kim en Heidi en...'

'Ik snap wat je bedoelt.'

'Wat moet ik ermee, dan ga ik liever een beetje basketballen of zoiets,' ging ze verder. 'Of zelfs een boek lezen. Ik bedoel, niet dat er iemand is die ik leuk vind, maar...'

'Het probleem is,' zei ik lachend, 'dat onze school veel te klein is. Weet je nog dat we dat in *Het jongensboek* schreven? Elke béétje leuke jongen was toen al eeuwen bezet.'

'Ik weet het niet,' mompelde ze. 'Soms voel ik me echt een leproos.'

Dat verbaasde me bijna net zo erg als toen de mooie, populaire Shiv Neel vertelde dat hij dacht dat we hem hadden uitgelachen omdat hij een Indiër is.

Alsof zelfs de mensen die in het middelpunt van het Tate-universum staan het gevoel hebben dat ze er niet bij horen.

Nora zei dat ze moest gaan, hing haar tas om haar schouder en zwaaide gedag. Ik keek hoe ze de straat overstak en in haar auto stapte.

Misschien dat ik haar later deze zomer ga bellen, als het hele debacle nog wat verder achter ons ligt.

Misschien.

In juni sliep ik een paar nachten bij Meghan. Ze heeft een enorme badkamer helemaal voor zichzelf en twee bedden en een verzameling van misschien wel veertien verschillende soorten parfum. Ik kwam erachter dat ze nog maagd is alhoewel ze Bick wel daaronder toelaat.[6]

Mijn vader is nog steeds bezig met zijn kas. Het begint al wat te worden.

Dit is hoe ik nu denk over die periode: Jackson. Spijtig maar waar. De keramische kikkers staan nog steeds op mijn kast met een foto waar we samen op staan, hand in hand buiten op ons dek. Ik denk dat hij in werkelijkheid misschien helemaal niet

---

6 Ik: 'Láát je hem toe? Het is toch iets wat voor jou ook leuk zou moeten zijn?'
Zij: 'Dat zou het moeten zijn ja, maar ik vind er niks aan.'
'Hoezo dat?'
'Weet ik niet. Het is gewoon saai. Misschien is hij er niet goed in.'
'Hoe voelt het dan?'
'Niet zoals in dat boek van seksuele voorlichting staat in elk geval. Ik denk aan andere dingen als hij het doet.'
'Maar waarom doe je het dan?'
'Weet ik veel.' Ze haalde haar schouders op. 'Het is iets wat je gewoon doet. Ik denk dat hij zich een soort seksgod voelt als hij het doet.'
'Misschien kun je het hem leren. Zodat hij er beter in wordt.'
'Misschien. Maar ik wil zijn kleine seksgodluchtbel niet kapotmaken. Hij lijkt zo trots op zichzelf te zijn, daarna.'

zo aardig is. Hij is niet degene die ik dacht dat hij was. Soms ben ik echt kwaad op hem, wat ik voorheen niet was. Ik ben kwaad om de slechte cadeautjes en de keren dat hij vergat te bellen, om de stomme animatiefilms. En om Kim. Maar die woede komt in vlagen, op bepaalde dagen. Op andere dagen denk ik aan de lollytest en hoe we zoenden terwijl ik mijn kattenpak nog aanhad – en dan voel ik me slecht, alsof ik iets verloren ben.

Ik zou hem waarschijnlijk nog steeds terugnemen als hij plotseling voor mijn deur zou staan, zoals in de film.

Hij is Jackson Clarke.

Dat is wat ik voel.

Ik denk aan Cricket en Nora. En aan hoeveel lol we altijd hadden. En hoe ik 's ochtends naar de mensa ging en wist dat ze daar zouden zijn, met thee (Cricket) en een cola-light (Nora) en hoe we daar dan rondhingen (Kim was altijd laat) en ik denk eraan dat dit meestal het leukste moment van de dag was en dat dit nooit meer terug zal komen.

En natuurlijk denk ik aan Kim. Het is zo vreemd dat ik altijd een beste vriendin heb gehad en nu niet meer. Ik heb een la vol foto's van haar. Het rode jasje dat ik van haar heb gekregen hangt in de kast en het boek over Salvador Dalí dat ik van haar heb geleend ligt op mijn tafel. *Het jongensboek* staat op de plank bij mijn bed, waar het altijd heeft gestaan. Een groot schrift met gele blaadjes vol geschreven in onze handschriften. Ik heb er zelfs aan gedacht om het te kopiëren en het als een soort wraakactie aan haar op te sturen. Of als een teken van onze vriendschap. Een van de twee, daar ben ik nog niet uit.

Maar ik deed het niet.

Ik pak nog steeds automatisch de telefoon als er iets gebeurt wat ik met iemand wil delen maar dan schiet het me weer te binnen en leg ik de telefoon neer zonder het nummer te draaien. Soms bel ik Meghan in plaats van Kim. Meestal bel ik niemand. Dokter Z zei dat ik door 'een rouwproces' ga en dat al die dingen heel normaal zijn.

Ik vertelde haar dat ik moest kotsen van woorden als 'rouwproces'.

Ze lachte en zei dat het een proces was en dat het om rouw ging, hoe je het ook noemde.

Ik stelde voor om het gewoon Ferdinand te noemen. 'Ik heb vandaag last van Ferdinand,' zeg ik nu als ik het gevoel heb dat ik helemaal geen vrienden heb.

Ik denk ook aan Angelo, wat ontzettend stom is, want waarschijnlijk wil hij helemaal nooit meer met me praten (terugkerend onderwerp tijdens de gesprekken met dokter Z). Mijn ouders gingen in mei weer naar een etentje bij Juana maar hij was er niet. Hij leeft in een ander universum – niet het Tate-universum – en ik vraag me soms af hoe het daar is. Waarom hij vroeg of ik meeging naar die reünie. Waarom hij naar mijn feestje kwam en me die corsage gaf. Wat hij vindt van dat huis vol honden. Wat hij na school doet. Of hij naar de universiteit wil. Hoe hij eruitziet zonder shirt.

Ik denk ook aan boeken. Ik had een hele stapel detectiveromans uit de openbare bibliotheek gelezen toen het jaar was afgelopen en daarna las ik een paar boeken voor Engels die ik afgelopen jaar had moeten lezen. Ik kijk te veel films. Ik denk dat ik alle Woody Allens nu gezien heb.Ik denk erover na om een nieuw baantje te zoeken. Geen babysitten meer. Ik vind het verschrikkelijk. Misschien kan ik voor een hongerloontje in de dierentuin helpen. Of in de bibliotheek.

Ik denk erover na om mijn rijbewijs te halen. Niet dat ik een auto kan betalen, maar ik zou in het weekend de Honda kunnen gebruiken, misschien. Ik ben in augustus jarig. Dan word ik zestien.

Ik denk erover na hoe het zal zijn om zestien te zijn en dat ik geen feestje zal geven zoals ik altijd in mijn hoofd heb gehad, met al mijn vriendinnen die blijven slapen en cake op bed eten en die heel hard moeten lachen.

Waarschijnlijk denk ik te veel.

Begin juni ben ik voor het eerst van mijn leven met het vliegtuig geweest om mijn moeder op te zoeken in San Francisco, waar ze haar show heeft. Eerst wilde ik helemaal niet gaan en ik zei tegen haar dat ik nog liever weg zou rotten dan dat ik de hele zomer met haar doorbracht en mijn vader werd nog kwader op haar en zei dat ze alleen aan zichzelf dacht en dat dit niet was wat ze hadden afgesproken toen ze trouwden – maar uiteindelijk ging ze toch en ik realiseerde me dat ik ook wilde gaan. Ik wilde weleens mannen in vrouwenkleren zien en kijken hoe het leven in Californië was en gewoon eens ergens heen gaan waar de lucht anders rook. Ik belde haar toen ze in Los Angeles was en ik vroeg of ik haar in San Francisco kon komen opzoeken. Het was grappig. Ik had nooit verwacht dat ik zo blij zou zijn om haar te zien toen ze me van het vliegveld kwam halen. Als we hier klaar zijn, gaan we naar Chigago en Minneapolis.

Begrijp me niet verkeerd. Elaine Oliver maakt me helemaal gek, want ik zit met haar op één hotelkamer en ze is zo vol van zichzelf (en dat met een publiek dat elke avond voor haar klapt!), dat het bijna onmogelijk is om met haar om te gaan. Maar ze heeft dat macrobiotische gedoe opgegeven en we hebben in één week in vijf verschillende Chinese restaurants geluncht. Chinatown is hier geweldig. Het lijkt echt of je in een ander land bent.

Als zij optreedt blijf ik in het hotel en zit ik achter haar laptop de dingen te schrijven die je nu leest. Of ik knutsel wat met waterverf. Of ik lees nog meer detectives. Dan val ik in slaap en als zij terugkomt belt ze mijn vader en klaagt ze dat ze hem zo mist, waar ik dan wakker van word. En dan praat ik met haar terwijl zij de make-up van haar gezicht haalt.

Overdag doen we toeristendingen. Ik heb de Golden Gate Bridge gezien en ben naar Alcatraz geweest. We zijn met de tram geweest en we zijn door het Castro-district gelopen, waar iemand naar mijn moeder toe kwam om haar handtekening te vragen.

Afgelopen maandag, de dag waarop de lichten in de theaters uit blijven, hebben we een auto gehuurd en zijn we langs de kust gereden om de Big Sur te zien. Ik reed een heel eind van de weg ernaartoe en toen mijn moeder acht keer iets had gezegd over dat ik te snel van de ene naar de andere baan ging en of ik wel had gekeken wat de maximale snelheid op deze weg was, zei ik dat ze minstens een kwartier haar mond moest houden en dat we het heus wel zouden overleven. En toen hield ze haar mond.

Op een gegeven moment zijn we gestopt en hebben we gepicknickt op het strand. Het was koud en het zand waaide in onze tomatensalade maar we bleven toch. De surfers waren in het water. In hun pakken leken het net zeehonden die op gigantische golven terug naar de kust kwamen. We bleven wel een uur naar ze kijken.

Tommy Hazard zou het geweldig hebben gevonden.

Ik vond het geweldig.

Ik had het Tate-universum verlaten en stond aan de rand van de zee.